广东青年
批评家
丛书

朱郁文 著

在湾区写作

粤港澳文学论丛

WRITING IN THE BAY AREA

SPM
南方传媒　花城出版社

中国·广州

图书在版编目（ＣＩＰ）数据

在湾区写作：粤港澳文学论丛 / 朱郁文著. -- 广
州：花城出版社，2024.1
（广东青年批评家丛书）
ISBN 978-7-5749-0125-4

Ⅰ．①在… Ⅱ．①朱… Ⅲ．①中国文学－当代文学－
文学研究 Ⅳ．①I206.7

中国国家版本馆CIP数据核字(2023)第256278号

出 版 人：张　懿
责任编辑：黎　萍　秦翊珊
责任校对：张　旬
技术编辑：林佳莹
封面设计：吴丹娜

书　　名	在湾区写作：粤港澳文学论丛	
	ZAI WANQU XIEZUO：YUE－GANG－AO WENXUE LUNCONG	
出版发行	花城出版社	
	（广州市环市东路水荫路11号）	
经　　销	全国新华书店	
印　　刷	广东鹏腾宇文化创新有限公司	
	（广东省珠海市高新区唐家湾镇科技九路88号10栋）	
开　　本	880毫米×1230毫米　32开	
印　　张	10.75　1插页	
字　　数	230,000字	
版　　次	2024年1月第1版　2024年1月第1次印刷	
定　　价	66.00元	

如发现印装质量问题，请直接与印刷厂联系调换。
购书热线：020－37604658　37602954
花城出版社网站：http://www.fcph.com.cn

擦亮"湾区批评"的青年品牌

张培忠

习近平总书记在文艺工作座谈会上的重要讲话中指出："文艺批评是文艺创作的一面镜子、一剂良药，是引导创作、多出精品、提高审美、引领风尚的重要力量。"文学批评是文艺批评的重要组成部分，是文学工作的重要一环，是文学发展的重要推动力，具有引导文学创作生产、提高作品质量、提升审美情趣、扩大社会影响等积极作用。溯本追源，"粤派批评"历来是广东文学的一大品牌。晚清时期，黄遵宪、梁启超倡导的"诗界革命""小说界革命"曾经引领时代潮流，对20世纪中国文学批评影响至深。二十世纪二三十年代，钟敬文研究民间文学推动了这一文学门类的发展，是20世纪中国民间文化界的学术巨匠。新中国成立后，萧殷、黄秋耘、楼栖等在全国评论界占有重要地位，饶芃子、黄树森、黄伟宗、谢望新、李钟声、程文超、蒋述卓、林岗、谢有顺、陈剑晖、贺仲明等也建树颇丰，树立了"粤派批评家"的集体形象，也形成了"粤派批评"的独特风格，即坚持批评立场、批评观念，立足本土经验，面向时代和生活，感受文艺风潮脉动，又高度重视

1

审美中的文化积累和文化传承，既追求批评的理论性、科学性和体系建构，注重文学史的梳理阐释，又强调批评的实践性，注重感性与诗性的个性呈现。

新时代以来，广东省作家协会加强和改进文学批评工作，弘扬中华美学精神，进行科学的、全面的文学批评，建设有影响力的文学批评阵地，营造良好的文学批评生态，在全国文学批评领域发出广东强音。10年间，积极组织文学批评家跟踪研究评析当代作家作品及文学思潮和现象，旗帜鲜明地回应当代文学发展的重大理论和实践问题，召开了一百多位作家的作品研讨会。高度重视对老一辈作家文学创作回顾研究与宣传，组织了广东文学名家系列学术研讨会，树立标杆，引领后人。创办了"文学·现场"论坛，定期组织作家、评论家面对面畅谈文学话题，为批评家介入文学现场搭建平台。接棒《网络文学评论》杂志，创办《粤港澳大湾区文学评论》杂志，中国作协主席铁凝同志为《粤港澳大湾区文学评论》题词："祝贺《粤港澳大湾区文学评论》创刊，希望这份杂志在建设大湾区的宏伟实践中，在多元文化的汇流激荡中，以充沛的活力和创造力，成为新时代中国文学理论创新、观念变革的前沿。"联合南方日报社、羊城晚报社等实施了"广东文艺评论提升计划"。推行两届文学批评家"签约制"，聘定我省22位著名文学批评家，着力从整体上打造骨干文学评论队伍，提升"粤派批评"影响力。总的来说，广东文学理论家、文学批评家思想活跃，秉持学术良知，循乎为文正道，在学院批评、理论研究、理论联系社会现实和创作实践方面，在探索文学规律、鼓励新生力量、评论推介广东优秀作家作品方面，在批评错误倾向、形成文学创作的良好氛围方面，均取得显著成绩，为繁荣我省文学事业做出了积极贡献。

2021年，为发现和培养广东优秀青年批评人才，促进广东文学理论评论多出成果、多出人才，推动新时代广东文学评论工作创新发展，广东省作协经公开征集、评审，确定扶持"'广东青年批评家丛书'出版项目"10部作品，具体为杨汤琛《趋光的书写：诗歌、地域与抒情》、徐诗颖《跨界融合：湾区文学的多元审视》、贺江《深圳文学的十二副面孔》、杨璐临《湾区的瞻望》、王金芝《网络文学：媒介、文本和叙事》、包莹《时代的双面——重读革命与文学》、陈劲松《寻美的批评》、朱郁文《在湾区写作——粤港澳文学论丛》、徐威《文学的轻与重》、冯娜《时差和异质时间——当代诗歌观察》。入选者都拥有博士或硕士学位，以扎实的专业素养、开阔的文学视野形成独到的文学品味、合理的价值判断。历经两年，这套"广东青年批评家丛书"如期面世。这批青年批评家从创作主题、作品结构、叙事方式等文学内部问题探讨作品的得失，从中国现当代作家的作品出发，从不同的审美倾向和美学旨趣出发，探讨现当代文学为汉语所积累的新美学经验，坚持以理立论、以理服人，敢于褒优贬劣、激浊扬清，有效展现了"粤派批评"的公正性、权威性、针对性和实效性。

党的二十大报告强调："坚守中华文化立场，提炼展示中华文明的精神标识和文化精髓，加快构建中国话语和中国叙事体系，讲好中国故事、传播好中国声音，展现可信、可爱、可敬的中国形象。"构建中国文学话语和叙事体系是构建中国话语和中国叙事体系的题中应有之义，是新时代文学批评家的新使命新任务。回望西方话语体系主导世界，其实也只是并不久远的事情：在殖民主义时代之前，世界是多元并存、相互孤立的；在殖民主义时期，西方话语逐渐成为世界的主导性话语；在冷战时期，西方话语体现为美苏两大阵营的意识形态竞争；在后冷战时代，以美国为代表的西方话语一度独霸世界。当今世界和西方国家内部面临的一些挑战，包括人口危机、环境危机和文明群体之间的矛盾，都很难在西方话语框架之中找到答案。中国在大国崛起过程中产生的种种现象，仅仅通过西方话语体系也难以解释。这些反映在文学领域同样发人深省。曾几何时，一些人误将西方文学话语和叙事体系奉为圭臬，"以洋为尊""以洋为美""唯洋是从"，丧失了中国文学话语的骨气、底气、志气。伴随着西方话语体系的公信力持续下降，构建客观、公正的中国话语和中国叙事体系恰逢其时，前程远大。

王国维《宋元戏曲考》称"凡一代有一代之文学"。与此相对应，一个时代必然有一个时代的文学批评。在全球化的语境下，迫切需要广大作家增强主动塑造和传播中国形象的自觉意识和行动能力，既要创作精品力作、讲好中国故事，又要传播好中国声音、阐释好中国特色。对文本的创作，更加要强调信息的含量、思想的容量、情感的力量，并对文学话语体系构建的深刻性、独特性、预见性、形象性提出更高要求，在国际舆论场上和文坛上彰显中华文化软实力、中国文学话语权，塑造中华民族和平崛起、伟大复兴的大国风范和大国形象。积极构建中国文学话语和叙事体系，我们就是要在独特的审美创造中形成独特的中国风格、中国流派，不断标注中国文学水平的新高度，让世界文艺百花园还原群芳竞艳的本真景致。

在新时代中国踔厉奋进的新征程中，粤港澳大湾区建设是一道风景线。"9+2"，11城串珠成链，握指成拳，美好愿景正变为生动现实，粤港澳大湾区文学融合发展也不断升温。与此相契合，"粤派批评"正逐步向"湾区批评"升级，以大湾区海纳百川、兼收并蓄的开放姿态，契合湾区的文学地理特质，重视岭南文脉传承，坚持国际眼光和本土意识相融、前瞻视野与务实批评结合，树立湾区批评立场、批评观念，面对中国当代变革中的新鲜经验和大湾区建设伟大实践的复杂经验，善于做出直接反应和艺术判断，注重批评的理论性、科学性和体系完善，突出批评的指导性、实践性、日常性，"湾区批评"在全国的话语权逐步凸显。文学批评是一项充满挑战，也充满着诗性光辉和思想正义的事业，需要更多有志者投身其中，共同发出大湾区文学的强音。从某种意义上说，青年批评家是文学大军中最具锐气、最能创造、最会开拓进取的骨干力量，后生可畏，未来可期。

"广东青年批评家丛书"集结青年批评家接受检阅和评点，对青年批评家研究、评论成果进行宣传和评述，是一次有益的探索。希望这套丛书激发更多青年批评家成长成熟，坚持开展专业权威的文学批评，弘扬中华美学精神，倡导"批评精神"，积极探索构建"湾区批评"的审美体系和评价标准，多出文质兼美的文学批评，发挥价值引导、精神引领、审美启迪作用，不断擦亮"湾区批评"品牌。是为序。

作者系中国报告文学学会副会长、广东省作家协会党组书记

粤港澳大湾区文学值得关注
——朱郁文《在湾区写作》

唐诗人

很长一段时间以来，广东的文学研究界都不太着力于研究和推介广东本土的作家作品。为何不愿用力？这里面有很多原因，我认为最关键的一个心理芥蒂或许是因为广东没什么重要作家，尤其找不出几部重量级的文学作品，觉得在这些层面耗费精力不值得。的确，广东作家的作品，获大奖的不多，这局限了广东文学的影响力。但换一种思路来看，如果当代的文学评论只盯着全国范围内那些获得大奖、已经很有影响力的作家作品，而不去关注一些地方的、尚未引得众人瞩目的文学存在，这或许会引发一个疑惑：我们的评论选择是取决于作家的影响力还是看重作品本身的独特性？作家影响力和文本的独特性，并不必然构成冲突，要追问的是：不去关注那些尚未形成影响力的作家作品，又如何发现一些独特的文学文本呢？为此，我一直觉得当代文学研究在关注重要作家作品之外，也需要有培育新作家、发现新文本的情怀。

当代文学研究，尤其是关注现场的文学批评，如若只追逐那些"有影响力"的作家，只研究那些"现象级"作品，而不去探究一个地域、城市的作家是如何获得影响力的，不去考察一些优秀作品何以能成为现象级作品，不注重发掘和培育地方上的文艺人才，那必然导向一个不良的文学生态。出于这样的考虑，这些年我坚持写了很多新人新作的评论文章，耗费了很多精力研究大湾区的文学，我知道其中的很多作品注定是大浪淘沙里瞬间被淘洗掉的沙子，我的很多评论大概率也只是作家本人和刊发文章的刊物编辑等寥寥数人会阅读。但关注青年作家，研究本土的、身边的文学，目的就是为了鼓励青年作家继续创作，为了地方上的文学事业有好的发展氛围，又何必奢望更多的人来添加些点缀式的浏览量呢？

同理，出于对大湾区本土文学的研究热情，当朱郁文兄邀我为他的《在湾区写作——粤港澳文学论丛》写序时，我欣然答应——即便我觉得自己其实并没有什么资格来为兄长辈的郁文兄作序。郁文兄比我年长，2012年博士毕业后加入佛山市艺术创作院，应该说是一种献身式地为基层文化事业服务。看他的自述，是到了佛山后就开始研究佛山和其他广东本土文化和文学的，至今刚好十年。这十年间，郁文兄写了很多广东文学相关文章，还做了本土作家的系列访谈，颇有一些成绩。郁文兄是河南人，能够十年如一日如此"死心塌地"研究广东本土文学，在基层文化单位为广东文学事业做这么多工作，这一定是出于热爱。对比起郁文兄的这份热情和奉献，我一个近两年才开始真正意义上研究大湾区文学的后来者，唯有表达学习和敬佩的份。借此写序机会，表达一下我的学习感受和祝贺感言。

郁文兄这部新的文集，关注的是粤港澳大湾区文学，分作作家论、作品论和现象论。作家论包括刘荒田论、张欣论、谢湘南论、彤子论、郑小琼论，作品论探讨了董启章、葛亮、太皮、洪永争、尹洪波、盛慧等作家的作品。这些作家和作品选择，可以说兼顾了大湾区不同城市的作家，有香港、澳门、广州、佛山、深圳等多个大湾区城市，也考虑了代际问题，含括了"40后""50后""60后""70后""80后"等多个代际的作家。当然，作为一个评论文集，它不可能方方面面都兼顾。郁文兄也很清楚这个遗憾，于是在现象论以及前言里，就尽可能地点出了粤港澳大湾区的绝大部分作家，粗略算来有上百人之多，尽管多数只是提及，但也说明郁文兄关注的大湾区作家绝不限于正文中写了文章进行了评论探讨的那些。

回到开头我们发出的疑问：既然广东有如此可观的作家数目、如此庞大的作家队伍，为什么广东的当代文学研究界却不重视这些文学存在？这似乎是一个悖论。当然，很多人又会说：广东有高原，没高峰。这些名单上的作家都很优秀，但没几个能与"北方"（广东以北）的陈忠实、莫言、贾平凹、王安忆、格非、苏童、毕飞宇、迟子建等作家相媲美，意思就是缺重量级的作家。这或许是一个文学事实，但从另外一个维度来看：大湾区集聚了如此数目的作家队伍，即便他们现在的影响力不够，但未来是不是很值得期待？或者说，粤港澳地区数目庞大的作家作品，难道就因为没能获得某些大奖而不值得被关注吗？问题显然不会这么简单，研究者不能被"奖"蒙蔽了双眼，要看到获奖作品背后更大的文学存在。对于大湾区文学而言，它们其实恰恰就意味着这个"大的文学存在"本身。研究大湾区文学，就是探讨中国当代文学的一种基础性生态。在这里生活的作家，他们有蓬勃的创造力，这种"蓬勃"或许不够规整，缺厚重感，但它们意味着生命力，有无限的生长性。这种生长，可以是作品本身的生长，也可以是作家的生长；可以是向内的精神性生长，也可以是向外的扩散性生长。不同的

"生长方向"，意味着作家个人的不同去向：包括作家自身是选择留在大湾区还是北上去往北京、上海、南京等"北方城市"，也包括作家对文学风格、文学意义问题的选择和认知调整。总而言之，研究广东文学，尤其聚焦研究粤港澳大湾区文学，将会是把握当前和未来中国文学基本生态的重要切口。作为中国文学重要切口的粤港澳大湾区文学，即便还没有几个作家获得鲁迅文学奖、茅盾文学奖，也值得文学研究界重点关注。

当然，文学不是靠数量说话，文学研究也并非纯粹地为某个地域的作家发声。回到作品文本的话，大湾区的文学也有着独特的艺术品质和文化价值。从文学内部来看，大湾区的文艺经验也值得当代文学界给予更广泛的关注和进行更深入的研究。就我的认知来看，这个"值得"，可从历史、现实和未来可能性三个维度来把握大湾区文学之于中国文学的重要意义，这三个维度具体又可落实在文明叙事和城市书写两大问题层面。文明叙事包括中西方文明的互通和中国传统乡土文明与现代城市文明的互融，城市书写包括城乡关系表现以及城市生存现实的文学表达。郁文兄收入这部文集的很多篇目所探讨的问题，也可以纳入这些话题中来，所以阅读郁文兄这些评论文章其实也是在汲取丰富观点、拓展我的思考。比如郁文兄对刘荒田、董启章作品的评论，就清晰地揭示了他们笔下的故事、人物身上所蕴藏的中西方文明互通的内涵；对彤子、洪永争、谢湘南、郑小琼、盛慧的评论则明显有着对城乡文化问题的思考；对张欣、太皮等作家的评论，则侧重考察他们的城市书写。当然，粤港澳大湾区的历史和现实，往往是中西方文明和城市、乡土文化混合在一起。粤港澳大湾区是多种类型文明的碰撞地、多元文化的集中地，为此郁文兄在探讨其中任何一个作家时，所触及的文明话语、思想资源和论述方式并不能做简单分类，更多时候是打通、融合，这充分说明郁文兄对大湾区作家作品的理解有其全面性和深刻性。

具体来看，郁文兄评论张欣小说时，从张欣所写的当代广州城市故事中，看到背后的岭南文化渊源，分析了岭南传统文化元素以及南方都市气质是如何融入张欣小说的人物和叙事中去的。同时，在讨论张欣的城市书写和都市感建立问题时，点出了张欣不以乡土为参照的城市叙事的独特性："张欣的南方都市写作既非乡村挽歌，又非城市批判……她笔下的都市人没有比乡土文学中的人物更高尚，也没有更可鄙；人物所处之地不是文明的乌托邦，里面有各种各样的不堪和伤害，但也不会让人觉得是人间地狱、罪恶渊薮。"应该说，这很准确地把握了张欣广州城市小说的独特意义。张欣写广州都市故事，不同于上海都市小说，也不同于北京城市小说。现代意义上的上海都市文学是隔绝于古典传统、突出现代都市感的文学，而北京的京派、京味小说是强调古典文化传统、相对排斥现代生活的城市文学。但广州不同，广州是千年商业都市，有很深的城市商业文化传统，这种传统接近现代但又不同于西方资本主义文化意义上的现代，是独特的中国岭南地域的商业文化传统；同时，这种商业文化传统也不同于乡土中国的乡土文明传统。为此，当代以来的广州城市文学，其实可以与北京、上海的城市文学形成三大风格类型。遗憾的是，长期以来文学界忽略了广州城市文学的重要性。这里郁文兄的文章为张欣的广州城市小说抱不平，认为这是"被低估的城市文学文本"，文章最后也清晰地表明了观点："由于南方都市在中国走向现代文明的过程中扮演着极为重要的角色，这些独属于张欣、独属于广州的故事，也可以说是独属于中国。从这个意义上讲，张欣的写作作为一种文本就具有了独特的内涵和价值。"对此判断，我是深表认同的，也很希望中国当代文学界更充分地认识到张欣小说、广州城市文学的独特意义。

再比如，在评论深圳诗人谢湘南的诗歌时，郁文兄其实指出了一个很有价值的问题。谢湘南最早是来深圳打工的，也是当年的"打工诗人"，故乡在湖南耒阳的乡村，可以说是典型的从乡土世界过渡到城市社会的诗人。郁文兄从谢湘南的身份背景出发，梳理探讨了其诗歌创作历程，看似笨拙的评论路数，其实是以一种最朴素、最实在的方式呈现了谢湘南的深圳生活史与其诗学变迁史之间的同构关系。作为乡土之子，初到深圳的谢湘南，其诗歌中的城市更多是一种隐喻式、背景式的存在。随后，谢湘南开始直接表现深圳城市的各类景观，写下大量城市诗歌，"诗人目之所及，不仅有车间、厂房、钢筋水泥、切割机、宿舍楼、荔枝林、玩具城、臭水沟、集装箱、码头、火车站、公共汽车、招聘广告、寻人启事……还有玻璃清洁工、发廊小姐、因失恋而抽烟喝酒的女子、企图自杀的变性者……"这种专注深圳城市的诗歌创作，郁文兄认为其"映照了一个大国一线城市发展的'前史'"，"为一座城市留下了可资参照的文学文本"。更重要的是，郁文兄认为，谢湘南这个阶段的城市诗歌，依旧以一种乡下人看城市的表达，情感上是茫然大于喜悦，是对抗大于接受。但随着城市的更新、发展与诗人生活的变化，这种对抗性逐渐消散，开始有了主动的接受和融入。郁文兄从谢湘南的诗歌中看到了诗人内在的思想转变："由此看出，城市与其中的个体并不总是对立的、冲突的，诗人努力将自己变成城市的一部分，同时也让城市变为自己的一部分。"由对抗转为接受和融入，由此谢湘南诗歌对深圳城市的书写越来越深入到这个城市的内在面，有了更多的城市细节："作为'南方'的深圳才有了可察可感、丰富动人的细节，才有了抚慰人心的烟火味。"最后，谢湘南由一个对城市怀有拒斥感的乡土之子，转换为自觉为深圳写诗的热爱深圳的诗人："把深圳当作生命中最热爱的一个城市，将诗歌嵌入这个城市的背景。"郁文兄的这个评论，可以说结合了深圳城市的发展史、诗人的成长变迁史、诗学技艺的转型史，看似是分析谢湘南这"一个人的深圳史"，却能折射出中国当代城市文学的叙事伦理变迁问题。中国当代城市文学，如果从新时期算起的话，其情感态度的转变，与谢湘南对深圳的书写有着相近的历程。从改革开放初期的向往城市，到二十世纪八九十年代以传统的乡土文明理念为基础针对城市生活中金钱至上、消费主义等各类现象进行批判，及至新世纪以来逐渐融入城市生活开始深入城市内部，辩证地书写城市生活的复杂性。而新时代以来，很多作家继续调整姿态，开始和城市共命运，将城市当作自己的家园，城市书写也多了很多欣赏和认同的成分。由此可见，郁文兄对谢湘南诗歌的评论，背后其实有着深层次的城市史视野和时代性精神观照。

除开张欣论和谢湘南论，郁文兄对刘荒田、彤子、郑小琼、董启章、盛慧等作家作品的评论都有很多洞见，都可以启示我们去思考大湾区文学超出区域、本土文学的意义。但作为序言，我不能一一列述。包括他探讨"新南方写作"、知识分子"返乡书写"等文学现象的文章，提出的一些观点都很值得我们思考。比如他将"新南方写作"和"粤派批评"两个概念置于一起讨论，发现二者都是"实践在先、命名在后"，而不是先提出理论再根据理论去实践的概念。这一观点与很多人的判断有很大差异。但我理解，郁文兄强调这些概念是"实践在先"，为的是提醒广东的文学界，提一些新的概念，终归还是要有作品来支撑。"新南方写作"是如此，"粤港澳大湾区文学"亦是如此。但最后我也想强调，"概念"其实有一种迷人的魅力，提出概念、引发讨论，也可以提醒甚至督促我们的作家形成更明确的创作意识，更自觉地去书写中国南方独特的岭南地域文化和大湾区城市生活经验。就像郁文兄这部评论文集，集中关注大湾区作家，以"在湾区写作"为标题，其背景自然也是2019年以来讨论颇多的"粤港澳大湾区文学"。"粤港澳大湾区文学"概念的提出，让更多的大湾区作家意识到"粤港澳"其实从始至终都是一体的，于是这两年有了邓一光《人，或所有的士兵》、吴君《万福》、林棹《潮汐图》、王威廉《你的目光》、葛亮《燕食记》等题材故事跨大湾区多个城市的重要作品，同时，今天也有了郁文兄集中研究粤港澳大湾区文学的评论文集——《在湾区写作——粤港澳文学论丛》。这些文学作品和评论，以不同的方式告诉我们：粤港澳大湾区文学值得关注！

2022年11月1日，于广州

作者系暨南大学文学院副教授、文艺理论教研室主任、文学评论家

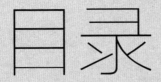

Contents

一域文章标新格

——粤港澳大湾区文学生态扫描

在不久前揭晓的第八届鲁迅文学奖获奖作品中，香港作家葛亮的《飞发》和深圳作家蔡东的《月光下》分获中、短篇小说奖。无独有偶，稍晚公布的第七届郁达夫小说奖终评备选作品中，同样有葛亮和蔡东的名字。葛亮原是南京人，后在香港读书、工作，在大学教书、做研究之余写作；蔡东是山东人，硕士毕业后到深圳一所高校教书并写小说。像葛、蔡这样由内地而湾区，通过写作安身立命且为人所熟知的作家并不鲜见。

"流动性"是粤港澳大湾区文学生态异于别处的一个最突出的特点，这也使"移民作家"成为湾区文学的绝对中坚力量。章以武、徐敬亚、张欣、杨黎光、詹谷丰、邓一光、杨争光、李兰妮、艾云、杨克、鲍十、南翔、熊育群、陈启文、陈继明、曾平标、黄灿然、郑单衣、薛忆沩、周西篱、卢卫平、庞贝、吴君、魏微、王十月、东方莎莎、盛可以、丁燕、谢湘南、塞壬、黄灯、徐东、钟二毛、周洁茹、葛亮、盛慧、马拉、谭畅、曹疏影、杜绿绿、郑小琼、王威廉、郭爽、冯娜、安然、周朝军、范俊呈，等等，这些散布于大湾区、跨越了从

"30后"到"90后"七个代际的作家，来自全国二十多个省份，很多人南来后曾辗转于湾区多个城市；澳门作家虽多为土生土长，但大都有着内地求学、工作的经历，湾区文学生态的"流动性"在这些作家身上尽显无遗。

与此同时，湾区也在不断孕育着本土的作家，广东地区从"40后"的刘斯奋、何卓琼，"50后"的郭小东，到"60后"的张梅、梁凤莲、张培忠、林世斌，"70后"的黄爱东西、林渊液、张况、黄金明、黄礼孩、彤子，再到"80后"的唐不遇、陈再见、林俊敏、陈崇正、林棹、王溱、林培源，"90后"的梁宝星、陈润庭、索耳、路魃，以及香港的李碧华、黄碧云、马家辉、董启章、廖伟棠，澳门的廖子馨、寂然、袁绍姗、黄文辉、陆奥雷，等等，在他们身上可以看到岭南文化的浸润和滋养。

处在岭南文化圈核心区域的粤港澳大湾区，承载着本土文化、中原文化、海外文化的交汇融通和东西方文明的彼此激荡，形成了极具开放性、包容性和创造力的个性与气质。改革开放之后的大规模人口流动，各地的人携带着自己的文化基因来到这里，进一步强化了这片土地的异质性文化特征。

构建"文化共同体"，既是推进粤港澳大湾区建设这一国家战略的应有之义，又具有文化基因的合法性。因为粤港澳三地同根同源、血脉相连，同时又多元杂处、相互独立，具有互动、互补、互促和共建、共享、共赢的"先天"优势。而文学，在构建大湾区文化共同体的过程中，必将扮演极为重要的角色。

"本地人"对"外来者"的接纳，"外地人"的进来与融入，是湾区开放、包容、多元文化气质的最佳注脚。四十多年来，这片神奇的土地催生了一大批以文学为志业的人，同时也为当代中国文学贡献了诸多新的元素。正如作家邓一光谈及深圳时所指出的，这片土地之所以充满着无限可能性，就是因为它的文化和价值多元、它无所不在的新鲜的念头、它对非主流文化的耐心和包容①。我想这句话同样适合广东和湾区。超越了地域、年龄、性别、职业界限的写作者群体，用一个个鲜活、生动、带着温度、勇于探索的文学文本，讲述着"中国故事"，书写着"中国速度""中国奇迹""中国经验"，在"流动性"之中成就了湾区多元杂处、异质共生、摇曳多姿的文学生态图景。

描绘这个图景不能不提都市文学。改革开放带来了珠三角城市群的迅速崛起，高度的城市化和现代化，为都市文学的发展提供了绝佳的场域和契机。张欣作为南方都市文学的引领者，几十年笔耕不辍，以稳健的输出讲述着独属于她的"广州故事"，其小说摆脱了传统乡土叙事的束缚，建立起真正意义上的"都市感"。其后，张梅、黄爱东西、邓一光、吴君、蔡东、盛可以、王威廉、黄碧云、潘国灵、周洁茹、程皎旸、太皮等作家笔下以广州、深圳、香港、澳门为背景的城市书写，构成当代都市文学的重要一极。

描绘这个图景不能不提打工文学。作为打工文学重镇，有着"外来工"身份的一众写作者，以《佛山文艺》《打工族》《特区文学》《大鹏湾》《打工诗人》《中国打工诗歌报》等报刊为阵地，为这个时代贡献了独特的文学现象和文学文本，

---

① 童小晋、张玲：《邓一光：写时代风云，也写都市烟火》，"深圳艺文惠"公众号，2022年9月8日。

其影响远远超过文学本身。尽管打工文学热潮已过，但打工题材的创作一直在这里持续。近年来，随着"全国青年产业工人文学奖"、"顺德杯"中国工业题材短篇小说创作大赛、"容桂总商会杯"草明工业文学奖的先后启动，又有一批有温度、有情怀、接地气的文学作品问世，续写着后工业时代的劳动者传奇。

描绘这个图景不能不提网络文学。新世纪之初，广东开网络文学风气之先，起到了拓荒和引领的作用，网络文学作家数量多年来稳居全国首位，许多知名网络文学作家（如慕容雪村、天下霸唱、当年明月等）就是从这里走向全国的。2011年，菜刀姓李的《遍地狼烟》成为第一部入围茅盾文学奖的网络小说；2013年和2017年，阿菩的《山海经密码》和丛林狼的《最强兵王》分别成为第一部和第二部获得广东省鲁迅文学艺术奖的网络小说；中国唯一一个网络文学评论刊物《网络文学评论》也是诞生在这里。如今，广东网络作家群体日益壮大，粤港澳大湾区的交流平台为网络文学"出海"提供了更多机会和可能，不少网络作家已经完成了作品的IP衍生开发，改编成电影、电视剧、动漫等，带动了文化产业。一些作品输出至东南亚、日韩等地，在欧美网站也很受欢迎，广东网络文学的辐射力和影响力进一步提升。

描绘这个图景不能不提武侠小说。二十世纪五六十年代，香港梁羽生、金庸、温瑞安、黄易等人的新派武侠小说开始流行，尤其是"金庸热"，持续时间之长、覆盖地域之广、受众数量和层次之多，世界范围内的华人作家无人能及。在此刺激之下，内地的武侠小说于二十世纪八九十年代兴起，广东有一位号称"大陆金庸"的作家戊戟（本名王影），其武侠小说曾一度风靡粤地。港、粤两地的武侠小说在中国当代文学的版图上绘入了别样的风景。

描绘这个图景不能不提充满粤味和岭南风的本土题材创作。近年来，在经过长时间的断层之后，一批用方言介入、富有岭南风情的作品开始出现，郭小东的《铜钵盂》（2016）、林渊液的《倒悬人》（2017）、陈华清的《海边的珊瑚屋》（2017）、彤子的《岭南人物志》（2017）、梁凤莲的《羊城烟雨》（2017）和《赛龙夺锦》（2021）、洪永争的《摇啊摇，疍家船》（2018）、鲍十的《岛叙事》（2019）、阿菩的《十三行》（2019）、林培源的《小镇生活指南》（2020）、陈冠强的《有竹人家》（2020）、陈再见的《出花园记》（2020）、陈崇正的《潮墟》（2021）、陈继明的《平安批》（2021）、厚圃的《拖神》（2022）、林棹的《潮汐图》（2022）、马家辉的《龙头凤尾》（2016）和《鸳鸯六七四》（2020）、葛亮的《燕食记》（2022）等小说，向我们展现了粤语方言和岭南风俗风物进入文学文本所带来的“惊艳”效果；此外，叶曙明的《广州传》《中山传》，黄国钦的《潮州传》为湾区城市立传，彰显岭南文化魅力和自信。这里要顺便提一下最近几年热起来的“新南方写作”，根据学界的讨论，“新南方写作”并没有统一的标准，涉及范围比较广，以湾区作家为主，也旁及广西、海南、福建等地，甚至扩展到东南亚地区部分作家的创作，“80后”是其中的主力军。批评家曾攀认为，“新南方写作最重要的特质之一，便是面向岛屿和海洋的书写”，它“不仅更新了南方写作的疆域，更启发了中国文学的新走向"①。这种"海洋性文化取向"的写作显然跟湾区的濒海、环海地理位置有关，它强调的是作家"文化经验的异质性"。

葛亮谈到香港对自己的文学审美产生的影响时说："到了香港后，实际上是进入另一种迥异的气韵，一方面这座城市多元混杂，另一方面不同的文化形态在其间冲击对撞。这对一个年轻人来说是一种相当强度的刺激。香港和我的'家城'南京的差异如此之大，让我有落笔的冲动，去回望我的来处。"②这种文化互冲之后的"回望"让葛亮写出了《朱雀》《北鸢》。非虚构作家黄灯也说《大地上的亲人》的写作是她"作为短暂身份上的城市人，向永久文化上的乡下人的回望和致敬"③。同理，鲍十的《生活书：东北平原写生集》、王威廉的《听盐生长的声音》、丁燕的《沙孜湖》、郑小琼的《玫瑰庄园》、盛慧的《外婆家》等均是作家在有了南方经验之后再去书写北方的"回望式"文本的典范。

描绘这个图景不能不提报告文学。由张培忠领衔、十三位作家共同创作的百万字《奋斗与辉煌：广东小康叙事》是国内第一部全景式记录小康工程、全面讲述广东小康建设辉煌成就的大型报告文学；曾平标的《中国桥——港珠澳大桥圆梦之路》获得中宣部"五个一工程"图书特别奖；杨黎光的《横琴——对一个新三十年改革样本的五年观察与分析》获得第九

---

① 曾攀：《新南方写作与当代中国的文化想象》，《黄河》2022年第3期。
② 吕楠芳：《葛亮：粤语，让小说表达更加"爽"》，《羊城晚报》2022年9月11日，A6版。
③ 黄灯：《用文字重建与亲人的精神联系》，载《大地上的亲人：一个农村儿媳眼中的乡村图景》，台海出版社，2017，自序。

届"《中国作家》鄂尔多斯文学奖"大奖；梁树华的《中国产业脊梁——疫情下顺德制造业困境与突围》获第二届"容桂总商会杯"草明工业文学奖特等奖；陈启文的《命脉——东深供水工程建设实录》入选中宣部2022年主题出版重点出版物选题。聚焦抗击疫情题材的《千里驰援》（张培忠，许锋）、《守护苍生》《第76天》（熊育群），聚焦脱贫攻坚战的《岭南万户皆春色：广东精准扶贫纪实》（丁燕）、《朝着小康奔跑——佛山·凉山东西部扶贫协作纪实》（周崇贤），以及陈启文的《为什么是深圳》、杨黎光的《大国商帮：粤商发展史辩》《脚印——人民英雄麦贤得》、李兰妮的《野地灵光》、曾平标的《向死而生》等都是报告文学中的优秀之作，做到了"材料和审思、头脑和心肠的结合"（谢有顺语）。

描绘这个图景不能不提非虚构写作。非虚构写作在湾区原本并不突出，但自从黄灯的《大地上的亲人》（2017）、《我的二本学生》（2020）和彤子的《生活在高处》（2019）问世之后，这种局面发生了微妙的变化，三个文本分别聚焦乡村、二本学生和建筑工人，体现了文学对现实的深度介入和作家强烈的自省意识，为中国当代的非虚构写作贡献了极为难得的文本。借用批评家曾攀的评语，这些作品"将视角不断下沉，深入社会阶层的褶皱之中，折射出深切的知识分子情怀，也代表着粤港澳大湾区文学写作的多元探索"①。尤其是黄灯的两部著作，其影响和辐射面大大超出了文学圈，在社会上引起强烈反响。

描绘这个图景还要提一下科幻文学。作家王十月谈及自己

---

① 曾攀：《"南方"的复魅与赋型》，《南方文坛》2021年第3期。

为什么写科幻文学时说，生活在广东，对于当下的现实生活，有着和内地作家不一样的感受，这种不一样的感受让他思考如何书写现实，于是提出"未来现实主义"，并写出了长篇科幻小说《如果末日无期》。同时期，一些现实主义作家开始涉足科幻领域，并有了让人"意外"的收获，《如果末日无期》（王十月）、《独角兽》（庞贝）、《野未来》（王威廉）、《美人城手记》（陈崇正）、《引体向上》（黄惊涛）、《爱妻》（董启章）等，突破了科幻小说的类型限制，为文学如何处理科技飞速发展时代的中国经验提供了新的方式，也启发读者重新思考未来与现实的关系。

通过这几个比较突出的文学板块，我们看到，大湾区在为我们带来新的市场经验、新的社会治理经验和新的文化交流经验的同时，也为当代文学提供了新的文学经验。在与以往不同的城市叙事、工业叙事、移民叙事、底层叙事、科幻叙事、时代叙事和南方叙事中，大湾区文学的时代性、现场感、未来向和现代精神突出地表现出来，在新的文学观念、文学题材、文学形态和新的审美经验中，展示出一个"复数的南方"，树立起自身的格局和独特性。

良性的文学生态不仅是作家的"百花齐放"，文学刊物在其间也扮演着重要的角色。创刊于1979年的《花城》和《随笔》是广东最有分量的两份文学杂志，始终保持着强烈的人文关怀和独立担当的勇气。作为纯文学期刊"四大名旦"之一的《花城》杂志，不断创新，积极介入文学现场，2015年之后开辟的"蓝色东欧""域外视角""花城关注"等栏目，引起较大反响和广泛好评；《随笔》一贯侧重深层次的历史、思想、文化的挖掘以及批判性思考与文字表达，素有"北有

《读书》，南有《随笔》"的美誉。《作品》杂志2020年开设的"经典70后"栏目，致力于推动"70后"作家的经典化，先后长篇幅刊发十余位"70后"作家论；2022年又开辟"大匠来了"，刊发重量级作家的深度访谈；《广州文艺》2010年开设"都市小说双年展"，2021年开设"后浪起珠江"，2022年新设"新南方论坛"，致力于推介都市文学、新锐作家，彰显岭南特色；创刊于1999年的《诗歌与人》以较高的学术视野和自由原则，对处在嘈杂模糊状态中的新世纪实力诗人的写作，以板块集纳的方式，进行系列集中的推介，曾先后推出"70后""中间代""完整性写作""女性诗歌"等诗歌概念和专题，推动了中国当代诗歌的进程，产生了深远的影响，被誉为"中国第一民间诗刊"，"其涉及的诗歌流派之广、对诗坛重要诗歌思潮的关注之深、对诗歌文本诗歌档案的留存之倾心尽力，都是少见的"（翟永明语）；同样坚持民间立场的《中国新诗年鉴》，经过二十多年的打磨，已成为中国新诗诞生以来连续出版时间最长的诗歌选本，是当代中国诗歌史的一份重要文献和记录。省城之外的《特区文学》（深圳）、《佛山文艺》（佛山）、《嘉应文学》（惠州）、《湛江文学》（湛江）、《西江文艺》（肇庆）、《飞霞》（清远）等刊物，影响力虽不及上述几家，但在培育作家、活跃生态方面发挥着各自的作用。在香港，《香港文学》和《文综》是与内地关系密切的两份文学刊物，二者立足香港，放眼世界文坛，成为内地、港澳台及海外华文文学交流的重要平台；老牌刊物《今天》编辑部辗转世界各地后落地香港，依然保持了先锋和游离气质。粤地的三份学术刊物《华文文学》《粤海风》和《粤港澳大湾区文学评论》，在以评论促进创作、用理论推动实践方面亦发挥着重要作用。此外，广东纸媒（报纸）与文学的互动也值得一说，《南方都市报》主导的华语文学传媒大奖（南方文学盛典），《羊城晚报》的"花地"副刊和其主导的"花地文学榜"年度盛典，在华语文学界影响很大，蒋述卓先生形容"花地文学榜"是广东"朝着文化强省迈进的一个标志性活动"。

除了上述的几个奖项，《诗歌与人》杂志2004年设立的"诗歌与人·诗人奖"（2014年更名为"诗歌与人·国际诗歌奖"），旨在于全世界范围内发现和推出坚持创作并不断写出优秀诗篇的诗人，至今已有十四位重量级诗人获奖，瑞典诗人托马斯·特朗斯特罗姆在2011年4月获得此奖半年后获得诺贝尔文学奖，该奖已在全球范围内产生了影响；香港浸会大学2005年创立的"红楼梦奖·世界华文长篇小说奖"旨在奖励世界各地出版成书的杰出华文长篇小说，借以提升华文长篇小说创作水平，迄今已有八位实力派作家获得首奖，其中中国内地作家五人，中国台湾、中国香港和马来西亚华文文学作家各一人，莫言获得诺贝尔文学奖之前获得过此奖。此外，香港青年文学奖、澳门文学奖以及2009年设立的华侨华人中山文学奖、2014年设立的东荡子诗歌奖、2015年设立的中国长诗奖、2021年启动的"鲲鹏"全国青少年科幻文学奖、2022年启动的广东省有为文学奖等，在活跃大湾区文学生态方面可圈可点。

"粤港澳大湾区建设"上升为国家战略之后，湾区文学界应时而动，积极作为。《作品》杂志2020年开设"粤派批评·广东实力派作家研究"栏目和"粤港澳大湾区文学专号"；《香港文学》2021年第八期推出"大湾区文学奖小

说特辑"，第九期开辟"岭南风小说专辑"；《广州文艺》
2021年第六期、第十二期推出"新诗眼——粤港澳大湾区诗
人专辑"，2022年连续12期开设"新南方写作论坛"栏目；
《特区文学》2021和2022年先后开设"粤港澳大湾区文学
地理""粤港澳大湾区文学聚焦"栏目；《华文文学》推出
"文化自信与文学建构：粤港澳大湾区文学峰会"特辑，《粤
海风》常设"粤港澳大湾区文艺观察"栏目，《粤港澳大湾
区文学评论》于2020年底创刊之后更是常设"粤港澳文学瞻
巡""粤港澳经典重读""粤港澳大湾区作家评论小辑"等多
个专栏。各个刊物在立足自身宗旨的同时，兼顾"次岭南文化
圈"，动态观察、追踪湾区文学，将作家作品放置在湾区整体
性概念下进行观照，扩大文学的传播与交流。2017年，花城
出版社推出"香港文学新动力"丛书，使香港文学作品为更多
内地读者所熟悉；2019年，粤港澳三地作协联合推出"粤港
澳大湾区文学丛书"，展示大湾区文学创作实绩，扶持大湾区
文学新生力量。

　　扩容"文学空间"，构建"大湾区文化共同体"，当然少
不了文学活动。深圳2017年发起的"粤港澳大湾区文学发展
峰会"已举办三届，2018年发起的"大湾区杯（深圳）网络
文学大赛"已举办四届；2017年5月，中国文艺评论（暨南大
学）基地、广东省文艺评论家协会、广东文学院、花城出版
社共同主办"粤港澳青年文学研讨会"；2018年6月，由香港
《香港文学》杂志、广州《作品》杂志及深圳《特区文学》杂
志联合主办的"大湾区文学对话"在深圳举行；2019年7月，
"粤港澳大湾区文学周""粤港澳大湾区文学联盟"成立签
约仪式在广州举行；2019年11月，由广州文学艺术创作研究

院、广州市作家协会、广州市文艺评论家协会、暨南大学中国文学评论基地、暨南大学海外华文文学与华语传媒研究中心联合主办的首届"粤港澳大湾区文学研讨会"在暨南大学举行，同时启动"粤港澳大湾区文学工作坊"和《粤港澳大湾区文学地理从属暨手绘文学地图集》等项目；2019年12月，中国文艺评论（暨南大学）基地、广东省文艺评论家协会、暨南大学文学院、五邑大学文学院、暨南大学海外华文文学与华语传媒研究中心等单位联合举办的"区域视野与想象空间——粤港澳文学研讨会"在江门新会举行；2020年11月，"粤港澳大湾区儿童文学高峰论坛"在广州举行；2021年1月，"文化自信与文学建构：粤港澳大湾区文学峰会"在汕头大学举行；2021年3—6月，羊城晚报社、香港文学杂志社、澳门基金会、澳门日报社、澳门笔会等联合发起举办首届"粤港澳大湾区文学征文大赛"；2022年7月，中山大学中文系邀请三地诗人、作家、评论家举行了"大湾区文学可能性"的论坛。湾区文学生态渐成杂花生树、方兴未艾之势。

批评家谢有顺说："粤港澳大湾区是一个地理概念。为什么要把它变成文学概念呢？这说明在技术空间、物理空间和社会空间以外，我们必须假定有一个文学空间、审美空间和艺术空间。'粤港澳大湾区文学'这个提法，就是开创这种审美和艺术的空间，开创想象的空间，这是超越了物理学、社会学意义上的空间概念。"[1]毫无疑问，湾区作家正以一个个闪着新质光芒的文学文本开创一种审美的、艺术的、想象的空间。在

---

[1] 谢有顺：《"粤港澳大湾区文学"的现在和未来》，《光明日报》2019年5月29日，第14版。

粤港澳三地共建"人文湾区"和"文化共同体"的过程中，这种空间的重要性是显而易见的。

大湾区是文化的富矿，更是文学的富矿。数十年来，粤港澳三地波澜壮阔的经济发展和社会变迁，为作家讲述"湾区故事"提供了极其丰富的素材和资源，而讲述"湾区故事"就是在讲述"中国故事"。

粤港澳大湾区建设上升为国家战略，为文学介入时代提供了前所未有的契机。"好风凭借力，送我上青云。"湾区作家正以前所未有的精神状态，响应时代的召唤；湾区文学，正以前所未有的生态面貌，开启见证时代、书写时代的新篇章。

新格已显，未来可期。

作家论

三山之间有荒田*

——刘荒田论

因为要看"外面的世界"，1980年夏天的一个凌晨，在广东台山，一个三十二岁的男人挑着一百多斤的行李，带着老婆和两个孩子，"在苍茫鸡声里告别黑黢黢的村庄"，依依不舍地踏上了去国的路途。

一个月之后，在空间差、时间差造成的眩晕中，一家人经由中国香港辗转终于到达大洋彼岸的旧金山。走出机场，通过海关，行至高速公路，男人深深惊讶于车窗外的蓝天。"异国的天空，竟这般蓝着，不是故国常见的那种带土黄色的温厚的蓝，而是深邃的、纯粹的蓝，这蓝色还渗入所有的山、房舍、云和草坪，空气有了一种忧郁的蓝色调，让我雀跃的心一下子收紧了，跌进了乡愁之中。它宣示着：漂泊开始了，决不如我预期的浪漫。"①

从此，男人成了"寄身异乡的异客"。在此后的数十年中，与村庄和亲人惜别的情景以及那别样的蓝，一直萦绕在男人的脑海中。

这个男人，就是刘荒田。

一、"这个地方，被我的心揣着，走遍世界"

到达旧金山之后，一家人租住在靠近海边的一间改造过的地下车库。刘荒田一边学习英文，一边在中餐馆打工，月收入六百美元。一个刚过而立之年的乡村男子，带着妻儿，不远万里来到完全陌生的异国都市，生存的艰难、异域的漂泊感和复杂的心情是可想而知的。刘荒田在一篇文章中如此记录当时的境况——

> 新移民的生涯是艰难的。沉重的体力劳动、沉重的生活负担：从房租、煤电费、电话费、保险费、柴米油盐到花粉症，紧迫的工作节奏、冷漠的人际关系，顶要命的是英语不通，聋哑兼具。另一面是心灵的饥渴、海潮一般的乡愁，诸种抑郁无从纾解。在大件大件的移民行李中，有一小瓶村里的井水，是临行时母亲放进去的，说到了外国做头顿饭时倒进锅去，吃起饭来就像在家一般顺当了。然而心理上的水土不服，要延续好些年。
>
> （《海外学艺录》，1994）

很难想象，如果没有文学，没有写作，那"心灵的饥渴、海潮一般的乡愁"该如何纾解。

刘荒田早年出版的文学作品，不是现在我们熟知的散文小品，而是四本诗集——《北美洲的天空》（1990）、《异国的粽子》（1993）、《唐人街的地理》（1994）、《旧金山抒情》（1994）。这些诗作写于1984年至1993年这十年之间，漂泊海外的乡思与乡愁在其中尽显无遗。"家乡在遥远的东方/背着太阳/我走向西方/行走愈远背影愈长/——/这便是我的乡思",写得最早的这首《背影》,似乎奠定了刘荒田早期作品的基调。该诗用两个地理概念("东方""西方")和一个意象("背影")将思乡之情表达得相当直接,同时又极其惜墨,一种急切的情感在诗中暗涌。

四本诗集包含二百多首诗,粗略算来,三分之一以上是以思归为主题的,渗透着作者"密集的乡思"和"汹涌的乡愁"。稍加留意不难发现,诸如"异乡""异国""异邦""故乡""故土""故园""故国""乡愁""乡思""乡情""乡音""乡心"等字眼,散布在这些诗中,相伴而生的还有"杏花""篱竹""蟋蟀""鹧鸪""大雁""炊烟""月""蛙鸣""菊""牵牛花""二胡""家书"等诸多传统思归意象。如果将这些诗歌看作一片天空,那这些字眼和意象就如同镶嵌其间的一颗颗星星,作者的乡愁一泛滥,这些星星就一闪一闪,格外醒目。读这些诗作,就是读着"厚厚的一迭乡愁"[1]。

"蟋蟀"是典型的中国意象,同时又是典型的思归意象。它的叫声从古到今撩拨着无数羁旅者与异乡人的心,从诗经国风到唐诗宋词,再经现代文人推波助澜,这一意象的思归内涵几近定型。正如诗人流沙河在诗里所言,"就是那一只蟋蟀/在《豳风·七月》里唱过/在《唐风·蟋蟀》里唱过/在《古诗

———————————
[1] 邵燕祥:《在乡愁后面(序言)》,载刘荒田《旧金山抒情》,广州出版社,1994,第1页。

十九首》里唱过/在花木兰的织机旁唱过/在姜夔的词里唱过/劳人听过/思妇听过//就是那一只蟋蟀/在深山的驿道边唱过/在长城的烽台上唱过/在旅馆的天井中唱过/在战场的野草间唱过/孤客听过/伤兵听过"。这首名为《就是那一只蟋蟀》的诗，正是对著名"乡愁诗人"余光中《蟋蟀吟》一诗的唱和。而几乎同时，在万里之外，这只蟋蟀也啼叫在刘荒田的心窝，以致他常常"避开喧嚣，伏在阳台等候蟋蟀/还以为槛上露水是中年之泪"（《思绪》）；以致他"上车时总是怔怔忡忡的/在斑马线如履薄冰/总怕在一个冷冽的早晨/踩灭了蟋蟀的唧唧"；以致他看到报纸上说白宫草坪的蟋蟀吵得总统夫人夜不能寐，就想着要把那些蟋蟀据为己有，"送给我吧，把蟋蟀送给我/劳驾那位修整草坪的工人/盛在竹织的小笼子里/邮寄给我//在后院，找了多少回了/我拨开草丛翻开乱砖/竟没有蟋蟀/这在儿时揿紧的衣袋里跳动的/在空火柴盒里撑挣的/在我乡屋的墙根彻夜歌吟的/在黄昏满山坡地弹蹦的/蟋蟀啊，失去了你们/我思乡梦寐不能复眠/给我吧，白宫的蟋蟀/第一夫人的夜属于高贵的梦/有堂皇的国宴、华服/还有总统明天的早餐/蟋蟀呢，属于我的乡村/触须纤纤/夜复夜地，轻拨客心"（《白宫的蟋蟀》）。

初到异国，乡思与乡愁在心头时时浮现、处处萌生。刘荒田，这个敏感的游子和多情的诗人，看到街上的鹧鸪档，想的是"它们并非故国深山那一类/一啼令人肠断街市/再啼令人立刻买上回程机票"（《鹧鸪档》）；听到二胡声，便觉"顶可怜，是让你割着的乡心"（《二胡》）；看着拂晓之际的早市，想到的是"此刻/唐人街多像我的村庄/宁静而辛勤"（《拂晓》）；觉得十一月的"酒吧里少了陶渊明，刀叉编不出东篱/从闹市脱逃的视线，在海面搜寻雁行"（《十一月》）。"雁行"并不容易搜寻，浩瀚的大海（太平洋）难以泅渡，于是，诗人只能在广式茶楼里，"让女侍者倾大铜煲/以热气腾腾的开水/泡了又泡泡了又泡泡了又泡/壶中自有关山万里/杯里自有思念千丈"（《茶》）。到了端午节，要吃粽子，"剥粘腻的叶子老像剥开/乡愁的皮肤，弄得吃起来时/噎了一下又一下，欲吐还咽/这是阴历五月间心照不宣的/心病，在唐人街悄悄流行"（《粽子》）；到了中秋节，须买月饼，"月饼早已在唐人街布成彩阵/盒装的高傲，散装的随和/都交给乡思，嚼成甘美或者/凄苦。皎皎月华做成封面/千篇一律是离人的家书"（《中秋》）；到了冬至，得煮元宵，"异乡的煤气炉子旋得愈旺/团团乡思胀得愈大"（《冬至圆》）；到了除夕，则"手提大袋小袋/肩扛桃枝二三/兴冲冲回家去/以油爆葱蒜/烹调乡愁/色香味俱全"（《除夕·街上》）。诗人恨不能将乡思之苦塞满每一个中国传统节日，哪怕过个生日，也要叮嘱妻子煮长寿面时"炊上点黄粱"，"好借上邯郸客邸的游仙枕/梦中还乡"（《生日》）。

对诗人而言，"乡愁是/挂在房门上的棉袄/要走进旧金山的弥天大雾/非披上不可，否则/在冷酷的车流和英语前/频打寒战"；乡愁是酒，"以适宜剂量/兑入'团年饭'那小杯/五加皮，以营造气氛"；乡愁更是一种病，"可借唐人街头/观龙的喝彩声暂时止痛/但任何方子，都不治本"（《乡愁三叠》）。所以，"虽然诗中游子/照例怀故土一抔/水土却依旧不服"（《生日》）。所以，诗人只能"用《离骚》和《浮士德》筑成/工事，抵御汹汹的绝望"（《台灯》）。诗人由己及人，看到同胞在移民局"为自己、为割舍不了的故国哭泣"，不禁心有戚戚，"代代相继的无根的人——/归化不了心"（《归化》）。

在诗人这里，乡愁虽可化作无数的日常的形而下之物，却始终是"唯一的形而上学"。它无所寄又无所不能寄，难以化解又不得不化解。于是，诗人一次次在梦中还乡、在脑海中还乡、在笔下还乡。一次次"在心中把长路重走一遍"，回到儿时的小镇、村庄、田野、黄土岗、水埠头，回到"被思念雕成天堂的岭南"（《还乡曲》）。

毫无疑问，乡思乡愁的背后，除却血缘、亲情、土地、家园的维系与牵绊，亦有"异国揾食的艰辛"以及加重诗人失落和寂寞的中西文化隔膜。"餐厅中多少低眉哈腰/厨房里几许烟熏火燎/算不尽的汗与疲倦/才提炼出来半月一张/好不惊人的工资支票""无支票可吃的日子/照例吃租金、孩子的午餐费/和冗长的忧患"（《唐人街的支票》）；"可爱的美利坚/以黄金的梦魇/以狠辣的生存竞争/以上司的阴阳脸/以冷酷的抵押贷款/以电视上的暴力/甚至以儿女在饭桌前的笑/和夏威夷浪漫的假期/合力将我锻打"（《成品》）；"在流浪中失落了道路""在刀叉间失落了胃口""在月饼中失落了乡愁""只剩下精瘦的、无挂无碍的/自己，让永不失落的影子陪着/走在异邦繁嚣的寂寞之中"（《失落》）。

对孤独的抵抗还需要与故土身心的贴近。去国八年之后，刘荒田第一次乘坐波音747回乡，"从舷窗/我鸟瞰天下，白云伴我/入定一般，这如烟如梦的异邦/翩翩地旋转，随即后退后退/我也趁此，把一切退还——/我的辛劳，我的忧虑，我的欢欣/我那汗渍的工资支票/我那卖身契似的美国护照/连同……/全数退回/我这直航机票便是退货单/我那日夕被离异割着的伤口/让飞机的人字缝纫缝着/……与妻子手牵着手怀乡。望穿/浩渺的云山/我无限欣慰地/宣告：我那魂牵梦绕的故国山河/绝不会被退回，我仍拥有她/她仍拥有我，我正向她疾飞"（《退回》，1988）。所谓的"退回"只是一种自我的心理安慰，或者说只是某个极为短暂的时刻。何况，"寻根"并非想象得那么容易。"一棵松树/被命运砍伐、分解/出口，加工之后/复由异邦风霜/打磨、上漆/遂成一西式桌子//有一天，它怀念/贫瘠的黄土岗/要赶潮流/回去寻根//难的是：方形的桌脚/如何接合/圆形的根"（《寻根》，1990）。

进入20世纪90年代中期以后，刘荒田的写作虽然从诗歌转向了散文随笔，但其乡愁书写延续在《清明时节》《梦乡总匆匆》《春归》《"上埠"》《乡音》《乡愁诗人·乡愁》《水埠头》《异乡人》《乡思》《远在异乡迷秋色》《向后现代播种乡愁》《故乡的风》《炊烟》《梦回荒田》《漂泊原乡》《老屋檐下燕窠》《"沿海高速"途中》《怎样走进另一些冬天》《核桃溪的"溪"》《乡愁可能填满人生》《心深处的"坐标"》《乡愁细处》《老金山 新乡愁》等为数可观的文章之中。

写于2000年之后的《梦回荒田》可以说是其中的代表作。在这篇过万字的散文中，作者再一次以"梦回"的形式，做"未来还乡的彩排"，设想回到故地故居后的种种生活。可能见到的旧物、故交，在祖屋过活的几代亲人，须要对付的日常琐碎，在文字中徐徐展开，既是对过往人生的一种回望，又是对期待中的陶渊明和梭罗式生活的一种前瞻。作者幻想着自己也许会遇到种种不适应，但也相信："我终究会接受故园的一切，我多年来惨遭夷化即异化的中国式行事方式、思维习惯，一定会逐渐地回归。"最终，"我卑微而劳累的肉身，在绕了地球一个大圈后，在生命的发轫处栖息，重新获得生机"。正如有论者所言，此文是作者为自己的原乡写的一曲恋歌，"深致、委婉、细腻，情深近痴，又不乏旷达和风趣"，可说是刘荒田的"巅峰之作"。①

在《书中纽约》这篇散文里，刘荒田抄录了让自己泪目的一句话："这个地方，被我的心揣着，走遍世界。但有时候，我在梦里要甩掉它。"之所以能被这句话瞬间触动，我想是因为它道出了刘荒田内心深处一种埋藏已久、极为复杂和矛盾的情感，颇耐人寻味。对于刘荒田而言，"这个地方"，小而言之是家乡台山，大而言之是中国；实而言之是故居故土，虚而言之是汉字是中文是传统文化。它"不但为宗族、家族的血缘所系，而且是最后的故园"。它不仅附着于身，更烙印于心，无论他走到哪里、走多远，都揣在心里，这样心里才是踏实的、安稳的。但是，为什么有时又想"甩掉它"呢？刘荒田曾如此解释："在海外生活，退守心灵一隅时，为有母国文化这一灵魂栖息地，常感到无比幸运；进入主流社会，特别是要面临经济压力（比如儿女上大学）时，又因自身的局限而难堪，以英语来说，虽然交流无碍，但远谈不上自如，这是如我这般

---

① 见陈新为刘荒田著《人生三山》（江苏凤凰文艺出版社，2014）所作的序，第5页。

的移民一辈子的痛。"①

"自身的局限"带来的"难堪",是有时候想甩掉"这个地方"的心理根源。骄傲也好,自卑也罢,都与"这个地方"息息相关。所以,想到这个地方,心里自然是纠结的;面对"这个地方",感情自然是复杂的。但无论如何,"这个地方"在刘荒田心里的位置是根深蒂固、无可取代的,是"没有折中余地的宿命",想甩都甩不掉。

去国三十余年之后,当刘荒田在两个国度都"得其所哉",不禁发出这样的人生慨叹:"为此,我充满感恩,老天爷何其仁厚,赐我两个国家、两种文化、两个社会、两种语境、两种'生活在别处'和两种乡愁。"②当然,乡愁的背后亦有对年华老去、青春不再的感喟:"想起'未老莫还乡,还乡须断肠'的诗句,格外起了悲凉。每一回还乡,故乡的溪流上,村前的池塘里,我的倒影日渐老去,发愈来愈疏,愈来愈白。出国时,在曙色中告别村头的小楼,还几乎不失少年的翩翩啊!"③

有意思的是,纵观刘荒田去国之后四十余年的写作,可以发现其乡愁书写有一个从空间向时间的转变。早年的四部诗集从书名即凸显出了"空间性",具体到诗作如《北美洲的天空》《异国的粽子》《白宫的蟋蟀》,早期的散文如《故乡的风》《远在异乡迷秋色》也均是在一种空间性的比照中彰显乡

---

① 刘荒田、朱郁文:《刘荒田:"三十六陂烟水,白头想见岭南"》,载朱郁文、廖琪编著《十二邀:广东作家访谈录》,暨南大学出版社,2020,第120页。
② 刘荒田:《两山笔记》,暨南大学出版社,2013,自序,第2页。
③ 刘荒田:《乡思》,载《旧金山小品》,上海人民出版社,1999,第53页。

愁主题。作者常常是在一个空间想着万里之外的另一个空间，在星条旗下的北美洲、旧金山、唐人街思念着大洋彼岸的荒田村。"可恶的海平线总把对岸删去"，游子用文字将其"复制""粘贴"，化解心中的乡愁。而随着年龄的增长、岁月的洗礼、阅历的丰富，这种空间性的乡愁渐渐向时间性的乡愁转移，从因"远"而生恋、因阻隔而生乡思，到因"久"而生情，且历久弥新。《梦回荒田》《江流石不转》《老屋檐下燕窠》《漂泊原乡》《怎样走进另一些冬天》《荒年之忆》《心深处的"坐标"》《老金山，一生只为四个字》《乡愁细处》《乡愁的终端》《老金山　新乡愁》等这些写于2000年之后的散文，都是时间性乡愁书写的例证。

如果用含有思乡主题的古诗词来对照，空间性的乡愁是"天怜客子乡关远"，是"一去隔绝国，思归但长嗟"，是"枕上片时春梦中，行尽江南数千里"；时间性的乡愁则是"少小离家老大回"，是"去国十年老尽、少年心"，是"今春看又过，何日是归年"；至于"他乡生白发，旧国见青山""故乡今夜思千里，霜鬓明朝又一年""如今白首乡心尽，万里归程在梦中"则近乎二者兼而有之了。而刘荒田，从四十二年前的"晨起动征铎，客行悲故乡"，到如今的"三十六陂烟水，白头想见岭南"，这个去国有年的游子，"在自己'马蹄铁'状的人生轨道上，终于实现了自由往来的梦想"[①]，也为自己的乡愁画上了圆满的句号。

---

① 杨河源：《一生功力写"寻常"——刘荒田先生〈两山笔记〉读后感》，载刘荒田《两山笔记》，暨南大学出版社，2013，第309页。

二、"最大的收获是看了无数人"

在一本散文集的自序里，刘荒田这样说："1980年我移居美国旧金山，32年过去，该有的差不多都有了，包括白发、白内障、退休金、孙儿女。其中，最大的收获就是：看了无数人。当然，不出国也能看人，差别在两处：视野和观察力。"①一个移居美国三十二年的华人和写作者，最大的收获不是衣锦还乡，不是著作等身，也不是全家得以在美国安居乐业，而是"看了无数人"，乍听起来，不免让人疑惑。不妨先看看刘荒田是如何看人的。

研究刘荒田看人，出版于2013年的《华尔特的破折号——刘荒田记人散文》是很好的范本。在这本集子中，作者将所"看"的三十余人分成四类：在美国的中国人、在美国的非中国人、在美国的"亦中亦西"人和在中国的中国人。这些人，有杂货店店主、小酒铺老板、加油站收银员、酒店经理、酒吧侍应生、首饰店打金师傅、肉档切肉师傅、车衣厂工人、诗人、吧女、摄影师、大学生、工会会员、企业董事长、家庭主妇等。比较多的是餐饮业人员，像餐馆的老板、老板娘、经理、厨师、帮厨、分餐员、侍应生、练习生等，显然跟作者长期在餐馆打工的经历有关。还有一些是作者家族里的人，比如祖母、贵叔等。

这些人，年龄涵盖老中青，人群涉及黑、白、亚裔、欧裔

---

① 刘荒田：《华尔特的破折号——刘荒田记人散文》，重庆出版社，2013，自序，第1页。

以及各种混血。有的踏实能干、不辞劳苦，有的精明算计、处处心机，有的坦率，有的义气，有的死要面子，有的吊儿郎当，有的得过且过，有的极端爱财，有的嗜酒如命，有的对"性"乐此不疲，有的对文事始终保有情怀，其中也不乏流浪汉、吸毒者、健身狂等。这些原本是庸常社会的庸常之人，经刘荒田细致传神的刻画，瞬间活灵活现，显出极为鲜明生动的个性。

我们不妨来看看《朱老板这辈子》的主人公朱振鸿。朱振鸿是唐人街一家传统的家庭式饭店兴鸿餐馆的老板兼主厨，有着"典型"的厨师相——中等身高、圆脸、偏胖，"一副满月般的脸，并非横生的肥肉，而是象征着和谐与满足的滋润"。朱老板祖籍台山，20世纪60年代三次偷渡香港不成后，采取"先结婚后申请"的策略，以和在港的父亲见面为由，获得批准，于是1973年他"堂堂正正过海关，到飘着米字旗的香港"。在港两年间，当过跟车员、送货员，后在酒楼从洗碗工做到杂工，再到泡制鱼翅、鲍鱼、海参等技术含量相当高的"上杂"，最后当上炒锅。1975年，他通过亲人担保，入境美国，拿到绿卡，开始雄心勃勃地闯荡，一个行李箱，一套专用刀具，伴他从纽约到波士顿，从马天那到盐湖城。辗转万里，最后在旧金山湾区扎根。在旧金山还是从中餐馆的杂工做起，先后师事四位香港名厨，厨艺大增，将师傅们的拿手菜一一收入私房菜谱，还掌握了领导厨房的全副本领。两年后，因帮派火拼制造了餐馆血案，餐馆崩溃，失去工作的他随后和友人合伙开餐馆，朱老板使出看家功夫，以自创的几个菜式打响招牌，却在欣欣向荣之际因与合伙人产生纠纷，只得出让。

随后几年，他流转于加州饮食界，先后应聘于多家粤菜餐厅，这个寡言少语、埋头苦干、"善于制造奇迹的头厨"往往能拯救食府于危难，可谓"开辟草莱，劳苦功高"。可他在食肆一般都待不长（半年几个月），因为老板们一来心疼付给他的高薪，二来以为这个"猪仔鸿"也就那么几下子，随便找个亲戚朋友便可取代，时机一到便让他走。"过河拆桥"领教多了，这个大厨渐渐学会自保，再做头厨就多了一个心眼，使得那个草率辞掉他的大餐馆在半年之后就因"粗制滥造"而关门大吉。讲起这样的往事，朱老板不无得意。进入新世纪，朱老板买下兴鸿餐馆，靠着勤勤恳恳、物美价廉，挺过了激烈的竞争、经济的动荡和金融海啸，使餐馆成了唐人街的品牌。生意上了轨道，朱老板心情变得轻松，朋友来了，他就着花生米喝点白兰地或青岛啤酒，高谈阔论，兴致高时还能吟诗唱曲。2010年，已到退休年龄的朱老板，准备将餐馆出让，人生的拼搏就此结束。通过作者的描述，我们看到这位主人公吃苦耐劳，这一点自不必说；他精明，懂得从他人处学得一技之长；他能坚持，几十年摸爬滚打，不放弃自己的餐馆事业；他有心机，知道给自己留后手；他也是善良的，知恩图报，在海外站稳脚跟小有发家之后，给家乡捐出二十多万元用于修路、建文化楼、修整村面，寄托对恩人的怀念。当然，这个朱老板四十余年的海外打拼并非一帆风顺，也因"自作孽"而遭遇过大的坎儿，比如1983年他在旧金山唐人街的赌场将家底输个精光，小儿子又因摔伤被送进医院，其时的他可谓"叫天不应，呼地不灵"，幸亏有同甘共苦的妻子作支撑。所以他对妻子是感激的是疼爱的，他对别人也是友善的，给人亲切，让人觉得踏实。所以作者也不禁感慨："和朱老板熟了以后，更感到他可爱。他不是没有心机，而是以豁达之心滤掉商业竞争所派生的猜忌和狭隘；他不是视钱财如粪土，而是在饱历世途风雨后终于回归乡野的单纯。"

朱老板虽算得上"在美中国人"中比较典型的一个，但并不是什么神奇人物，甚至是极为普通。为什么写他？"他是唐人街寻常人生的微观，是第一代移民的缩影，是海外华人世相的写照。在美国的中国移民，唐人街是他们的世俗人生，朱老板一辈子的生涯，就是为这样无可替代的世俗人生作注脚。"刘荒田写他就是因为他勤勤恳恳、烟熏火燎的大半生，为中国移民的世俗人生作了生动的注脚。"在我眼里，他是俗人，最不可缺少，最可尊敬的俗人。唐人街的人生，是俗人组成的。"何止唐人街的人生，整个世界的人生，难道不是由俗人组成的吗？刘荒田用"俗眼"看"俗人"，转至笔下却成了不俗的文章，这就是文字的力量。

除了点对点"看"人，对单个的人进行深度"追踪"和"透视"，刘荒田还善于"看"人群中的人或流动中的人，刻画群像的功夫亦相当了得。《旧金山人海》看的是电车上短暂接触的人，《旧金山房客速写》看的是二十年间租住在自己住宅的三对房客，《第1800号部落》看的是与自己同一个街区的十几户人家，《别有用心的散步》看的是进出三家按摩院的人，《在星巴克写星巴克》看的是咖啡店的人，《除夕排队买烧猪肉记》看的是排队买烧猪肉的人；《普快硬卧里的日夜》看的是普通火车硬卧车厢里的人……作者将与自己或擦肩而过或有过短暂交集或惊鸿一瞥留下深刻印象的人，统统纳入笔下，以满足自己持续存在的"偷窥欲"。刘荒田说，"最过瘾，莫如看人"。他常常在好奇心的驱使下对周遭的人进行"偷窥"和"摸底"，如此一来，公车、地铁、火车、旅游巴士、茶楼、饭店、咖啡馆、诊所、商店、超市、街道，甚至修车铺、手机店、菜市场，等等，这些日常生活所及的空间，为刘荒田提供了绝佳的"看"人场所。但是"看"人貌似简单实则不易，因为在异国他乡、在一个极度注重隐私权的社会，人与人之间有着强烈的疏离感，要看透一个人，是难的。所以，在"过瘾"之外，他也不免感慨："最艰难，莫如看人。""看人"如同"剥笋"，很多时候连第一层"笋壳"都无法剥开，内里的情况自然无从探究；还有很多时候，剥了一层又一层，不见得有收获。想要看得多一些、深一些、准一些，唯有用心。

刘荒田的"看"功，体现在对平常日常之人、事、物的观察与描写。在刘荒田眼里，看似繁华的街市，给人的感觉是孤独，每一个人都在诠释"万人如海一身藏"的奥义，谁也不关注别人的命运。是的，万人如海一身藏，刘荒田也是这人海中的一个，他"藏"身其中，观察人，描写人，将我们极易错过的市井图景，刻画得入木三分。在《旧金山浮世绘》《神游市场街》《平安夜》《市井三章》《去了一趟"斯卡布罗集市"》诸文中，刘荒田将最普通最日常的人与场景形诸笔端，将他的"浮世绘"功底展现得淋漓尽致。那些因为太常见、太普通而为我们所忽略的人、事、场景，一一出现在刘荒田的文字里，且是那样不流俗，那样生趣盎然。这一切，"来自他对生活的热爱和诗人的敏锐"，他对各式各样的小人物，"都抱着无限的体谅和同情"，"在熟悉的地方读出风景里的哲学，在庸常中发现感动"。"一生功力写'寻常'，刘荒田先生以多情的笔，指示了一条写作的'心法'。"①这一点正如刘荒田自己所说，在哪儿都能看人，但差别在"视野和观察力"。《旧金山人海》中推着堆满被盖和杂物的超大手推车的白人流浪女子，《普快硬卧里的日夜》里当着作者的面掏出乳房给孩子喂奶的年轻老板娘，《桂树下，买鲜花》中精明、麻利、温和的卖花姑娘，《市井三章》里那个在茶楼上独坐的喃喃自语的老人……这些陌生者在作者笔下，生动得让人忘不掉。即便是一笔带过的人物，读来也如在眼前："表情木讷的中国大妈，警惕性奇高的手紧紧挽着手袋带子。身高悬殊的阿拉伯情侣，女子踮脚对情郎耳语。身边忽然感到肉的挤压，原来是一位胖妞往我旁边的空位落座。她打开手机，对着屏幕动起来。不在零距离看聋哑人打手语，不知道手也可以'伶俐'——摇、摆、圈、绕、捶、拈、提，如钢琴的黑白键，更如芭蕾舞者倒立的纤足，教我着迷。"（《旧金山人海》）"趿着拖鞋的少妇，眼神迷离，带来慵懒的气息；一身名牌西装的青年，想必是春风得意的企业高管，在柜台前顾盼雄飞，墨西哥裔的性感女店员光顾看他，忘记找零钱；白领丽人的香奈尔5号香水没随匆忙的脚步飘散，她的高声大笑却把三位大汉的话题打乱——昨天在AT&T体育馆的棒球赛，谁打出至关紧要的全垒打。两个警察先后进来，我盯紧他们的举动，纯然为了好

---

① 杨河源：《一生功力写"寻常"——刘荒田先生〈两山笔记〉读后感》，载刘荒田《两山笔记》，暨南大学出版社，2013，第309页。

奇——他们享受免费待遇否？结果是：都乖乖付钱。"（《在星巴克写星巴克》）寥寥数语，周遭的人事尽收其中。

在大街步行也好，在公共交通工具里头也好，人海里"游泳"（套用网络时髦语，曰"冲浪"），看零零星星的人，看比肩继踵的人，看远的人，近的人，擦肩的人，对视的人，视而不见的人，偷窥的人。偶然的肢体接触，如握手，碰撞。不期然地起了这样的幻觉：每个人都坐在看不见的"车子"上，"车"的牌号、年份、性能、价钱、保险各异，但总体名称一样：命运。命运之车，载着单个，载着相依为命的情侣，夫妻，载着一家子，一个家族，和其他"车子"同向，逆向，交错，穿插，组成一个社会。一次事故，对撞或擦碰，就是人和人的矛盾激化。每一瞬间，都是现世的切面。每一切面，都拖着漫长的故事。这些故事，为此刻造因，一如此刻为将来造因。如果你记得数十年前摄影家的一种雕虫小技——晚间拍大街上的车流，按住快门久久不放，每一辆车亮着的前灯和尾灯，便变成霓虹灯一般的线条，千万条红或暗红的线聚集，纵横，纽结，绵延。而你，我，他，就是其中一条（如果猝然沉没在人海里面，再也不露头，只好算一个点）。

（《旧金山人海》，2014）

在这段文字里，刘荒田对藏在人海中看人的体会做了形象的比喻和阐释。人海中看人，看到的每一个瞬间，都是人的一个切面，每一个切面都是一个故事，透过一个个切面和故事，我们看到了一个叫作"命运"的东西。

总的来看，刘荒田的记人散文，除了视野的宏阔、观察的敏锐和细致、人物性格刻画的鲜明、对细节的极度重视，还有两个非常突出的特点：

第一是故事性强。在《华尔特的破折号》《死亡假面》《回头浪子朗尼》《登徒子奥兰多》《唯钱是问的詹姆斯》《性向成谜的约翰》《密西西比小镇怪人三记》《凉风起天末》《朱老板这辈子》《四嫂子的脸》《又见"芸娘"》《旧金山房客》《此地一为别》《我的黑人朋友》《"黄金梦"三部曲》《一封拾来的情书》《墓前的神秘女人》《一个戴了47年的"口罩"》《西贡姐妹》《新"洗衣歌"》《回娘家——一个导游说的故事》等一系列的散文中，作者显示出超强的叙事能力，通过将平凡人物一生中"飞扬"的一刻一一抓取并加以串联，过渡自然，叙述流畅，戏剧性强。这些散文呈现的是不同族群的个体或家庭，为实现"美国梦"而在旧金山经历的人生波澜，这里有逐梦的艰辛、进取、骄傲，也有梦碎的无助、痛苦和遗憾，一个个普通人的故事被作者之妙笔铺上一层"传奇性"的色彩，而这"传奇"背后依然是普通的人和普遍的人性，读来令人唏嘘。"如果读者通过这些未失诚实的文字，得以较为真切地了解生活在美国的一部分中国大陆移民，特别是他们非传奇性、非戏剧性的一面，并不宏阔、并不大起大落、并不可歌可泣的一面，我的希望就满足了。"①通过普通人的"传奇"悟出传奇背后的普遍与普通，我想应是阅

---

① 刘荒田：《"假洋鬼子"的自白（代序）》，载《"假洋鬼子"的悲欢歌哭》，贵州人民出版社，2001，第3页。

读刘荒田散文的核心命题。张爱玲说，好的作品，"是以人生的安稳做底子来描写人生的飞扬的。没有这底子，飞扬只能是浮沫，许多强有力的作品只予人以兴奋，不能予人以启示，就是失败在不知道把握这底子"。①刘荒田就很好地把握住了这"底子"，让我们在"飞扬"中看见"安稳"，在"传奇"中领悟"普通"，从而获得某种"启示"。他的散文包罗万象，写人之外，描景状物抒情亦有不少让人叹服之作，而我个人比较偏爱人物类散文，除了故事性强、耐读之外，也许是希冀通过他人之遭际反思自己的人生，进而思考如何书写自己的"破折号"。

第二是多面向写人。刘荒田"看"人摒除了偏见（只看一点不及其余）和成见（戴着有色眼镜看），尽己所能多侧面多视角对描写对象进行观照，呈现人物的多个面向。《朱老板这辈子》除了表现朱振鸿为实现大厨事业而付出的心血，还表现了他的小精明、小心机和小善良、小情趣，全篇读下来，一个踏实、勤劳、和善、可爱的华人小老板的形象跃然纸上；《死亡假面——我的顶头上司为什么自杀》一文从多个渠道探究酒店宴会部主任荷西的自杀之谜，"试图进入荷西生命终结的真相"，尽管最终并没有得出定论，但却借此"对生命重新展开思考"，让我们看到一个人命运的多种可能性；《密西西比小镇怪人三记》中的三个人物，作者都用了两个不同的版本讲述他们的故事——用"乡愁版"和"成人版"写给每位"新乡里"都送一辆二手车的陈亚胜，用"公开版"和"隐秘版"

---

① 张爱玲：《自己的文章》，载《流言》，北京十月文艺出版社，2006，第13页。

写死也不肯外迁的老春头，用"洋式叙事"和"中式叙事"写在三十四桶钱币包围中活活冻死的朱添财，试图理解"怪人"背后的隐秘；《凉风起天末》一文从主人公一辈子称呼的变化（由"南飞雁"而"黄英晃"而"老南"），对这个"情同手足过的男人、短时间的商业搭档、新诗的合作者、文学的同路人、意大利餐馆的同事、文学协会的同人"的一生进行了回顾，让我们看到"作为诗人和小说家的老南"以及"文学以外的老南"。因是至交，作者写来用情至深，一个小文人被时代裹挟的命运随着无限哀思在笔端徐徐展开，读来让人唏嘘感慨。刘荒田的笔下有各种各样的人，种族、阶层、职业、年龄、性别之外，更有言行举止和品性的千差万别，老实巴交者有之，精明狡诈者有之，忍辱负重者有之，爱慕虚荣者有之，善良义气者有之，唯利是图者有之，有着私密癖好者有之，劣迹斑斑（偷盗、吸毒、滥性等）者有之……然而，刘荒田不会轻易给笔下人物扣上一个"好"或"恶"的帽子，而是在缜密的思路、合理的推敲中展示人性的复杂和人的多面性。那些人物不一定都是可爱可敬的，却是可信的。可信在于，我们总能在某个人物身上看见自己或看见可能的自己，从而得以反省自己的活法。于是乎，这又与上一点，即写普通人的传奇，殊途而同归了。

巴尔扎克说："作家必须看见所要描写的对象，不管究竟是对象走向他们，还是他们走向对象。"刘荒田"看见"了他笔下的人物，而我们经由他的文字"看见"了真实的人。

三、"在汉字里安身立命的人，最终要回到汉字的国度"

移民海外之初，刘荒田在中餐馆打工，妻子则在车衣厂做活，因工作关系跟同一个厂子里的朱太太结识，随后两家频繁走动，有了交情，于是就有了《书卷故人》的主人公——朱先生。朱先生在一家老牌会所的餐厅当练习生，为人木讷，与"我"头次见面就告诉"我"，他的心愿是在退休后给中国最具权威的工具书《辞源》《辞海》纠错。"谬误多得很嘛！留传了这么多年，居然没人指出来，愧对先人！"他的言语中透着激动和恳切。"他的手指细长，骨节棱棱，在蓝色书脊上蠕动，教我起了莫名的感动。一个读书人，在异国，如此警惕地护卫彼岸古老的文明。"朱先生评论起唐人街中文学校的老师来语气里充满不屑，因为他们总是念错字（如"病入膏肓"的"肓"念成"盲"，"咄咄怪事"解作"拙拙"，"桃之夭夭"念成"桃之沃沃"）。朱先生还透露，他在有生之年务必完成的是出版一部"超越这两部过时及谬误百出的工具书的大制作"，"算对故国家山有个交代"。而具体到工具书里有哪些谬误、为出版"大制作"做了哪些准备，朱先生讳莫如深，似乎刻意要韬光养晦。

根据作者对朱先生成长和教育背景的交代，我们知道，朱先生其实并没有太多中文的功底，只在广州念过一阵子中文补习学校（相当于初中三年级的水平）。他去世后留下的一堆藏书中，并没有任何线索，证明他在小学上下过功夫，以及对辞典谬误的发现和校勘。可就是这样一个在异国生存的普通蓝领，却始终计较于母国的文字。即便是患上了老年性痴呆，念兹在兹的依然是辞典里的字。汉字，成了和他"纠缠一辈子的梦魇"。

《书卷故人》给我留下了极为深刻的印象，读完它，一个空有文人情怀而没有真才实学、对汉字较真到近乎迂腐的老派中国人形象，一直在我脑海中游荡。对这个"像煞鲁迅笔下的孔乙己"的同胞，刘荒田并没有像鲁迅写孔乙己那样以启蒙者姿态哀其不幸怒其不争，而是充满了悲悯。"这个自不量力的老移民，是真实的悲剧人物。我写他，满怀悲悯。一方面，他远离文化之根，无从寄托，痛感失落；另一方面，他学力有限，根本没资格对中国的经典性辞典说三道四，只好虚张声势。开始时是为了博取乡亲的尊重，老来将错就错，成为唯一的心灵依靠。"①作者深谙朱先生这类"老金山"的精神状态和心灵世界，所以有的只是同情。

在我看来，朱先生不啻一个对汉字有洁癖的"妄人"，只是并无自我"清洁"的能力和实际行动。我想，刘荒田在对其表达同情悲悯的同时，亦在这个人身上投射了自己对汉字的情怀与情感。所幸的是，刘荒田虽远离母国却并没有"远离文化之根"，虽有失落却并非"无从寄托"，因为他始终用中文在写作，心"田"始终有母语滋润而不"荒"。

刘荒田自幼喜欢读书，小学五年级时祖母被派为公社书店经理，给他提供了看书的便利，即便是在十年"文革"期间，

---

① 刘荒田、朱郁文：《刘荒田："三十六陂烟水，白头想见岭南"》，载朱郁文、廖琪编著《十二邀：广东作家访谈录》，暨南大学出版社，2020，第119页。

他仍然阅读了不少书籍，很早就接触了一众世界大作家的经典作品，年轻的心得到了一流文学的滋养，并在那时就拿起了笔，开始诗歌写作。在三十二岁移民海外之前，刘荒田就已经具备了很好的中文底子。

可贵之处在于，移民旧金山之后，在极为紧凑的生活节奏和巨大的生存压力下，刘荒田并未放弃阅读和写作。他一边在美国的中文书店、图书馆和华文报刊看中文书籍和文章，一边保持着对新诗的热忱，不停写诗，不断在华文报刊发表诗作、开专栏，并陆续出版了四本诗集。那时，他写过一首名曰《汉字》的诗，且看——

从描红簿中
跌跌撞撞地学步
然后抬腿伸膊
爬了这么多的年月
也学不来铁竖银钩

斗转星移，生命
逶迤成路
让字爬成
一行笑
一行泪
一行壮志
一行沮丧

从前曾横着走过

螃蟹似的红卫兵狂热

后来又怯怯地

蚂蚁一般爬在检讨书中

爬过青春、爬过国界

依旧爬不进碑林

成为淋漓的拓片

至于爬进弯弯曲曲的

英文之后，它就很孤独了

深夜常在日记中叹息

那时我就说：字啊

唯有你，以草书的放纵

隶书的倔强、楷书的严谨

在荒漠中显示生机

我说着说着，字竟耐不住

跑起来了，跑成

大江东去似的乡情

（《汉字》，1988）

　　不难想见，汉字揳进人生的每一个重要时刻，与数十年的命运爱恨交织。刘荒田在不惑之年写下的这首诗，既是对半生风雨的提炼，又是对支撑自己的母语的感喟。

　　尽管进入新世纪之后，刘荒田放弃了诗歌写作，但却悄然把诗的"核"装进散文的"壳"里。语言的密实凝练、想象力的恰当运用，无疑使散文增色，再辅之以小说笔法，不经意间创造了一种跨文体式的写作，"借此增加文章的维度、层次和立体感"①。有论者认为，一篇堪称完美的散文，必须具备"三度空间"——力度、深度与宽度。"作家欲达到这一境界，独特的天分才调，独特的艺术思维与感觉，独特的生活积累与体验都是不可缺少的。刘荒田的许多散文佳作，在'三度空间'上都发挥得淋漓尽致。"在我看来，正是对力度、深度与宽度的开掘，才使得刘荒田的散文具备了高人一筹的"维度、层次和立体感"，才能做到，"在令人动容之余，更能在人的灵魂里引发震撼，引发省思和省悟"②。

刘荒田散文随笔能达到这种境界，跟他对古今的博取、中西的兼容是分不开的。首先，他有着很好的古典文学底子，在他的文字中不难看出古诗文对他精神世界的浸润，古人的诗句他总能信手拈来，运用得当、到位，让人叹服。其次，他在去国之前就阅读了数量可观的世界名著，包括托尔斯泰、罗曼·罗兰、屠格涅夫、海涅、普希金、歌德、雨果等名家名作，在早年就吸收了世界优秀文学的养分。而在去国之后，他很快又接触了大量现代文学，尤其是"广泛研读了台湾诗人各家各派的诗集、诗选和诗论"，让他觉得"展现了与在国内所见的迥异的境界"，令他"目眩神迷，又兴奋莫名"。在这当中，洛夫的《时间之伤》和非马的《非马集》对刘荒田影响

① 刘荒田、朱郁文：《刘荒田："三十六陂烟水，白头想见岭南"》，载朱郁文、廖琪编著《十二邀：广东作家访谈录》，暨南大学出版社，2020，125页。
② 戈云：《悲情在岁月中泣血——刘荒田散文的"三度空间"（附录）》，载刘荒田《星条旗下的日常生活》，花城出版社，2003，第395页。

深远，令他"大致完成了从直白的传统抒情诗到立体的现代诗的转型"①。后来，他又将这种"立体"和"现代"的质素，很成熟地转移到他的散文随笔之中。更重要的是，进入异域之后，对中西文化的用心体察、比较和思考，极大地开拓了他的视野和认知。他在杂取种种的同时，没有放弃自身丰富的传统，对汉字始终怀着崇高的敬畏，对汉语写作始终情有独钟。

正是对汉字、对中国文化、对文学始终怀有一腔热忱，刘荒田对文人也往往能换位思考、体察入微、惺惺相惜，凡是文人或跟文事有交集的新朋故交，写起来都格外用情。《凉风起天末》中的诗人老南，《自石中抽出眼泪》中以写散文诗和翻译各国诗家经典为主业的秀陶，《一段诗缘》中早年写诗后改写小小说、晚近以硬笔山水素描自娱的云云，《"公竟渡海"之后》中从儒雅文弱书生变为车衣厂工人、精神无所寄的文师，《忘年交》中藏万首古诗千篇古文于脑中、有文人傲气的陈先生，《江天俯仰独扶藜》中贫贱卑微忠厚博学的诗人程坚甫……这些与作者以诗、以文、以书结缘而相知相交的渺小文人，穷困潦倒也罢，壮志难酬也罢，失意落拓也罢，即便是天真痴妄如《书卷故人》中的朱先生，在作者笔下，都不是"相轻"的对象，而是"相惜"的同道。他们有一个共同的爱好，即爱书惜字，甚而嗜书成癖、视书如命。文学、写作以及那些由汉字构成的经年累月的纸张和书籍，于他们而言，是寄托文化乡愁、纾解心灵饥渴、排遣灵魂孤寂、浇透胸中块垒的不二之选。这些文人于刘荒田而言，是另一种意义上的亲人，刘荒

---

① 刘荒田：《海外学艺录》，载《唐人街的桃花》，珠海出版社，1996，第297页。

田写他们，是怀念，是追思，亦是寄托，是换种方式写自己。所以，面对对文学死心塌地的陈先生的文字，他不禁追问："我翻着他的《钩针集》，浏览一个渺小文人一生的足印，继而想起：我，岂非他的后继者？文学之路，与别的世途一般，在世间引起阵阵旋风的，毕竟是金字塔顶端寥寥的若干位。余下的，是陈先生那一类，等而下之，是我辈。陈先生用一生，写下'没名堂'的结论。我呢？别的只在名片中自订名衔以满足虚荣心的可怜虫呢？"（《忘年交》）

某次返乡，看着堆在旧居里的上千册自己的诗集，刘荒田不禁陷入以书为友、以诗做伴的往昔之中。当年，老屋的阁楼上，放着一张单人床，床上堆着小小书山，刘荒田曾在那里枕着祖父辈传下的檀木枕头读《海涅诗选》，"沉醉在哀伤至绝望的《罗蕾莱之歌》里"；曾在那里捧着一海碗木薯粉搓的汤圆午饭，边吃边读普希金的长诗《叶甫盖尼·奥涅金》，"至纯至美的诗氛围包裹着我，灵魂随着在奥涅金离开后徘徊于爱人住处的达吉亚娜出窍远遁"。即便书山旁边多了牙牙学语的娃儿捣乱，他依然一边带娃、一边读书、一边写诗，在漫漫长夜，"以诗为养料，培育幸存的真诚"，"流连于大师的华章巨构，耽溺于和现实政治相悖的另一种人生"（《江流石不转》）。

刘荒田笔下多次写到蠹鱼——一种银灰色、以书为食的小生物，有一篇散文的题目是《故土的蠹鱼》，由一个从故土跨越万水千山来到旧金山的蠹鱼敷衍成篇，算得上是幽默犀利、以小见大、从形而下中见出形而上的文章典范。既然以书为食，"先天地是与雅人雅物为伍的"，蠹鱼自然是"书生的天敌"，自然也是刘荒田的"天敌"。然而，换种思路，刘荒田何尝不是一尾耽溺于诗文和书籍之中的"蠹鱼"呢？"江流石不转。在时间无坚不摧的流水中，诗是较为恒久的礁石。"（《江流石不转》）我想，写作之于刘荒田，亦是"较为恒久的礁石"吧。

"书卷多情似故人，晨昏忧乐每相亲。"对刘荒田而言，"今日之我"所含的无限丰富的"往昔"之中，是由汉字链接的一首首诗歌、一本本书籍和一个个曾经鲜活而热切的灵魂。"在汉字里安身立命的人，最终要回到汉字的国度去，一如落叶归于泥土，是没有折中余地的宿命。"（《梦回荒田》）所以，他甘愿在汉字的王国做一世的臣民，服膺这"没有折中余地的宿命"。

四、结语

刘荒田年逾七旬，去国数十载，历经沧桑。"这位广东才子上山下海，呼吸过灵秀之气，再经西化打磨加工，天意造就一颗魁星。"[①]刘荒田没有辜负"天意"，身处英语环境，仍以赤子之心坚持汉语写作，笔耕不辍，著作等身，是海外华文文学和中国当代文坛一面个性鲜明的旗帜。其人睿智通透，其文幽默犀利而不乏热情、柔情和温情，字里行间流淌着浓浓的

---

① 王鼎钧：《细品刘荒田——读〈刘荒田美国小品〉》，《华文文学》2009年第6期。

人文精神。其散文随笔对世态的洞察、对人事的悲悯、对日常和细节的关注与迷恋、对细微情感的呈现与表达以及对汉语的纯熟运用，少有作家能望其项背。

"作为一个胸怀中国心的游子，他在中与美的空间置换，东方与西方的视角融汇中，不断拓展和丰富他的散文天地。他正在把汉语叙事的魅力发扬到一个新的境界。"[①]刘荒田对中西文化的态度以及他的写作成就，为我们提供了很好的镜鉴——在接受、吸纳西方思想观念和文学熏陶的同时，不放弃自身丰富的经验与传统。

他曾如此自述——

37年前，我的中国护照上，是祖父替我起的名字；在我的移民签证文件上，是我本名的广东话拼音。我绝没有想到，37年以后，我成了"田"——刘荒田。漫长的异国生涯中，我用这个名字，写了数百万字的作品。它印在40本书籍的封面和书脊。当然，这绝对不意味着此"田"土质如何肥沃，收成如何丰饶。它一如从机上看到的田野中的一块，普普通通的，听从节气的命令，长出毫不惊人的稻子、小麦、玉米之类，夹带着丰富的野草、稗禾。等而下之，连庄稼也阙如，因为名字带"荒"。

姑且不谦虚地说，这"田"未至于颗粒无收。但终归得承认，即使产量可以，"质次"也是可以肯定的。然而，只要我以自己的意志开垦的"田"存在，它就成为我区别于其他人

---

① 2009年首届"中山杯"华侨文学奖给予《刘荒田美国笔记》的授奖词。

的符号，成为出自个人视角的人生实录。以汉字为收获物的"田"，它乏善可陈的价值，且待后人评说。

（《成田，成田》，2017）

说"田"之"荒"自然是自谦之词。这"田"或许曾经"荒"过，但经过数十年的默默灌溉、不懈耕耘，早已是杂花生树，群莺乱飞。而这"荒"也被赋予了另一种象征，即不规整地界范围，不限定庄稼种类，哪里有地儿种哪里，想种啥就种啥，也不施化肥，不打除草剂，任其无拘无束，自由生长。正是凭借无拘无束的自由，这"田"成了华语文学大地上的独一份，成为"我区别于其他人的符号"。

2011年，退休后的刘荒田在广东佛山觅得一落脚处，开始了中美两地轮流居住的惬意生活。按照他的说法，退休以前，他的人生包含两个年龄上的"一半"——中国三十二年，美国三十二年；退休之后，则由两个居住地合成——中国广东的千年古镇佛山和美国加州的旅游名城旧金山。就此，他构筑起从台山到旧金山再到佛山的人生"三山"。这一方"荒田"，也开始在"三山"之间的转换与游走中，显得愈加开阔与丰饶。

南方味与都市感*

——张欣论

一、广州故事：南方都市浮世绘

鸳鸯。走糖。

鸳鸯是广式茶餐厅特有的饮品，一半咖啡一半红茶，一半是火焰另一半还是火焰。配合在一起是熊熊燃烧的口感。走糖是不加糖，走盐是不加盐，全走是不加葱姜蒜。全走那还吃个什么劲儿？泡面不放调料包吗？

经济不景气，茶餐厅的老板娘芦姨更加没有表情，跟她拜的关公相貌仿佛。广式茶餐厅都有挎大刀的关公彩雕，意在牛鬼蛇神不要进来。收款台有招财猫。店很旧了，一直说要装修好像也没钱装，黑麻麻的卡座伸手都可以撑住天花板，回头客不离不弃。芦姨说，怀旧？不好意思说省钱，当然怀旧啦，便宜味正而已。不装修也就没法提价，所以云集着一票不景气的人。

茶餐厅、咖啡与奶茶混合的"鸳鸯"饮品、走糖走盐、门口的关公彩雕、收银台旁的招财猫……广州人，或者经常光顾

---

* 原载于《石家庄学院学报》2020年第5期，收录于江冰等著《都市先锋——张欣创作研究专集》，花城出版社，2020；题目和内容有改动。

广式茶餐厅的外地人，看到这一段文字，一定会对里面透露出的"粤味"心领神会。

这段文字出自广州作家张欣2015年发表的中篇小说《狐步杀》。众所周知，张欣从20世纪80年代开始享誉文坛至今，是为数不多的名声在外的广州作家之一。但张欣并非土生土长的广州人，其祖籍是江苏海门，在北京出生，三十岁转业到广州工作之前，有很长一段时间是在部队度过的。

时至今日，作为一个长期关注现实、关注城市日常生活和人情世态的作家，张欣对广州的了解，对广州人和广州文化的认知水平，绝不亚于任何一个"老广"。

张欣的写作并不以表现广州的历史和风俗为目的，但是用心的读者依然可以透过她的文字窥知她对广州对南方的熟悉。"例牌""靓爆镜""出粮""出街""咸湿""心水""抠女""掟煲""湿湿水""搞搞阵""鸡毛鸭血""鸡同鸭讲""摆围""搞掂""收声""不知几开心""扮忙""登对""揾食""走鬼""走佬""大晒""劏鸡""发钱寒""算鬼数""卜卜脆""牙齿当金使""食得咸抵得渴""有爱饮水饱"……这些"白话"堆在一起看似挺多，可散落在几十部小说中就显得微不足道。粤地方言在张欣的作品中，用得极为克制，但往往用得正当其时和恰如其分。

语言之外，当然少不了饮食，艇仔粥、皮蛋瘦肉粥、拉肠粉、云吞面、叉烧、腊肠、猪扒饭、鱼蛋粉、烤生蚝、猪红汤、姜醋猪手、椰青炖鸡、鲜虾炒蛋、支竹羊腩煲、水东芥菜捞鹅肠、腐乳虾仁跑蛋、九江双蒸、飞机榄、咸酸、双皮奶、咸水菜心……这些粤味十足的寻常饮食，与西餐和日韩料理一起构成了张欣作品中人物的主要菜单和食谱，中间偶尔夹杂着豆浆、小笼包、水饺、拉面、酸菜鱼、片皮鸭，鲜活、亲切的日常跃然纸上。除此之外，我们还能看到西关老宅、西关小姐、骑楼、醒狮、咏春拳、香港邵氏武侠片、黄飞鸿电影、《七十二家房客》电视剧、粤剧粤曲等在张欣的文字中偶有露面。在小说《舞》中，张欣还专门塑造了一个热爱事业、不计名利、甘于牺牲的歌舞团女编导，小说故事围绕着一出名为《自梳女》的歌舞剧展开，而"自梳女"就是地道的珠三角"特产"。看得出，张欣对南方是有感情的。

通读张欣作品，不难发现广州本土日常生活在作家身上的浸润，南方元素的摄入，并非张欣有意为之，而是一种文化浸染日深之后的自然而然的呈现和表达。

然而，如果读者仅仅在方言、饮食、建筑、风俗这些层面理解张欣作品的"南方特色"和"广州元素"，那就大大简化和窄化了"南方"之内涵和意义。那么除了这些层面，作为南方都市代表的广州到底有着怎样独特的文化和个性呢？

所谓"一方水土养一方人"，不同地域的人在语言、观念、风俗、为人处世及生活方式上一定是有差异的，而由语言、观念、风俗、为人处世及生活方式构成的文化也就有了差异性，于是就有了地域文化的差异性。梁启超在《中国地理大势论》中说："燕赵多慷慨悲歌之士，吴楚多放诞纤丽之文，自古然矣……长城饮马，河梁携手，北人之气概也，江南草长，洞庭始波，南人之情怀也。"[1]"气概""情怀"之谓指

---

① 梁启超：《饮冰室文集》（第三集），云南教育出版社，2001，第1807页。

的就是文化在人之精神面貌上的投射。

广州地处岭南，岭南文化性格的形成，追溯起来，主要有三方面的促成因素：首先，岭南气候湿热，毒虫猛兽众多，瘴疬之气丛生，自然环境恶劣；其次，古之岭南远离中原，偏安一隅，长期疏离于政治权力中心，"朝廷以羁縻视之，而广东亦若自外于中国"①；最后，岭南位于南海之滨，拥有漫长的海岸线，受海洋文明辐射最早、影响最深。恶劣的自然条件、"自外"的政治状态以及海洋文明的吸纳三大因素的综合作用，最终使岭南具有了疏于王权、注重现世生存、讲究实用与实效（务实）、敢为人先的文化性格。同时，内地与海外双重外来人口的移入和文化的交汇，也使得岭南文化具有了开放、包容、自由、多元、反叛的性格特征。这样的文化性格落实到社会层面就是经济发展相对自由，工商业比较发达，商贸业繁荣；落实到人的层面就是热爱生活，关心实际，注重世俗享乐。而疏于政治、重商、务实、注重世俗享乐、自由开放包容这些文化性格又是相互影响、彼此联系的，它们综合作用的结果就是"南方"的形成。这里所谓的"南方"已不仅仅是地理学意义上的概念，而更多的是指向一种文化性格、一种精神气质，或者说是一种环境和氛围。

近现代以来，西方文明的强势介入以及改革开放政策的实施，使得开放包容、务实重商、注重当下、关心世俗生活的岭南文化性格得到延续和强化。正如有学者所言："广东的地理

---

① 梁启超：《世界史上广东之位置》，载《饮冰室文集》（第三集），云南教育出版社，2001，第1708页。

位置使广东呈现出特殊的文化形态：不喜形而上玄思而关注当下生存，务实而灵活应变，脚踏实地而又善迎八面春风，珍惜传统而又在心理结构上更具开放性……一句话，更'当下'。"① 一句话，南方人注重当下、活在当下。

张欣的小说，无论是时代背景和氛围，还是选材和故事类型，抑或是人物的性格与观念，都有上述"南方"之投射。20世纪90年代以来，张欣的作品，几乎所有的长篇小说和代表性中篇小说②都有着都市和商海的背景，故事情节基本是主人公在商海的浮浮沉沉。张欣用文字建构的世界可以用物质化、市场化、现代化、都市化这"四化"来概括，这"四化"正是改革开放以来中国南方（珠三角）社会的时代特征和发展态势。几乎每一个生存其间的个体，都在"四化"裹挟之下应对自己的事业、生活和情感。于是，我们看到，张欣笔下的人物已经完全不同于传统文学塑造的人物形象：首先，他们积极拥抱并投入商业化的大潮之中，不以在商从商经商为末流；其次，他们正视自己的物质欲望，不以追逐物质利益和生活享受为耻；最后，他们都比较务实，有较强的竞争意识和生存能力，不认死理，不钻牛角尖，精于算计，懂得变通，能屈能伸。

---

① 程文超：《寻找一种谈论方式——"文革"后文学思绪》，中山大学出版社，1997，第485页。

② 截至目前，张欣已经出版的长篇小说有《遍地罂粟》《一意孤行》《沉星档案》《缠绵之旅》《无人倾诉》《浮华背后》《我的泪珠儿》《深喉》《为爱结婚》《依然是你》《锁春记》《用一生去忘记》《对面是何人》《不在梅边在柳边》《终极底牌》《黎曼猜想》等，代表性中篇小说有《伴你到黎明》《你没有理由不疯》《致命的邂逅》《仅有情爱是不能结婚的》《爱又如何》《岁月无敌》《今生有约》《婚姻相对论》《有些人你永远不必等》《首席》《绝非偶然》《谁可相倚》《浮世缘》《狐步杀》等。

张欣谈及广州，有这样的感受："广州实在是一个不严肃的都市，它更多地化解了我的沉重和一本正经。"① "广州是个现实的城市，它教会我一种务实的精神。"② 她在接受记者采访时说过，广州虽然看起来并不像北京、上海那么时髦、时尚、"文化先锋"，但它毕竟是最早改革开放的一个城市，加之与港澳毗邻，所以在观念上绝不逊色于北京、上海，而且比较务实、低调，适合作家"平视生活，安静写作"③。我们看到，广州作为南方都市的那种文化性格和气质深深浸染到张欣身上，同时也在很大程度上影响了她的创作观，最终使作家及其作品均呈现出独有的"南方气质"。

综合来看，张欣热爱南方生活，对广州有着很深的情感，她几十年笔耕不辍，以极为高产的城市书写向我们讲述着独属于她的"广州故事"，堪称南方都市生活的浮世绘。要注意的是，张欣并不迷恋于呈现地理建筑、衣食住行、风土人情等一般意义上的地域文化的书写（这一点也使她同其他广州"本土"作家区别开来）。正如作家池莉所言："南国张欣就是南国张欣，她的小说就是当代南国的生活节奏，是当代南国的密集事件，是当代南国的流行风和口头语，是当代南国的欢乐和哀伤，古典和时尚，梦想与现实。"④ 张欣作品中的"南方"更多的是一种大的背景、一种时代氛围和一种生活节奏，透过她的作品，我

① 张欣:《代跋: 深陷红尘 重拾浪漫》，载《岁月无敌》，长江文艺出版社，1996，第366页。

② 《张欣: 我的定位是纯文学作家》，《中华读书报》2006年11月15日。

③ 参见http://gzcankao.net/news/detail?nid=49961。

④ 池莉:《张欣暖洋洋》，载张欣、张梅编《张欣张梅文学作品评论集》，羊城晚报出版社，2016，第113页。

们能感受到一股浓浓的"广州味"和"南方味"。

二、通过"传奇"抵达"普遍性"

有论者在论及张欣时指出其作品存在着选材通俗化、人物形象类型化、情节设计模式化、叙事手法单一、语言风格固化、缺乏深度和超越性以及批判精神等问题。

的确，张欣小说的叙事往往以故事情节的戏剧性见长，常常通过凶杀、自杀、车祸、绝症、婚外恋、三角恋等非常事件以及很多的巧合来推动故事发展；人物常常有着离奇的身世、曲折的命运；故事发生的场景——如写字楼、星级酒店、豪宅、餐厅、咖啡馆、健身房、商场等，以及人物的身份——如政府官员、公司金领白领、推销员、健身教练、警察、记者、律师、模特、设计师、作家、医生、教师、学生、保姆、退伍军人、创业者、打工仔等，往往是现代都市人比较熟悉、经常接触或渴望接触的；而人物形象的设置尤其是女性形象的设置往往突出其才貌双全，身材、相貌、气质、个性比较出众；小说中有很多的时尚和流行元素；语言不乏机智幽默……这一切都是张欣小说能够长久地吸引读者、激发人们阅读兴趣的因素，同时也是为部分批评家所诟病的原因。

换个思路和角度来看待这个问题，可以得出不同的结论。搞清楚为何张欣小说呈现如此面貌以及为何长期受欢迎的问题，也许更为关键。

首先，这与张欣一贯的创作立场和观念有关。张欣说她内心深处"是非常迷恋故事的",尤其是"带有传奇色彩的好故事"。她认为小说有"解闷"的功能①;认为文学"没有轻松的一面也是很可怕的",文学不应该"始终端着架子"②。我们看到,吸引人(传奇性的故事)和好读(轻松、解闷)在张欣的小说创作理念里占有很重要的位置。张欣写小说,为的是排遣"都市人内心的焦虑、疲惫、孤独和无奈",她希望自己的作品能为都市人"开一小小的天窗,透透气"③。于是,我们在张欣的作品中看到了一个个都市人的"传奇"。

其次,张欣虽然并未像张爱玲那样表明写小说目的是"在传奇里寻找普通人,在普通人里寻找传奇",却在客观上达到了"殊途同归"。这里面包括两层含义:第一,普通人与传奇性的故事都有着一定的距离,作为讲故事的人,作家要在普通人里"寻找"传奇性,进而建构和讲述自己的"故事",通过"故事"将普通人与"传奇"连接起来。也就是说,张欣的"传奇"指向的依然是普通人,尽管其故事的主人公有各色人等,但说到底,他们也是普通人,他们像现实中的我们一样困在事业、情感、生活共同织就的罗网中,有各种的欲望和追逐欲望的方式,有各自的"焦虑、疲惫、孤独和无奈",而读者能否通过这扇"天窗""透气",那要看各人的悟性和造化了。这就引申出第二层含义,作为听故事的人,我们要在"传

---

① 张欣:《朝深处想,往小里写》,《北京文学》2015年第8期。
② 张欣:《代跋:深陷红尘 重拾浪漫》,载《岁月无敌》,长江文艺出版社,1996,第366页。
③ 张欣:《代跋:深陷红尘 重拾浪漫》,载《岁月无敌》,长江文艺出版社,1996,第366页。

奇性"中寻找"普遍性",寻找一个一个的"普通人"。也就是说,读者仅仅通过戏剧性很强的故事获得消遣、娱乐和阅读快感是远远不够的,仅仅通过主人公"替代实现"自己的传奇人生、完成自己的情感投射也是不够的,而应该在"传奇"里发现我们所面临的共同的处境和命运以及共通的人性。概括地说,第一个层面是在人物身上投射"独特性的我们",第二个层面是在故事中发现"普遍性的我们"。

张欣故事里的人物多是中产阶级、都市白领,但《对面是何人》①是个例外,就是这个例外可以帮我们更好地理解"在传奇里寻找普通人,在普通人里寻找传奇"这个主题。

小说的主人公是李希特和如一,这对中年夫妇生活在待拆迁改造的广州老城镇水街,日子虽然艰难,但还过得去。丈夫李希特因单位机构改革被裁员,失业在家的他不愿另谋出路,整日痴迷于虚幻的武侠世界,梦想着自己在另一个世界里有大作为,至于家里有没有收入来源、妻子如何辛苦奔忙,他全然不顾;面对他的愤世嫉俗、任性乖张、不负责任,妻子如一也无可奈何,只能靠编织假发套、做"走鬼"(流动摊贩)、抢促销商品来"揾食"(谋生),整日奔波劳累。因为迷恋武侠,李希特结识了开武馆的雷霆,两人惺惺相惜,决定为武侠梦搏一把,于是共同写剧本、找投资,但以失败告终。意外的是,如一无心买下的彩票居然中了千万大奖,她悄悄告诉了丈夫,丈夫觉得实现自己梦想的机会来了,他逼迫如一把钱拿出来全部投拍他和雷霆的武侠片,善良的如一无奈之下只得把钱

---

① 此小说2009年发表于《收获》杂志并由上海文艺出版社出版。

给了疯狂的李希特，同时也把他逐出家门。大学毕业的儿子李想想因为家境贫寒，不得不与女友分手，当他得知父亲不负责任地追求"梦想"的行为后，与父亲决裂。李希特不惜倾家荡产拍出来的电影被市场残酷抛弃，遭到了毁灭性的打击，知音雷霆难以面对人生的所有失败而自杀。一无所有的李希特在儿子的厉声质问中，无言以对，跳楼自尽，虽被抢救过来，却让家里欠下巨额债务。李想想外出打工误入传销组织被非法拘禁，李希特为了儿子，只身来到传销公司，用生命的代价救出了儿子和一众被骗的人。一切都回到了原点，如一和儿子仍然过着普通平凡的日子。

这部小说是典型的"在普通人里寻找传奇"。主人公极其普通，可说是相当卑微，但他们也有自己的梦想，如一的梦想是一家人过上好日子，不再为生存奔波劳碌，儿子考上大学成绩优秀谈上不错的女朋友；李希特和雷霆的梦想是写出拍出不朽的武侠作品，建构理想中的武侠世界和侠义精神。然而残酷的现实一次次击碎他们的梦想，当他们有了实现梦想的经济条件时，依然屡遭挫折和不幸，付出了惨痛的代价，乃至生命。

透过小说人物的命运，我们看到，所谓"梦想"，所谓"传奇"，对普通人来说不啻是奢望，尽管如此，有梦想并勇于追逐梦想的人始终有值得敬畏的一面。初读小说，你会为李希特的任性、固执、疯狂、不负责而气愤，你会觉得妻子如一太善良太心软太纵容丈夫，但是随着故事情节的展开，尤其是最后李希特以残疾之躯勇闯传销窝点，做出舍生取义的壮举之后，你会发现他们不再让你生气和厌恶，而渐渐生出敬佩之心和悲悯之情。卑微无能的李希特以对梦想的无条件坚守和几次壮举，完成由普通人向英雄的转化，从而书写了自己的"传奇"；而如一在艰难困苦庸常无助的日子对丈夫的容忍、对生活朴素的热爱、面对打击时的坚韧、对亲人的守护同样让人心生敬意。他们在巨额财富降临后的心理变化、行为选择和命运起伏对普通人而言有着警示意义。透过他们的"传奇"，能否参透在庸常生活中面对的普遍性人生命题，对读者来说是一个考验。

"传奇"与"普通人"之间、"独特性"与"普遍性"之间存在着一种隐秘的联系，这种隐秘联系无论是对于作家还是对于读者，都需要去"寻找"。作家的寻找是为了更好地讲述和传达，读者的寻找是为了更好地聆听和理解，两者都非常重要。

三、在红尘中安妥灵魂

"都市人内心的焦虑、疲惫、孤独和无奈，有时真是难以排遣的，所以我希望自己的作品能为他们开一小小的天窗，透透气。"[1]张欣如是说。

如果说张欣所有的故事有一个核心的话，那这个核心就是"欲望的追逐与超脱"。身处都市，面对高楼大厦、灯红酒绿、纸醉金迷，无论是穷人还是富人，无论是达官显贵、中产

---

[1]　张欣：《代跋：深陷红尘　重拾浪漫》，载《岁月无敌》，长江文艺出版社，1996，第366页。

阶级还是中下层平民，都面临无数的诱惑、滋生无穷的欲望，然后在欲望的驱动下不停地追逐，在追逐中实现自我、迷失自我、超脱自我。

与北京、上海相较而论，广州既不是政治中心也不是文化中心，却是名副其实的商业中心，商业化、市场化将南方都市人的欲望无限地激发出来。人们不再羞于追求物质利益，拜金主义、享乐主义思潮泛起，虚荣心膨胀，"商品世界的拜物教性质"体现得淋漓尽致。在张欣的小说中，时不时会出现高档写字楼、商场、西餐厅、星级酒店、咖啡馆、甜品店、茶室、健身房、夜总会、KTV、演唱会、高档会所、豪车豪宅、时尚美女、音乐会、房地产、商业广告、商品促销、买卖合同、遗产继承等城市元素，以及（卡地亚、香奈儿、路易威登、阿玛尼、华伦天奴、爱马仕、法拉利、兰博基尼、马爹利、轩尼诗、拉菲、XO等）奢侈品品牌，主人公穿戴着各式各样的名牌服装和饰物，还经常提及小说、电影、音乐、绘画、日本漫画等。笔下的人物充分享受着现代城市文明带来的物质红利，但与此同时，也在承受着物质对人的精神空间的挤压、欲望对灵魂的侵蚀，以及人性的异化。

《岁月无敌》中的乔晓菲为了满足自己的物质欲望，不惜嫁给一个富有却残废了的老头；《五仙观》里的歌手阳光在声名鹊起之后，抛弃为他默默付出的女友而移情于一个富有的韩国籍歌迷；《谁可相倚》中的杨志南为了钱离开了爱着的情人，娶了奇丑无比的女强人；《我的泪珠儿》中的邵一剑为了获得事业成功不择手段，不惜出卖好友的隐私来获取巨大的商业利益；《锁春记》里的叶丛碧虚荣心极强，向往并极力追求富太太的生活；《深喉》中的法官沈孤鸿在权力和金钱面前迷失，为了钱不顾他人性命，肆意践踏法律；《浮华背后》的黄文洋早年抛弃妻女，后来又利用成了当红影星的女儿来挣钱；《缠绵之旅》中的蓝濛见异思迁，舍弃情人趋附权贵；《仅有情爱是不能结婚的》中的商晓燕将情爱对象当成满足情欲、放纵自己的商品，夏遵义的母亲为了写出畅销小说，不惜将女儿作为娱乐大众的素材……透过这些故事，我们看到，繁华都市的喧嚣不断刺激着人们的欲望，改变着一些人的"三观"并驱动着他们的行为，在欲望面前，爱情、亲情、友情的砝码也失去了应有的重量。在此状态下，无论欲望是否得以满足，人的内心都无法获得安宁，人心的阴暗面也被激发出来。可以说，都市有些人表面光鲜靓丽，内心深处却恓惶、阴暗、孤独、不安。

张欣小说的主人公，要么有着不幸的出身或童年，要么有过挫败的婚姻，要么有着冷漠的家人，要么就是身不由己任由他人安排自己的求学、恋爱和婚姻生活……总之，成长氛围和周遭环境一定有着令人压抑和郁闷的一面。这样的人物设置其实暗示了作家对都市人境遇的一种理解，即每个人生来就是孤独的，而且这种孤独是绝对的，是无药可医无人可救的。亲情、爱情、友情，带来的顶多是短暂的抚慰和偶尔的温暖，但都无法消除都市人内心的焦虑和孤独，反而常常带给人束缚和压抑。用小说人物的话说："哪一个都市人没有一颗伤痕累累的心，等待着倾诉和抚慰？可哪一个都市人能够真正地尽情倾诉和得到抚慰？"（《无人倾诉》）

当孤独无法超越，当一切人际关系无法给予抚慰，心理问题随之而来。《我的泪珠儿》中畸形的亲情带来畸形的心理，致使母女都无法解开心结，最终酿成悲剧；《锁春记》中的庄芷言看似自信、优雅、智慧，内心却是孤独封闭的，在哥哥的世界里充当着母亲、妻子、妹妹的多重角色，兄妹关系畸形却不自知，最终伤害了哥哥的爱人，也伤害了自身；《浮华背后》中的冉洞庭身处都市的浮华却始终活在农村的阴影之下，无法在城市获得身份认同，内心空虚、焦虑、迷茫；《为爱结婚》里彼此深爱的陆弥和胡子冲，各自经受住了金钱和第三者的考验，却没能经受住彼此的猜疑，爱成了彼此的精神负担；《依然是你》中的焦阳因年少时家里惨遭不幸而沦为流浪者，缺乏正常的人际交往能力，遇到来自陌生女人管静竹的温暖而陷入矛盾的情感纠葛当中，最终心理失衡；《用一生去忘记》中的打工仔何四季在城市里本有着不错的运气和前程，但孤独自卑的心理导致行为的偏差；《深喉》中的沈孤鸿、徐彤、戴晓明等人让我们看到权力欲、金钱欲膨胀之后带来的心理扭曲；《不在梅边在柳边》中的梅金、蒲刃、贺润年等人是一群有着各种心理缺陷的虚假贵族……当心理问题无法排遣，容易发展为行为的极端化：杀人或自杀。泪珠儿亲手杀死了自己的母亲（《我的泪珠儿》）；陆弥向熟睡中的爱人举起了锤子（《为爱结婚》）；海关关长杜党生和公安局局长凌向权为了一己私利联手杀害了莫亿亿（《浮华背后》）；焦阳为了那个给了他温暖的女人，用裁纸刀杀了王斌（《依然是你》）；柳三郎面对妻子的出轨无法释怀，用哑铃砸死了情敌端木哲（《狐步杀》）；兄弟二人因为父亲的遗产分配问题心理失衡，互相伤害，在争吵中哥哥用斧头砍死了弟弟（《狐步杀》）；《如戏》中的哇哇、《无人倾诉》中的黄围围、《锁春记》中的庄芷言、《深喉》中的沈孤鸿、《不在梅边在柳边》中的蒲刃等人选择以自杀来完成对自己的救赎……一幕幕悲剧就此上演。

这些悲剧让我们看到，都市环境、都市生活与都市人心理之间存在着一种微妙的难以言传的关系，这种关系带给人的并非都是正面影响。"都市让人产生困顿与焦虑，而人物的心理问题的产生恰恰也是这座都市的繁华、喧嚣、欲望所带来的投射。它们彼此之间存在着一种畸形的关系，让人又爱又恨。通过对人物心理问题的展现，张欣提出了在市场经济语境当中个人灵魂如何安顿这一问题。"①作家笔下的故事换个思路来看，其实就是在代替追逐欲望的都市人寻找超脱的方式和路径，"开窗透气"之说其实就是让"深陷红尘"的人"重拾浪漫"，让都市中无数不安的灵魂得到熨帖。张欣通过对人物命运和性格的塑造来为都市人提供解决这一问题的参照。

浮华与喧嚣过后，张欣笔下的人物，无论曾经遭受过多少挫折和多么深的伤害，往往选择原谅——原谅生活，原谅他人，也原谅自己，最终获得心理的平衡和灵魂的安宁。这样的处理，让我们感到"她的作品里总是潜流着一股暖洋洋的谅解与宽容"②。读不出这一层深意，你就抓不住张欣小说看似残酷的故事里那一丝暖意。

"她将触角伸向了社会与时代，渴望为现代人无所依附的心灵找到一处安稳的归宿。""在万丈红尘中安妥好灵魂，这

---

① 江冰：《都市魔方：广州都市文学与都市文化》，花城出版社，2017，第35页。
② 池莉：《张欣暖洋洋》，载张欣、张梅编《张欣张梅文学作品评论集》，羊城晚报出版社，2016，第113页。

看似艰难而吊诡的命题作文，张欣孜孜不倦地做了足足三十年，她所有的都市言情，都是想在万丈红尘的喧哗中找到安身立命之处，如今，凭着她一点点水滴石穿的坚持，她成全了她的读者，也成就了她自己。"[①] 是的，当我们明白了孤独的绝对性和欲望的虚妄性，明白了人在都市红尘中的无力与无助，反而会有所释然，谁能说这不是张欣作品带给我们的积极意义呢？

四、被低估的城市文学文本

张欣从20世纪80年代在文坛崭露头角，至今已近四十年，其间她笔耕不辍，几乎每年都有作品问世，可谓文坛的常青树。此外，她的作品也是影视界的宠儿，有多部小说被改编成连续剧，无论是小说还是由小说改编的连续剧总能吸引一批读者和观众，即便不畅销（热播），也不至于遇冷。但是，就是这样一位"红"了几十年的当代作家，学界对她的研究似乎并不"热"。通过中国知网检索，题目或关键词中包含"张欣"的论文不超过七十篇，其中学位论文有二十余篇，且全部是硕士论文，无博士论文，有一定影响力的并不多。可以看出，学术界和当代文学研究领域并不重视张欣的作品。究其原因，大概有两方面：一方面是学界对文学的二分法以及厚此薄彼的立

---

① 钟晓毅：《在红尘中安妥灵魂——素描张欣》，载张欣、张梅编《张欣张梅文学作品评论集》，羊城晚报出版社，2016，第18—19页。

场和观念，即习惯将文学分为纯文学（精英文学、严肃文学）和通俗文学（大众文学、流行文学），并抬高前者而贬低后者，且评论家往往有意或无意地将张欣的作品归入后者；另一方面则是重乡土文学而轻城市文学，张欣的作品无疑属于被轻视的后者。

我以为，作为城市文学代表作家的张欣，其小说文本是被低估的。张欣及其写作至少在以下三方面值得重视——

其一，"轻松"文学观。张欣说："广州实在是一个不严肃的都市，它更多地化解了我的沉重和一本正经。我觉得文学没有轻松的一面也是很可怕的。深刻也好，轻松也好，我觉得我们的文学始终端着架子，哪怕是一个姿态，也要有个说法。"[①]张欣还说："小说也有解闷的功能。"[②]"哪怕是某个旅人在上车前买了一本，下车前弃而不取，我觉得也没什么，至少填补了他（她）在车上的那一段空白，至少完成了文章的一半使命——娱乐人生。"[③]这些话清晰地透露出张欣的文学观——文学应有放松心情、娱乐人生的功能，文学应该亲民一些、大众化一些。通观当今文学界，以高雅文学自居者有之，自诩先锋作家者有之，却很难发现一个有名的作家会宣称其作品就是给人放松的。似乎每一个作家都在追求"深刻""严肃"，唯独张欣不端架子，不装沉重和一本正经，不故弄玄虚，不故作深沉。

① 张欣：《代跋：深陷红尘 重拾浪漫》，载《岁月无敌》，长江文艺出版社，1996，第366页。

② 张欣：《朝深处想，往小里写》，《北京文学》2015年第8期。

③ 张欣：《代序：我是谁？》，载《张欣文集》，群众出版社，1996。

正是因为有着这样的文学观，张欣在构思故事的时候尤其重视可读性，加之小说多以"言情"为主，张欣曾被人冠以"大陆琼瑶"的帽子，但张欣对此不以为然，她始终将写作视为严肃事业。"我是坚持小说要好读好看这一原则的，尽管我付出了代价，甚至要承担通俗作家的美名。但是我给自己的定位是严肃的纯文学作家，别人误读我也没办法。"①

严肃、认真的写作心态与轻松、可读性强的小说文本，构成了张欣写作的一体两面。这个"一体两面"使得张欣的小说打破了纯文学和通俗文学的界限。没有前者，张欣的作品就会成为低幼的大众读物；没有后者，张欣就会曲高和寡。她巧妙地将二者结合，使自己既区别于一批小众作家，又超越了琼瑶式的言情范式。正如戴锦华所言："从某种意义上说，张欣是新时期以来第一个成熟而成功的女性通俗小说家。"②这个评价不妨看作是对张欣写作"一体两面"的一种肯定。

其二，不做道德评判的叙事方式。有学者在论及岭南文学的特征时指出："总体而言，岭南文学重于人间烟火而轻于形上玄思，乐于红尘琐事的吟哦而疏于史诗品格追求，甚至自动放弃了精英阶层的批判、反思立场而走向对现实的诸多认同，呈现出马尔库塞所批判的缺乏批判与超越的'俗化'倾向。"③这段论述用在张欣身上亦是合适的。张欣的作品不追

① 张振胜：《张欣：我给自己的定位是纯文学作家》，《光明日报》2005年1月2日。
② 戴锦华：《奇遇与突围——九十年代的女性写作》，《文学评论》1996年第5期。
③ 叶从容：《地域文学的后现代主义——以现代岭南文学为例》，《江西社会科学》2014年第8期。

求宏大叙事和哲理玄思，而钟情于人间烟火和世俗人生。重要的是，张欣在表现都市人的故事、欲望和喜怒哀乐时，选择了一种平视生活的非精英立场，从而弱化了中国文学自近代以来所看重和追求的启蒙色彩。张欣认为小说"有只呈现不解释也不分辨的功能"①，她的创作完全遵循了这一原则，即不对小说中的人物及其故事做道德评判，哪怕只是暗示都加以拒绝。小说中的人物，无论属于哪个阶层、从事何种职业、做了什么事情，作者都不给予道德层面的评价，更不会以旁白的方式进行说教。对人物既不仰视也不居高临下，无论"剧中人"发生多么惊天动地的故事，做出多么不可思议的行为，作家始终是"平视生活，安静写作"。张欣自己也说："我对笔下的人物是尊重。至于说同情，我不知道那是不是同情，我觉得人不是生来就坏的，甚至十恶不赦的罪犯都不是生来就坏的。"②这种对人物的"尊重"让我们看到作家写作时的非精英姿态和非启蒙立场。在她的作品里，我们看到的顶多是对俗世人生的一点点同情和悲悯。张欣只是将都市人的"故事"经过挖掘、加工、整合之后"客观"地呈现出来，然后交给读者自己去评判。这种叙事方式是可贵的。

其三，不以乡土为参照的城市书写与都市感的确定。农耕文明产生"乡土中国"，中国社会本质上是乡土社会，中国人有浓重的乡土情结，中国人的思维也是乡土式的。基于此，近代以来，乡土文学在中国文学版图上始终占据绝对的强势和霸

---

① 张欣：《朝深处想，往小里写》，《北京文学》2015年第8期。
② 张欣：《我对热点事件感兴趣》，载张欣、张梅编《张欣张梅文学作品评论集》，羊城晚报出版社，2016，第104页。

主地位。自五四时期鲁迅等人开创乡土文学起，中国现当代文学史上，成就突出、地位显赫、被推崇备至的作家几乎都来自乡土文学。城市化、现代化大规模铺开，城市文明真正全面进入中国人的生活，还是比较晚近的事情。反映在文学上，中国的城市文学始终处在不够成熟的阶段，缺少代表性的作家和经典性的作品。在现当代作家笔下，城市、城里人与城市生活虽然已不鲜见，但城市往往是作为乡村的对立面而加以呈现的，它要么代表着现代的进步的文明形态而被给予肯定，要么象征着罪恶的渊薮而被批判；对应的，乡土要么被视为纯净、诗意的乌托邦而加以歌颂、唱挽，要么被视作愚昧、落后而进行揭露和启蒙。总之，城市和乡土是一组对立的二元项，是供彼此参照的写作路数。

而张欣的南方都市写作既非乡村挽歌，又非城市批判。批评家雷达在20世纪90年代就称张欣"是较早找到当今'城市感觉'的人"[1]。何以谓之"较早"？我以为张欣的写作从一开始就摆脱了二元化的思维模式，她的城市书写不以乡土为参照，同时她对城市文明亦不加以简单的肯定或否定、歌颂或批判。她笔下的都市人没有比乡土文学中的人物更高尚，也没有更可鄙；人物所处之地不是文明的乌托邦，里面有各种各样的不堪和伤害，但也不会让人觉得是人间地狱、罪恶渊薮。

张欣笔下的世界是由完全不同于传统乡土社会的时空所构成的。费孝通在《乡土中国》中指出乡土社会的特点是"静止"，所谓"静止"，即不流动，当然也不是绝对的静止，只

---

① 雷达：《当今文坛上的女作家》，《〈瞭望〉新闻周刊》1995年第35期。

是其流动性极为有限。所以，中国人的观念和思维跟这种"静止"有着隐秘的关联，比如安土重迁、礼尚往来、男女有别、重视礼俗和伦理道德。改革开放之初，无数的乡下人涌进城市，来到珠三角，推动中国的城市化进程迅速向前，或在城里落地扎根，或长期生活在城市，但是他们的观念和思维在很大程度上依然是乡土性的。城市虽然在建筑、街道和风貌上日益变得像城市，但身处其中的人却具有很浓郁的"乡土味"。数十年过去，随着现代化和城市化的持续推进，中国南方的城市今非昔比，除了城市外貌上更国际化更现代化，更内在更深刻的变化是人的变化，越来越多的人在这里出生、成长，除了偶尔通过父辈耳濡目染，这些人跟乡土已经脱离了关系，他们的思维自然不再是乡土的，与乡土"静止性"相对应的"流变性"通过他们在城市里体现得更为明显。无论是时间性还是空间性，城市——尤其是像北上广深这样的一线城市——都已完全不同于前现代的乡土社会。

对于这种变化，张欣有着清醒的认识，她在接受采访时曾说："我觉得都市文学是改革开放之后才有的，之前的所谓都市文学其实是农村人穿着都市人的衣服，他们可能也涂着红指甲，去大酒楼吃饭，也去跳迪斯科，但脑子里还是乡村观念，城里人和乡下人是一样的。"[1]张欣的最大意义在于她通过"广州故事"对南方都市这一极具现代性、流变性和当下性的时空给予了持续的关注和呈现，并由此找到表述现代都市和现

---

[1] 何晶、何彦禧：《张欣：不把话说完，是都市小说的秘诀》，《羊城晚报》2014年4月6日。

代心理的方式，建构了独属于她的都市景观和都市语境，在小说文本中确立了真正意义上的都市感，让我们看到不一样的都市文学。从这个层面来看，"读她的小说使人感到，老是用乡土情感来写城市感觉的历史应该结束，一个揭示都市情感的流动性、丰富性、复杂性的文学时代应该开始"[①]。这样的评语还是比较中肯的。事实证明，书写城市的流动性、丰富性、复杂性，一直（从20世纪90年代初至今）是张欣孜孜以求的，她也做到了这一点。

另外，都市文学一方面通过讲述都市人的故事、表现都市人的个性来体现都市文化，同时又塑造、建构了都市文化，是都市文化多重面向之一种。张欣作品的出现与流行，其如何在媒介中流转传播，如何为观众和读者欣赏、消费，本身就是南方都市文化的呈现；甚至可以说，张欣的存在本身就构成了都市性的一部分。

由于南方都市在中国走向现代文明的过程中扮演着极为重要的角色，这些独属于张欣、独属于广州的故事，也可以说是独属于中国。从这个意义上讲，张欣的写作作为一种文本就具有了独特的内涵和价值。

---

① 雷达：《当今文坛上的女作家》，《〈瞭望〉新闻周刊》1995年第35期。

一个人的深圳史*

——谢湘南论

一、"看不见的城市"

1993年，不满二十岁的小伙子谢湘南从湖南耒阳的乡村来到深圳沙嘴，这个与香港隔海相望的地方。与千千万万的异地人一样，他是来这里的工业区打工的，不同的是，他心中藏着一个不为人知的梦想，那个梦想不是挣钱、盖房子、娶媳妇，而是成为一个作家。

谢湘南在深圳的第一个落脚点就是沙嘴工业区的一家文体用品生产厂。三年后，他为自己所住的那栋楼写了一首诗——

> 提前半小时上班
> 年轻小伙总该有些癖好
> 我爬上6楼光光的顶层
> 那时四周还有很多空地
> 人群、树林、大海
> 被挖掘堆起的红泥
> 置在路边的水泥瓦罐

---

* 原载于《粤港澳大湾区文学评论》2022年第4期。

世界似乎以我为中心

这是1993年秋日的一个早上

我还能做出一套完整的广播体操

香港的楼房特别清晰

112栋更像一个符号

就像当初的今天

我总是有很多找不到答案的习题

一个梅县人过来与我打招呼

他的普通话像我还没习惯的

广东的早餐

他是6楼的机修工,后来成为

我的主管,再后来

他比我还先离开6楼

老板不再信任他

在沙嘴工业区112栋6楼

我还记得一个叫"阿梅"的名字

她是广西梧州人

(《沙嘴工业区112栋6楼》)

一个打工仔极为平常的早晨"即景",却草蛇灰线般记录了改革开放初级阶段的深圳图景——毗邻香港的地位优势、大片尚未开发的空地、工业区、老板、主管、来自全国各地的打工者、蹩脚的普通话、不习惯的广东饮食……一个即将诞生的现代化大都市就隐藏在这些图景之中。

只是,对无数打工者而言,那时候的深圳尚是一座"看不见的城市"（谢湘南语），因为"城还没有起来"，他们的生活被固定在一个特定的区域内，上班、下班、睡觉、吃饭……哪怕是闲聊，对他们而言都是奢侈的。他们的活动范围和视野所及不过是厂房、机器、宿舍楼、快餐店，还有上下班从身边走过的工友，以及偶尔擦肩而过的打工妹，她们的名字可能叫阿莲，或许叫阿梅。

谢湘南们"看不见"深圳，却切切实实地体验着甚至是刻骨铭心地承受着"深圳速度"。他们往往深夜还在劳作，"钢筋水泥铸造的灯笼/照亮孤独和自己，工卡上的/黑色，搬运工擦亮的一块玻璃迎接/黎明和太阳"（《零点的搬运工》），"拖着疲倦的身躯走出工厂大门看一轮太阳升起/然后花一枚镍币买一碟炒米粉和一勺子白菜汤"（《深圳早餐》）；他们似乎永远处在试用期内，"谁试用谁/证明你有用/在三月之内/从一个七天到下一个七天/你被试用/你正在被试用/生活没有窍门//你的一生都在被试用/从一个试用期到另一个试用期/生活没有窍门"（《试用期与七重奏》）；他们过着极其简单的物质生活，"从市场抱回两箱方便面/三十元人民币/我像占了别人很大便宜/心里挺美/要知道这又可对付一个月"（《伟大的诗歌推迟诞生》），承受着高强度的工作，以至于"在梦里机器还在鸣响"，只能"在嘈杂和油污中想望未来"（《站在钢管切割机前》）。

不可否认，谢湘南的确是以"打工诗歌"名世[1]，然而从一开始他都对"打工诗人"的称谓充满戒备和警惕，他不想被这个标签化的身份所界定和限制，因为他有着自己的诗歌野心。

谢湘南来广东打工，从一开始就有着与别人不一样的动因。他上初中时就喜爱文学，读过很多中外著名诗人的作品，深受影响。到了高中，感觉考大学无望，就有了当作家的念头。根据谢湘南的回忆，20世纪90年代初，他在杂志上看到路遥的一篇创作谈，叫《早晨从中午开始》，很受触动，他觉得想当作家就得像路遥那样去社会上体验生活。于是，谢湘南就辍学来到广东打工，在最初十年里，他先后做过建筑小工、搬运工、装配工、机床工、保安、质检员、人事助理、推销员等十几个工种，这些经历已经不是路遥式的"体验"生活，而就是生活本身。

这种"生活"显然是单调乏味的，"一片荔枝林对着一个窗口/一个窗口对着一片荔枝林/起先是从荔枝树下望那个窗口/后来就由那个窗口望那片荔枝林//这就是我全部的生活/我是说除了坐在流水线上/我是说除了与老板在办公室谈话/我是说除了吃饭/我是说除了上厕所//这就是我全部的生活/在西丽镇，唯一有意义的/生活"（《在西丽镇》）。对于一个想成为诗人的打工者而言，他所能做的，他应该做的，就是把干瘪无趣

---

[1] 谢湘南因几首打工题材诗歌受到《诗刊》编辑关注，并得以参加1997年第十四届"青春诗会"；其第一本诗集《零点的搬运工》入选21世纪文学之星丛书，并获得第七届广东鲁迅文学艺术奖。21世纪以来，几乎任何一部打工诗歌选本和打工文学（诗歌）研究著作都少不了谢湘南，由吴晓波策划、秦晓宇选编的《我的诗篇：当代工人诗典藏》（作家出版社，2015），收录了十六首谢湘南的诗歌，是被收录诗歌数量最多的诗人之一。

的生活咀嚼出诗意，在"方便面"之外寻找"其他的粮食"，
在吃饭、睡觉、流水线之外寻找"甘甜"的慰藉。

　　脏乱中的上沙村
　　正在建设的立交桥
　　脚手架立在脚手架上
　　我从脚手架下走过
　　市场的一端
　　方便面藏匿饥饿
　　海风靠近黄昏
　　我想起一首《桥》的诗

　　其实在福田与在别处没什么区别
　　除了方便面我还有其他的粮食
　　比如地摊上的一本旧杂志
　　再比如一个靓女从眼前
　　一闪而过
　　她吃过的甘蔗渣吐在我脚边
　　让我的鞋子也闻到一丝
　　甘甜

　　更多的人群穿过市场
　　我回头
　　一块水泥掉落在　身后
　　　　　　　　　　（《在福田》）

这首较少人提及的诗，有着高度的象征意味。脏乱的城中村、建设中的立交桥、脚手架、人群涌动的市场、饥饿、方便面、地摊儿杂志、眼前闪过的靓女……这些不仅是异乡打工者处境的描摹，更是一座城市成长命运的隐喻——是福田的隐喻，是深圳的隐喻，是一切处在"改革开放""繁荣发展"之中的城市的隐喻。

二、"在南方遍地生长"

诗人在感受"城市""社会"这些异质于此前人生经验的同时，以底层人的目光不断打量、揣摩所处之地和所遇之人。他"看不见"整座城市，却默默用心地观察着城市角落里的人。他不仅发一己之"幽情"，亦向周遭投以关切的目光。

那些女孩子总爱站在那里
用一块钱买一根一尺长的甘蔗
她们看着卖甘蔗的人将皮削掉
（那动作麻利得很）
她们将一枚镍币或两张皱巴巴的
五毛，递过去
她们接过甘蔗嚼起来
她们就站在那里
说起闲话
将嚼过的甘蔗渣吐在身边

她们说燕子昨天辞工了

"她爸给她找了个对象，叫她回呢"

"才不是，燕子说她在一家发廊找到一份

轻松活"

"不会的，燕子才不会呢……"

在南方

可爱的打工妹像甘蔗一样

遍地生长

她们咀嚼自己

品尝一点甜味

然后将自己随意　吐在路边

(《吃甘蔗》)

  诗的最后几句，不经意间将打工妹的命运和遍地生长的甘蔗进行了同构，读来令人为之触动。甘蔗给人带来甘甜，但总是在被咀嚼之后吐在路边，或在被压榨之后丢进垃圾桶。诗中的对话暗示了"燕子"们并不能自主地选择人生，无论是在厂里做工，还是回老家结婚生子，抑或在发廊干一份"轻松活"，往往都是在被不可知的命运推着行走。"在这种日常生活之流中，流淌的是深圳这个南方都市工业化的步伐和节奏。"[1]无人关心"燕子"们是否跟得上这种步伐和节奏，如

---

[1] 谢晓霞：《都市的震颤与疼痛——论谢湘南的都市诗》，《名作欣赏》2013年第6期。

今的她们已经死去或老去，不知道现在的年轻人是否还能从这首诗中读出它的社会和时代背景。

在这个宏大背景中，诗人目之所及，不仅有车间、厂房、钢筋水泥、切割机、宿舍楼、荔枝林、玩具城、臭水沟、集装箱、码头、火车站、公共汽车、招聘广告、寻人启事……还有玻璃清洁工、发廊小姐、因失恋而抽烟喝酒的女子、企图自杀的变性者、在工伤事故中断指的人、树荫下算命的瞎子、路边摆残棋的跛子、在人行隧道弹唱的吹鼓手、街头的醉汉、蓬头垢面的拾荒者、操着不同口音的废品收购者、公交车旁的乞讨者、一边摆摊儿一边"还要学会隐藏"的小贩……"他们都是异乡人/……他们叫卖着/……他们需要午餐/回家的路费，给亲人的礼物"（《卖香蕉的人/卖苹果的人/卖甘蔗的人》）。

如同马歇尔·伯曼在波德莱尔的文字中看到的一样，我们在谢湘南的这些诗中看到的是"现代人的原型"，"是一个被抛入了现代城市车流中的行人，一个与一大团厚重的、快速的和致命的物质和能量抗争的孤独的人"[1]。他们是浮萍、是微尘，在城市急速的"进步"中，他们"搵食"艰难，人生的选项亦极为有限，无数的打工仔和打工妹用注满血水、汗水、泪水的青春托起了城市的崛起，但他们无法与城市的发展同步。用谢湘南的话说，他们只是这个城市的过客，他们把自己最青春的年华奉献出来，然后还得回到原初的生活状态中去。还有一部分人，随着青春一起逝去的还有他们的生命。

---

[1] 马歇尔·伯曼：《一切坚固的东西都烟消云散了——现代性体验》，徐大建、张辑译，商务印书馆，2013，第204页。

他们"有着不一样的籍贯","不约而同/来到此地","来到另一个生命的起点",但这个起点也可能是他们的终点。没有人知道他们如何生活,"用怎样的感情投入这片土地","火热成为与你们无关的事",最终他们"用微笑静立在墓碑上","在城市的外围/与夜露为伴",而城市"已认不出"他们(《葬在深圳的姑娘》)。诗人看似平静的絮语背后涌动着难言的忧伤和悲悯,这种情感不是居高临下的同情,而是感同身受、心有戚戚,读来让人潸然泪下。

城市的建设者不见得是城市发展成果的受惠者,记录城市,书写城市,如果无视这些卑微却也有血有肉的个体生命,那这种记录和书写的成色和质地是值得怀疑的。

谢湘南的诗,映照了一个大国一线城市发展的"前史",随着城市形象的更新、城市面貌的变迁、人口的迭代以及权力话语的建构,这个"前史"将越来越模糊不清,直至被人彻底遗忘。幸而有像谢湘南这样的一批诗人、作家,在创造剩余价值之余记取了这个"前史"的无数个瞬间、无数个细节,他诗中那些来源于日常生活细节的意象,"在共同构成诗歌的都市特征的同时,也作为一种意象化的都市记忆为我们记录了我们身边这座城市的成长"[1],为一座城市留下了可资参照的文学文本。时隔多年之后,从"深圳史"的角度再反观谢湘南的打工题材诗歌,就会发现其中的另一重意义。

---

[1] 谢晓霞:《都市的震颤与疼痛——论谢湘南的都市诗》,《名作欣赏》2013年第6期。

三、"走在城市与乡村的线上"

与大多数"打工诗人"一样，在谢湘南早期的诗歌中，作为城市意象的深圳，跟异乡人的"无根之感"紧密相连，它是作为乡村的"对应物"而存在的。

> 朋友们，写下这个题目我就后悔了
> 我将被自己以及这个标题误导
> 这是个极具有象征和强烈抒情味的标题
> 现在我怎样面对汽车和尘土抒情呢？
> 我又能赋予城市和乡村什么意蕴呢？
> 譬如说我现在居住的城市深圳
> 我出生的地方湖南省的罗渡村
> 不错，它们之间的确有条线，很长或很宽
> 但那是条看不见的线，是空洞的，即使千万条
> 很多次我从出生的小村子奔到深圳
> 很多次我又从深圳回到我的小村子
> 朋友们，你能告诉我我走在一条什么样的线上？
> 你能告诉我在这条线上我都看到了什么？
> 朋友们，我什么也没看到，我只想打瞌睡
>
> （《走在城市与乡村的线上》）

诗歌一开头就以一种后现代的方式剔除了自身"本应有的"象征和抒情意味，直白地表达出诗人内心的感受。诗人不知道该赋予城市和乡村各自什么"意蕴"，只知道二者之间

有条无形的线，他无数次地在这条线上往返，但依然是茫然的、空洞的（"什么也没看到"），以及疲惫的（"只想打瞌睡"）。

作为一个乡村孩子，少年时代对城市无疑有着无限美好的想象和期待。"十年前我从学校步行回家，走三十里路/乡村公路上也偶尔开过一辆汽车，我追汽车/跑，跑着跑着汽车就不见了，剩下我/有时我发现一只蜻蜓，我跟蜻蜓跑/后来蜻蜓飞走了——//在公共汽车上看很高的高楼往后跑，上落站/一个个过去，很多人上车又很多人下车，突然我/有点悲伤。跑了十年孤独仍然没变样"（《奔跑》）。"追汽车"和"跟蜻蜓跑"两个行为意象，将一个乡村少年对城市、对外界生活的好奇和向往以及天真无邪的童心表露出来；然而十年之后这个少年成了青年，他坐在城里的公共汽车上"有点悲伤"，十年中他一直是孤独的。"汽车"，这一现代化的象征物，将诗人在乡村与在城市相隔十年的两种心境对照出来。

打工者进城时的决心和果断是有的，"放下镰刀/放下锄头/别了小儿/别了老娘/卖了猪羊/荒了田地/离了婚/我们进城去//我们进城去/我们要进城/我们进城干什么/进了城再说/……"（《在对列车漫长等待中听到的一首歌》），但对进城之后做什么，是无知无措的。所以，"当我面对自己"，不禁一遍遍地发问："你在深圳干什么？"得到的答案是，"做一个哑巴"（《你在深圳干什么？》）。"我"所能做的也许就是"待着"，"我待在深圳/这与一匹羊或一头牛待在深圳/没有区别"，牛和羊等待着"演出"和"黎明时刻"，"而我或许等待一个梦入侵/一个女人俘虏/一个走私犯召唤/一个资本家或专制者的臭骂"，被动等待成了唯一的选择。谢湘南在《我的诗篇》微纪录片中说："要融入这个城市你要找到一个归属感，所谓安身立命的地方，你在不停地寻找下一站，你的下一站在哪里你不知道，你是茫然的，这个过程确实很痛苦。"

此时，城市与个体的关系主调显然是对抗的，谢湘南曾专门写了一首名为《对抗》的诗，来表达那时他在深圳的状态，他觉得自己像卡夫卡笔下的K，"陷入"了"泥沼"。这种对抗状态也催生了诗人心中的苦闷，"我从农村流落到城市，多像一只丧家之犬"（《忧郁》），"我想到 我的青春/坚硬得像一块石头/如果不在城市里打水漂/就会沉到乡村的/寂寞的淤泥里"（《我终将一无所成》）。两难的处境压在诗人心头，甚至让他产生"放弃"的念头，"这是一个思考中的问题/我能用平静的语气叙述它/连我自己也感到吃惊/……/但我真的打算回到乡下去/我想去守护我父母的风烛残年/……在这里我已开始厌恶/……我会在某个夜晚突然消失吗？/从这个城市或者就从这世界"（《放弃》）。

但他终究没有逃离，因为这个城市有让他依恋的东西，尽管那东西有时是虚无缥缈的，"我想逃跑/又想留下来/不知为什么/我有点依恋"（《孤独的城市》）。诗人是纠结的，但又是自主和执着的，"行走在自己的呼吸里/自己为自己掌灯/自己为自己打伞/我取出停留在手上的/一部分夜，排列成诗行/多么愉悦，生命的方式/在异乡，不停行走/总是情不自禁/倾入夜色"（《执着》）。诗人用"诗行"支撑自己"不停行走"，给自己带来"愉悦"。他说："我感觉已找准了自己的诗歌目标，在中国广阔的城乡接合部，在城市与乡村的双重变奏中，在繁华的人群荒芜的内心中，在时间所命名的无奈、抗争及曙光中；我已感觉把自己的诗歌安置在自己的家园里，在我日复一日的忙碌、叹息、退让、分辨和预见中，我把诗一步步写到了自己的心里，写得没有声息，写得日益沉着。"[1]

由此看出，城市与其中的个体并不总是对立的、冲突的，诗人努力将自己变为城市的一部分，同时也让城市变为自身的一部分。"他行走在城市的泥沼/他跌跌撞撞/铺设梦的旅途，在异乡/找到立足之地/他只活在自己的世界里/用一行字/构筑一个盔甲/用又一行字/记下内心的清脆"（《写在考场外面（或一个父亲的成人礼）》），诗人用诗歌让自己在城市"找到立足之地"。

四、"深圳的每个毛孔里都有诗"

纵观谢湘南的诗歌作品，无论是前期的打工题材，抑或是后来直至当下的"深圳诗章"，都是作者对身处其间、目之所及的深圳这座城市的观察与书写。诗人一直以他的敏感和敏锐，注视城市中不易为人所察觉的物象、场景和人。

工厂在开着夜班
良莠不齐的愿望同时被生产

---

① 谢湘南：《疑问，或有待整理的空间》，《诗探索》2002年1—2辑。

汽车打着喷嚏

舒展出一段移民史

商店卖着进行曲

酒吧的音乐下雨

肉体像自动伞

"砰"的一声

汽车撞上月亮的柱子

啤酒碎成思想的自由

这下——该发生的事情

已经不能停止

（《城市即景》）

这首《城市即景》不经意间暗合了深圳这座城市的性格和特征。这是一个移民城市，人们带着"良莠不齐的愿望"来到这里；这是一座视效率为生命的城市，工厂"开着夜班"，昼夜喧嚣；这是一座时尚、先锋、创新的城市，年轻人工作之余流连于商场进行曲、酒吧音乐，寄托自己的思想，无人可以阻挡这座城市的脚步，"该发生的事情已经不能停止"。

谢湘南很多诗是跟街道、马路、行走、火车站、公交车、自行车、地铁、码头等有关的，比如：《1996年3月的广州火车站》《中巴上的粤语歌曲》《坐巴士旅行》《火车站素描》

《在公共汽车站》《奔跑》《我像幽灵在夜里飘荡》《汽车》《码头》《在船上》《自行车后座》《与陌生朋友睡在列车上》《一个过马路的人》《早班》《公交车上的演说者》《在路上》《再现》《在沿江高速上》《坐在九州大道边上吃一个快餐》《午夜路过113路公共汽车总站》《在16楼卫生间看广深高速公路上的流逝》《走在五四大街》《市中心的火车》《汉江中的码头》《车站后面》《站台》《写在10路公共汽车上》，等等，用他的话说这些写的是"在路上的生活状态"。"我觉得我的骨子里对于人口流动的场所，都有一种天生的喜好和迷恋，我喜欢隐藏在拖着、背着、挟着、裹着、扛着行李的人群中，喜欢看他们的兴奋或疲惫、他们面孔上的鲜活与生动，还有那种送别的场景、接站人的表情，以及他们举着的各式的牌子和牌子上书写着的陌生人的名字。我觉得我这个'人群中的人'，与这些行色匆匆的人、与归来和离去的人、与那些在火车站逗留的人、那些恶声恶气抑或鬼鬼祟祟的人是多么和谐。对于这些人世间流逝的镜头，陌生人的来去，我都只能慢慢去靠近。"[1]说到底，这些诗关乎活着、欲望、挣扎、寻找、自由、尊严。

诗人"隐藏"在人群中，以"在路上"的境遇和心态去观察"在路上"的人，并通过"在路上"的人去观察城市、思考人在城市里的生存状态。在《我想写左边的女人，也想写右边的女人》一诗中，谢湘南写了在地铁上遇到的两个女人，一个

---

[1] 谢湘南：《深圳时间：一个深圳诗人的成长轨迹》，深圳报业集团出版社，2018，第48—49页。

在练习点钞，一个在做题。谈及这首诗，他说："我其实并不仅仅是在写地铁里的女人，我写的也是一种都市生活状态。它充满着机械性，即便是在非工作时间，人也像上了发条一样，交出自己诗意的感官，而成为可能的画面填充物。这也是充满悖论性的一个当下，……现代性——它其实充斥在'点钞'和'做题'这样两个日常动作中。"[①]诗人就是这样以一种在场者身份，对于"这些人世间流逝的镜头，陌生人的来去"，用感官"慢慢去靠近"，并用文字加以留存。

除此之外，谢湘南还写城市的建设和忙碌（《在罗湖》《集装箱》《工地上簇拥着强光》《忙碌的人群是坚固的》），写城市人的物欲与情欲（《在中英街的金铺前眺望金饰》《样板房》《情欲》），写城市的孤寂和神秘（《没有一座城市像这样一座城市》《关窗》《最近的星》），写城中村的日常景象（《在福田》《北岭村》），写城市暗处的人（《拾荒者》《木棉花影》《罗小姐》《乞讨》），也会带着沉重的心反观"悬着荒芜心"的乡村故土（《废园》）。谢湘南的深圳诗章，有光鲜和诗意，亦有庸常和暗面，他的城市书写不以歌颂城市为要义，也不以反抗、批判城市和商业文明为旨归，而是以冷静直视的目光对城市进行散点透视。

在经历了漂泊、对抗之后，诗人渐渐习惯了这座城市，爱上了这座城市，也有了归属感。他觉得"深圳的每个毛孔里都有诗"（《我抽了汉字鸦片，我上了尘世的瘾》），有时不禁

---

① 谢湘南：《深圳时间：一个深圳诗人的成长轨迹》，深圳报业集团出版社，2018，第200页。

感叹"我愿意永远是你的游客/驻足在你的香甜里/……逗留在你的波纹里"(《我愿意永远是这个城市的游客》)。

"一夜间,街边的树落了身上的叶子/嫩绿的芽苞,从枝丫上冒出/我走在树下,像未成年的长颈鹿/伸展着脖子,任由着耳朵与眼睛/欢跳。我感觉我此刻的鼻子/像芽苞一样嫩/欢畅地吸着气,什么都忘了/什么都不用想/鼻炎也消失了/这嫩,让人心醉/天空也从未这样轻松过/——我想起你/你说过你也喜欢这样的嫩绿/喜欢这城市这季节/你应该是另一只未成年的长颈鹿/我们一同走在此刻的树下/漫不经心,脖子磨蹭着脖子/看见两个紧挨在一起的芽苞/呆呆地,看着它们/迈不动步子"(《嫩芽》)。在这少有的带有浓郁抒情意味的清新温馨之作中,诗人对城市的感受已与早期大不相同,诗人与城市的关系悄然发生了变化。

以上这些,可以说是谢湘南自己的深圳史,也是移民深圳的芸芸众生的深圳史,有了这样的文字,作为"南方"的深圳才有了可察可感、丰富动人的细节,才有了抚慰人心的烟火味。

五、"深圳的美丽因了我们才多出一份魅力与传奇"

在《试用期与七重奏》一诗中,谢湘南以隐喻的方式对自己身份的"多重性"进行了自白,"一个异乡人/一个没文凭的人/一个诗歌爱好者/一个说梦话的人/一个忧郁的影子/一个行走不定的人/一个试用期中的人"。

在这七个身份中，前两个与后两个是实指，是对一个底层打工者城市境遇的物理性指认，而中间三个"诗歌爱好者""说梦话的人""忧郁的影子"则是虚指，是作者对自己的精神性指认，也是更高层次的定位。这七重身份互为因果、相互纠缠，有时又彼此冲突、冒犯 。这种身份的多重性、复杂性往往带来处境的暧昧、尴尬和微妙。

一个诗人站在人才市场的电子屏幕前
一个业务员坐在发廊里

这是他第三十一次站在这里
这是他第五次走进同一家发廊

他凝望电子屏变幻的字幕
他与发廊小姐坐在同一张沙发上

他被一堆人才包围着
他包里放着四盒女性用品

电子屏上从未出现过购求诗人的信息
发廊小姐也不愿轻易开口买他的产品

他点上一支烟
他拿出一盒产品

他耐心等待

他侃侃而谈

电子屏出完了今天的信息

发廊小姐拉他进里屋按摩

诗人摇着头走了

业务员也未能进入小姐的境界

听说诗人后来跑起了业务

听说业务员以前也爱好写诗

（《时间消失》）

这首诗双线并行，将"诗人"在人才市场和"业务员"在发廊的尴尬处境微妙地暗示出来，最后双线合一，"诗人"与"业务员"身份的互换又使该诗多了一种自嘲自讽的意味。"诗人"和"业务员"，其实是同一人，该诗即是作者南来打工的早期，与作为城市的深圳遭遇之后的真实写照。

身份的多重性与复杂性在《被生活命名》这首长诗里得到淋漓尽致的展现，可以看出，有时"我"的身份是被动获得的，"我首先被篡改/然后被赋予意义/被命名为　一首诗/没人问我/愿不愿意"，被命名为"婊子""白痴""艺术家""缩头乌龟"；有时"我"是主动的，给自己命名为"可怜虫""弱小者""生活的二道贩子"……总之，"我""被不断命名和改写"。诗人也许是贫穷的、落魄的、备受打击的，但无论何种境遇他是有尊严的。"翅膀有可能折断/但一个人的想象和勇气却必须/保留"（《给宝贝的信》），这是对未来一代的寄语，更是诗人自己的宣言。

在考察作为诗人的谢湘南与深圳这座城市的关系时，不能忽略另一个重要的维度，即多年来他不仅作为诗歌写作者和城市观察者而存在，还作为深圳诗歌生态、文学生态乃至文化生态的影响者、塑造者、培育者而存在。1998年，谢湘南与诗友创办诗刊《外遇》，在其中一期推出"中国70后诗歌版图"，谢湘南谈及这个诗歌版图的影响说，"为深圳这样一个改革开放的城市，在文化观念的先行与先锋上找回了对应的位置"[①]；1999年，在一份企业内刊《电信寻呼》上推出"七十年代出生栖居深圳诗人诗展"；2000年，在《外遇》停刊之后策划出版十位诗人的诗歌合集《重塑背景的肖像》（后因故未出）；2002年，参与策划举办"绿色笔会"，开设"广东诗人俱乐部"网站及论坛并担当首任四位版主之一；2003年，与诗友提出"白诗歌"概念并创办纸刊《白诗歌》；2007年，以作品《玩具城》参与第二届"深港城市/建筑双城双年展"；2008年、2009年和2012年先后三次参与《晶报》发起的"诗歌人间"活动；2010年举行"谢湘南诗歌跨界朗诵会"；2012年以主题诗人身份参与诗歌活动"第一朗读者"第一季第四期；2013年以来多次参与深圳职业技术学院举办的"西丽湖诗会"；2014年，作为《我的诗篇》微纪录

---

① 谢湘南：《深圳时间：一个深圳诗人的成长轨迹》，深圳报业集团出版社，2018，第139页。

片的十位主人公之一参与相关拍摄；2017年，参与《南方都市报》主办的"深港生活大奖"，他为《飞地》写的颁奖词为物质与精神、诗歌与城市的关系做了很好的注脚①。

显然，这些文学（诗歌）活动、事件本身跟谢湘南的诗文本一样，构成了深圳文学史的一部分、深圳文化的一部分，自然也就成了深圳史的一部分。

如果没有像谢湘南这样的一批民间诗人活跃在深圳，没有他们"用诗歌的脐带畅饮着这个城市的无奈、怅然、希冀、喜悦、疯癫、狂躁、喧嚣、宁寂"②，深圳史无疑是苍白的、令人遗憾的。这一点，也得到了诗人自己的确认："我始终认为，深圳的美丽因了我们才多出一份魅力与传奇。"③

谢湘南无意于做城市的形象大使，无意于为深圳代言，但他"把深圳当作生命中最热爱的一个城市，将诗歌嵌入这个城市的背景"④，在近三十年的真诚写作中，用诗歌成就了一个人的深圳史。

---

① 颁奖词如下：它是深圳的"诗歌中心"，它是诗意的飞地，亦是精神的高地。它集聚国内外诗人，传播诗意与人文生活。它是独立的出版物，也是开放与前瞻的人文空间，它将诗歌、文学、艺术融为一体，深度梳理、记录与传播，建构出以中国当代诗歌为核心的全新文化形态。它是深圳现代性的象征，一块飞地，一个想象出来的、不断超越自身的"自治城邦"。
② 谢湘南：《深圳时间：一个深圳诗人的成长轨迹》，深圳报业集团出版社，2018，第164页。
③ 谢湘南：《深圳时间：一个深圳诗人的成长轨迹》，深圳报业集团出版社，2018，第164页。
④ 谢湘南：《深圳时间：一个深圳诗人的成长轨迹》，深圳报业集团出版社，2018，第163页。

九曲河畔唱叹女*

——彤子论

一、骨子里的萧红气质

在一次文学沙龙结束之后的闲聊中,我问彤子,萧红和张爱玲她更喜欢谁。"当然是萧红了!"她脱口而出。这是我预想中的答案,因为我一直觉得彤子骨子里颇有萧红气质。

什么是萧红气质?不太好说。我能说的是,她们的文字都直面生与死,直面大地上的苦难,都很质朴且有着直抵人心的力量。这样的文字在彤子最新发表的一篇小说《大水》①中又一次得以呈现。

《大水》以十二岁女孩子第一人称的口吻讲述了一个"摸黑捞尸"的故事。故事的前一部分讲述了"我"(玉丫)在发大水的夜里目睹阿爸和祥二哥到九曲河捞一具浮尸并将其安葬的过程;后一部分讲述了阿爸和阿妈因捞尸而发生冲突,"我"因为"擅违军令,助父捞尸"被阿妈用竹条暴打而离家出走,随后被阿爸寻回的经历。中间通过"我"的视线和回忆穿插讲述了九曲河畔独树岗村的一些旧事和九曲河流域的地理环境。

---

* 原载于《佛山文艺》2023年第4期,本文有删节。
① 刊于《青年文学》2021年第11期。

小说中九曲河发大水的场景，"我"和阿爸相处的时光，"那个女人"（阿妈）对"我"的毒打，以及对几个次要人物（邋遢三女儿、家言四及他的老婆和儿子、大二姑妈、大表哥等）的意外死亡的描写，隐约透露着萧红作品《呼兰河传》和《生死场》的风格和气质。

　　夜还是浓黑的，月亮钩钩在墨墨的天上，像睡不醒一样，眯眯眼，亮不起一丝光。倒是圩堤下面的九曲河，黑沉中泛着黄亮，奔涌的洪水，翻滚推搡间，便绽出了许多黄浊的光。

　　这样的景色描述，奠定了小说的叙事基调。"浓黑""墨墨""黑沉""黄浊"等修饰语，强化了小说故事中压抑的氛围。这样的文字，显然不是清新浪漫一路，也不是田园牧歌式的乡土叙事。

　　在这篇小说中，彤子用了一千多字把阿爸下到河中捞女尸的整个过程写得阴森可怖、惊心动魄，读来让人陡增紧张感。那样的场景和文字，放到整个当代文学史上也是极为罕见的。

　　在彤子笔下，九曲河畔的水乡人家，生活是悲苦的，人是卑微的。每次发大水，总会有房屋、家具、牲畜被河水冲走，淹死人也是常见的事儿（所以才有"捞尸"引发的诸多故事）。九曲河附近的村民"每年都有被逼住顶楼或上山的日子"，讲起洪水造成的伤害时，"都咬牙切齿，痛恨无比"。

　　这里的乡人也是愚昧的，小满的妈妈对救了自己女儿的家言四不仅不感恩，还对他不依不饶撕打咒骂，因为她觉得家言四对女儿做人工呼吸污了女儿的清白，最后逼得家言四在渡船上吊自尽；阿妈将生活的种种不如意怪罪到"我"身上，只因为我是个女孩，是个多余的"衰西"；阿嬷说，大二姑妈投河死后，家族里经常"闹鬼"，后来请道士招魂作法，才消停些。

这里的乡人也不乏朴素的醇厚良善。祥二哥和阿爸不忍心看着河里的浮尸（大概率是个孕妇）光着下半身在水里漂着，也不忍心尸体被冲入海里喂鱼，才决定深更半夜把浮尸捞上来。不仅如此，祥二哥还拿出家里仅有的一床竹席同阿爸一起把尸体葬在了流丫岗，葬之前，还给女尸穿好衣服，绑上头发，将尸体裹进竹席，又用绳子将竹席绑好，才将尸体抬进挖好的深坑掩埋。他们凭着原始的人性善，用实际行动"恒守他们能接受人间悲剧的最底线"。事后阿爸虽然答应阿妈不再去捞浮尸，可最后还是重操"旧业"，成了九曲河的"清道夫"。那个在"我"心里无比恶毒的阿妈，其实是爱自己的丈夫和女儿的，只是她的爱被贫穷、忙碌、委屈扭曲了，以至于变成了一个偏执的、情绪飘忽不定的人。她反对丈夫捞尸无非是怕沾上晦气和倒霉的事，她打女儿无非是因为女儿不但没有阻拦父亲，还"助纣为虐"，成了"从犯"，把丈夫女儿气走打跑之后却又记挂着他们。寡言寡语的家言四"做什么事情都是吃亏的"，他救了被吸进鲤鱼潭的小满，却因为被误解而自绝于村民。阿爸的"重操旧业"和家言四的自杀，是这里的乡人对良善和尊严的最后坚守。

《大水》这篇小说，让我们看到作者彤子生于斯长于斯的故乡——九曲河及其滋养的芦苞镇、独树岗——的地理形态和生存图景。这里的人和牲畜一样卑微、低贱，有着沉重的苦难和诸多的无奈，但也有着人之为人的基本道德规范和行为操守，顽强而坚忍。九曲河是他们的命脉，是他们爱恨交织的源头，滋养着他们也"加害"于他们，人们靠着它养鱼、打鱼、摆渡、种庄稼，也为它送命（大表哥到河里潜水摸鱼，手卡在石缝里被浸死；死了丈夫又死了儿子的大二姑妈万念俱灰投河自尽；小满被吸进鲤鱼潭，家言四因救她而被误解，上吊于渡船上），生出许多恩怨。"九曲河的女儿们，都喜欢沿着九曲河的方向嫁，死生都与这条河连着。"

从小说中的"我"——这个"努力让自己更像个男孩"的十二岁小姑娘身上，不难看出彤子的影子，从小就有种天不怕地不怕、大大咧咧的模样，但顽皮、刚强的背后却也有着极其敏感的心思、细腻的情感和一颗多情的灵魂。她把对故乡的一切情愫注入笔端，不断地向世人倾诉。

二、至情至性的唱叹女子

第一次读彤子的小说大概是2014年。那时我所在的单位出了一套丛书，其中有一本《2011—2012佛山文学双年选》，里面收录有一个中篇小说叫《玉兰赋》[1]。某晚，闲来无事，躺在床上看这篇《玉兰赋》，看着看着走了心、入了戏，中间几度落泪。一口气读完，一种夹杂着惊喜、感动、忧伤、惆怅

---

[1] 该小说首发于《作品》杂志2011年第2期，并被《小说月报》和《中华文学选刊》选载，彤子后来将其作为长篇小说《岭南人物志》的一部分。

的复杂感觉萦绕心头，久久散不开。我真的被惊艳到了，没想到佛山还有这么一位作家。那时，我还不认识这篇小说的作者——彤子。

《玉兰赋》讲的是主人公玉兰为人唱叹的故事。"唱叹"是岭南地区吊祭死者的一种风俗，是中国"哭丧"文化之一种，即以哭唱的形式悼念死者、寄托哀思；而那唱出来的词可称作"哭丧歌""挽歌"或"叹词"。"哭丧"充分体现了中国的孝道文化，时至今日，一些偏僻乡村依然保留着这种风俗。随着时代的演变，这种风俗的文化意义和仪式感渐渐被忽视和弱化，歌舞替代了地方戏，录音机替代了唢呐班，甚至出现了花钱请人哭丧的现象。有需求就有供应，于是职业化的哭丧者开始出现，名曰"哭丧妇"或"哭丧婆"。

多年前看过一部电影《哭泣的女人》，讲一个贵州女子因生活所迫而成为哭丧人的故事，印象深刻。但与《玉兰赋》比起来，电影显得不够细腻，人物形象不够丰满，传达出的韵味也没那么到位。

《玉兰赋》的主人公是客家婶玉兰，一位从三水长岐村嫁到同树村的女子。玉兰未嫁时是村里少有的读到了初中的人，毕业后在村子做小学老师。这个"爱看书，还爱坐在小学的操场旁的玉兰树下抱着书本发呆"的女子，"心性高"，注定心里头是藏着向往的。她不把村里那些"毛糙糙的大青年"放在眼里，她心仪的是同树村的"我三伯"这个"去城市最多、穿着最时髦""又干净又英武"的年轻人。可事与愿违，这对"天造地设的玉人儿"的情意并不被玉兰的母亲看重，她指望着女儿嫁个有钱人家换回丰厚的嫁妆好给跛脚的儿子娶上媳妇，她的理想女婿人选是在同树村供销社做供销员的客家二叔。客家二叔的父亲是镇工商联的领导，父子俩都拿着不错的工资。玉兰当然是不同意母亲的安排的，但是因为一次意外交通事故（三伯开车撞到了月贞婆），最终三伯选择了娶月贞婆的聋女为妻，而玉兰也不得不嫁给了客家二叔，由此开始她的唱叹故事。

玉兰第一次唱叹是在她阿妈的葬礼上，原本请的唱叹人四婆突然晕倒，没了唱叹人，悲痛欲绝的玉兰情之所至为阿妈也为自己唱出了第一声叹词——"我的亲娘啊！/你迟不走早不走啊呀！/女不在旁侍候时偏偏走啊呀！/你就不能等下啊呢？/我可怜的娘啊！/黄泉路上无人唱啊呀！/一路走去寂寥寥啊呀！……"

数年之后，月贞婆去世，她的女儿（嫁给三伯的聋女）人聋心不聋，一个人跑到村口跪在那里哑哑地放声大哭，一步一磕地往回爬。那时村里懂唱叹的老人都去世了，到外村去请已经来不及了。玉兰看着悲痛欲绝的聋女，触景生情也忍不住跟着哭，哭着哭着不由自主地就为这个当初的"情敌"叹了起来——"我亲亲的娘啊！/你二八青春好年华啊呀！/身世飘零下南洋啊呀！/边个疼你苦薄命啊呢？/包条红巾担砖瓦啊呀！/汗湿布衫担压肩啊呀！/边个知你起高楼啊呢？/唉！我的亲娘亲啊！/你四十嫁人无选择啊呀！/生我出来痛两天啊呀！/知我聋哑你苦黄连啊呢……"那悲酸凄凉的腔调，哀怨得似离了心肝。这一叹才真正开始了她的唱叹生涯，也就是这一次唱叹，使玉兰明白："其实所谓的叹，就是将已亡人不能再说的话和未亡人说不出来的凄苦，都唱出来。"

玉兰的唱叹，小说中提及的总共有四次，除了上述两次，还有两次：一次是"我"外婆去世时为"我"叹的，一次是三伯三伯母去世时替其女儿们叹的。

　　"我"外婆去世时，"我"怀有身孕，按照乡里风俗，死者入棺时，是见不得大肚婆的，否则对死者和婴儿都不吉利的，但因为"我"与外婆情深，一定要见外婆最后一面，送她一程。一边是"我"阿妈和弟妹的好心阻拦，一边是"我"的悲痛不已，见此情景，玉兰哽咽着叹了起来——"我的亲婆啊！/八十过来人高寿啊呀！/子孙满堂本无憾啊呀！/葡萄生子子连子啊呢！/带大个孙女盼曾孙啊呀！/人生代代就无穷已啊呀！/送走旧人迎新生啊呢！/你心里清明如镜台啊呀！/无怪你重孙阻你路啊呀！/实那是今生啊！/孙我与你再无缘分见啊呢！……"听玉兰如此一叹，阿妈终于不再阻拦"我"，让"我"跟外婆做了最后的告别。

　　三伯去世时，素有恩怨的玉兰在两个儿女的搀扶下不请自来，以"细细的、似是哀诉的低哦慢叹"向心中一世的情人做了最后的"表白"——"三哥啊！/似是好好的，/怎么说走就走啊呢？/邻里几十年，/唔是亲来也是亲啊呀！/玉兰一敬你为人真啊呀！/品性醇厚好乡亲啊呢！/二敬你待人处世够真诚啊呀！/始终如一好郎君啊呀！……"接下来，在三伯母（玉兰当初的"情敌"聋女）的允许下，玉兰为三伯的两个女儿来了一段唱叹，"词未唱出，悲调先起，一句句，如泣似诉，历数着三伯养育两个女儿的点点滴滴，唱得我两个堂姐再也忍不住了，泪水哗哗地流了下来，抽噎得几乎趴在地上"。一旁的"我"亦悲从中来，哭得几乎接不上气来。

当众人将三伯的棺材抬出村口要送上灵车时，不幸又发生了——三伯母也过了（去世）。众人忙作一团，慧丫、明丫（三伯三伯母的两个女儿）更是悲痛得无以复加。望着这对失去双亲的姐妹，玉兰又不由得叹了起来。"凄凉空旷、沙哑寂寥的叹声，盖住了房间里所有的声音，大家都默默地流着泪。"

玉兰的每一次唱叹都可谓是"如怨如慕，如泣如诉"，而且每一次的叹词都能精准地概括当事人的身份和生平事迹，切合斯时斯地的情景，既能告慰死者，又让生者心里熨帖，唱叹之间，动人心弦。每每读到这些叹词，我都不禁潸然泪下。不得不说，我已经很久没有读到这样的文字，于是便记住了这个叫彤子的三水作家，并有意识地读了她后来的文字。

《玉兰赋》通过玉兰的几次唱叹，将岭南水乡一个村庄一些人的命运和悲欢离合勾连起来，以饱含温情的笔墨展示人间的悲苦和真情以及人性本能里的淳朴和良善。正如有论者所说，这个小说"开拓了苦难叙述的题材，书写了另外一种悲歌——不是启蒙文学、革命文学和现代主义的哀怨、哭诉或隐喻，而是一种民间的、生命本能意义上的自然咏叹，是展露人性真情至善的心灵悲歌，如泣如诉，行云流水，荡气回肠，感人至深。"①

在《玉兰赋》的最后，当唱叹人玉兰过世时，已经找不到为其唱叹的人了。小说结尾用一句"我站在一声声凄厉的呼喊

---

① 陈希：《唱叹的世间情怀与艺术价值——〈玉兰赋〉对当代小说的贡献》，《作品》2012年第6期下半月刊。

里，咽了一口口水，将喉咙润了润……"给读者做了暗示，即"我"将为玉兰献上一次唱叹。

《玉兰赋》是玉兰的故事，也是"我"的故事，而"我"其实就是作者彤子的化身，它的结尾无意中暗含了一种隐喻：玉兰的唱叹随其生命的终止而结束，而作者彤子的"唱叹"才刚刚开始。

三、岭南旧事里的乡愁与挽歌

彤子早期的写作走的完全不是《玉兰赋》这样的路子。彤子小时候爱看书，接触了很多古典文学和武侠作品，她从小学四年级就开始模仿金庸、古龙、梁羽生写武侠小说，也模仿琼瑶写情感小说，初中毕业时已经写了几百万字，就这样一直写到大学。毕业嫁到北方之后有一段写作的空白期，在经历婚姻变故后她一个人落魄地回到南方，九曲河和故乡的亲人接纳了这个女儿。

为生活所迫，彤子一边打工一边写一些传奇类小故事赚取稿费。2009年前后是彤子写作的转折期，据她说，那时她的经济状况得到改善，潜意识里对写作有了更高的期待。在一种内心情感的召唤下，她终于写下第一个中篇小说《落雨大·寡妇》。她将小说寄给《广州文艺》，得到时任主编鲍十的赏识，不仅发表了她的小说，还推荐她到省作协高研班学习。自此，她正式开启"岭南旧事"系列纯文学写作，写作命运也发生了质的变化。

《落雨大·寡妇》以广东民谣《落雨大》里的歌词来连贯全篇，塑造了寡妇春莲这样一个自私、贪婪、尖酸刻薄的村妇形象。春莲自从嫁到了大指哥家，一幕幕悲剧开始上演，公婆和丈夫的死、小姑子的疯、儿子的偷鸡摸狗，无不跟她有关。这样一个人，邻居和村里人当然是厌恶和惧怕的，然而彤子在写她时并非全无同情。小说最后，"我"看到春莲坐在荷塘边唱起了民谣——"落雨大，水浸街，阿哥担柴上街卖，阿嫂出街着花鞋，花鞋花袜花腰带，珍珠蝴蝶两边排，排排都有十二粒，粒粒圆润有藕埋。啦啦啦啦！落雨大。啦啦啦啦！水浸街。啦啦啦啦！啦啦啦啦！"两行泪水顺着歌声戚戚地滑在春莲的脸上，"我"不禁想，当初嫁给大指哥时，这个女人应该也憧憬着自己的幸福生活吧。小说中的春莲制造着他人悲苦的同时，也在制造着自己的悲苦，她和别人一样挣扎地活，也必将跟别人一样卑贱地死。读着那一个个悲哀至极的故事，我不禁又想到萧红《生死场》里的那句话："人和动物一起忙着生，忙着死。"小说营造的氛围是阴郁凄冷的，但因为有大指哥、"我"、母亲等若干善良、富有同情心的人物的衬托，故事又有着向善向暖的基调。

向善向暖，也是彤子"岭南旧事"系列小说的一个总基调，这个基调源于彤子对故乡刻骨铭心的记忆和汹涌而来的乡愁。这些年来，彤子的故乡，生她养她的村子，像中国大多数农村一样，不可避免地被卷入现代化和城市化的进程之中，被改造得面目全非——郁郁葱葱的九十九岗变成了高尔夫球场，清亮亮的九曲河变成了水泥大道。"由于过度开发和过快的城镇化，这个生我养我的村子，已逐渐失去了岭南水乡的韵味，我怅然若失。"更大的惆怅是死亡带来的。在彤子童年记忆中不可或缺的祖辈、父辈、亲人、邻居、村民，一一离去，让她感到"忐忑不安，无所适从""非常痛苦"，她觉得"有责任将这些童年的碎片拾掇起来，用文字将它拼凑出来，让他们永远记录在岭南这处水乡的历史长河里"。①彤子显然是有意识地要为故乡的小人物树碑立传的，所以她把"岭南旧事"系列最终定名为《岭南人物志》。

2017年，《岭南人物志》终于出版。这部长篇由若干既各自独立又相互牵扯的章节组成，除最后一章由几个女性人物的故事构成之外，其余五章各以一个人物为中心来叙述故事，每个章节的主要人物又是其他章节的次要人物，人物关系的处理、叙述的详略按不同人物各有侧重和取舍。前面说到的《玉兰赋》中的玉兰，《落雨大·寡妇》中的春莲、老指婆成了《岭南人物志》中的人物，除此之外，书中还写了挖藕的阿爸、摆渡的家言四、怕老婆的八叔、茶楼里的燕颜姐、自杀的阿英婆、早夭的女孩铛铛等人。

透过《岭南人物志》，我理解了彤子所说的"怅然若失"。这种"怅然若失"其实就是一种乡愁，这种乡愁不仅源于故乡原有物理空间的消失和变化，更深层的原因是原有的生活方式、风俗礼仪和人伦关系的"面目全非"。就此而言，她的乡土写作是一曲曲挽歌，是对过往一切与自己生命有关的人、事的"唱叹"。

《岭南人物志》有着明显的散文化特点，有着萧红《呼兰

---

① 彤子：《岭南人物志》，花城出版社，2017，第239页。

河传》《小城三月》的影子。《呼兰河传》问世时，有人觉得它不像一部小说，茅盾在为之写的序言中说："要点不在《呼兰河传》不像是一部严格意义的小说，而在于它这'不像'之外，还有些别的东西——一些比'像'一部小说更为'诱人'些的东西：它是一篇叙事诗，一幅多彩的风土画，一串凄婉的歌谣。"[1]这段话用来评价《岭南人物志》同样是贴切的。茅盾从《呼兰河传》读出"萧红写《呼兰河传》的时候，心境是寂寞的"，我想彤子在写《岭南人物志》的时候，心境也是寂寞的。这寂寞源于她对原生故乡的爱以及这爱在现实面前所遭遇的"怅然若失"。

彤子说："每一个写作者，都肯定有他的原生故乡和精神故乡。原生故乡是固有的，精神故乡则是通过大脑和笔去构建的。而精神故乡的建立，必须以原生故乡为依托，就是说，任何一个写作者，他的写作要是脱离了他的原生故乡，写出来的东西再花团锦簇都是经不住考验的。我一直都有个梦想，希望能像福克纳那样，为自己建立一个'约克纳帕塔法'王国。我亲亲的南方，亲亲的九曲河，亲亲的独树岗，正是我的'约克纳帕塔法'王国。我的原生故乡在这里，我与它血肉相连着，我爱它，很爱很爱，爱到不知道该怎么表达，唯有用我的大脑和笔，把她的一点一滴，用最深切、最真挚的情感表达出来。"[2]

这段文字可看作是彤子对故乡的表白，亦是对文学的表

① 萧红：《呼兰河传》（全新校订版），人民文学出版社，2018，第24页。
② 朱郁文：《彤子：岭南风情的唱叹者》，载朱郁文、廖琪编著《十二邀：广东作家访谈录》，暨南大学出版社，2020，第36—37页。

白。她以笔代喉，为玉兰以及无数个像玉兰一样的小人物而唱叹，为生于斯养于斯的水乡而歌哭。她的《岭南人物志》在建构自己的"约克纳帕塔法"王国的同时，也成为当代岭南乡土文学的重要文本。

四、建筑工地上的坚硬人生

与其他写作者尤其是女性写作者不同的是，彤子还有一个身份，即建筑行业从业者。作为建筑业协会的一名工作人员，建筑工人技能培训和房屋建筑市政工程的安全生产检查是她的日常工作。一周有两三天，她都是在大大小小的工地上巡逻，这是她的正经职业。写作，是她的业余爱好。

出于职业需要，彤子经常接触工地上的工人，了解他们的生产和劳动状况；出于女性的敏感，她对他们的生存状态产生了巨大的兴趣，用心观察他们的生活，倾听他们的故事；出于写作者的使命感，她写下了在建筑工地上的所闻所见所思所感。

在《岭南人物志》出版之前的2015年，彤子就出版了她的第一部以建筑工生活为题材的长篇小说《南方建筑词条》。这部小说以"词条"的形式，分门别类记录了缈城建筑行业五大类（包括特种作业人员、五大员、建筑商、八大工种工人、管理人员）二十多个工种以及十余个建筑商和管理人员的"档案"，涉及主要人物三十二人。这三十二人之中，近一半是缈城本地人，其余分别来自贵州、四川、河南、安徽、浙江、福建、广东等地；男性二十八人，女性四人；年龄从"40后"到"90后"不等；学历以初中、高中和本科最多，有少数文盲和高学历者（有一个是海归博士）。如果除去建筑商（董事长）、工程师和政府管理人员，单看相对底层的工种，学历层次明显较低（初中居多），年龄相对较小（在"60后"至"90后"之间，没有"40后"和"50后"）。在这部小说的开头，叙述者设置了一个简短的前言，这个前言透露了彤子的写作心迹——

步入二十一世纪后，全国各地房产业飞速发展，二线县城向城市化发展迅猛，缈城虽为珠三角边沿的一个县级市城市，但亦受到了猛烈的冲击。经历了十年之久的城市建设，缈城从一个沿江小城市，逐渐扩建成为一个现代气息浓郁、高楼林立的大都市。缈城不仅仅是缈城，缈城的城市变化不仅仅是缈城的城市变化，缈城建筑记录的不仅仅是缈城建筑，建筑缈城的人不仅仅是缈城建筑工人。但，这不过是写一座缥缈城里筑的缥缈阁，缥缈阁内的一群缥缈人，缥缈人群中发生的一些缥缈事，缥缈事建筑起来的一座缥缈城而已。一切皆为缥缈，故，书写不为著书立传，不为歌功颂德，不为百世流芳。仅为记录归档，筑字留存。

彤子的故乡三水别称"淼城"，"淼"同"渺"，彤子以"缈"字加以替换，巧妙地将自己的原生故乡"淼城"转换为自己的文学故乡"缈城"，围绕"缈城"构筑自己的文字大厦，看似"缥缈"却无比真实；看似写个别，实则指向一种普遍性。作为一部小说，《南方建筑词条》名为"档案"，实则在讲述一个个建筑工人的故事，这些故事都有现实的基础和生活的原型，虚中有实，实中有虚，在虚实相生之间，读者得以窥见一个群体在时代巨轮下的生存图景。

这样的生存图景对于大多数人来说是陌生的，彤子也说，在接触建筑行业之前她根本不知道他们是怎样一种生活状态，接触多了心理受到很大的冲击，为发生在他们身上的事情所震撼。"他们是一个个矛盾体，贫穷、辛苦，也很纯朴、可爱，也有我们不能理解的地方，各方面的东西都有。"①而这些似乎并没有反映在当代作家的文字里，所以，彤子决定把他们的故事写下来。

到底是些什么故事呢？我们不妨先看看装拆工冯祖国。冯祖国是贵州人，二十多岁跟着老乡在建筑工地从事物料提升机安装拆卸工作，随工程队辗转各个城市，受不了颠沛流离的妻子与之离异，留下一对刚刚上小学的双胞胎女儿（冯珍珍、冯珠珠）。因为上学难，冯祖国不得已让两个女儿辍学，跟着他长驻工地，后再婚又得一子（冯中华），为了让儿子将来有出息，不惜花大价钱让其在深圳的贵族学校读书。他用辛苦赚来的钱在自己参与的工地腾龙阁买了一套房子，想让家人真正过上城里人的日子，等房子建好一家人兴冲冲要搬进去的时候，才知道腾龙阁因违规要被拆除，冯祖国既憋闷又心痛，感到无比幻灭。冯祖国的女儿冯珍珍成年后做施工升降机司机工，在

---

① 朱郁文：《彤子：岭南风情的唱叹者》，载朱郁文、廖琪编著《十二邀：广东作家访谈录》，暨南大学出版社，2020，第43页。

工地上与塔吊司机鲁为民相识相恋。鲁为民发誓要在腾龙阁买一套房子与冯珍珍结婚，为了挣钱拼命干活，因劳累过度在塔吊上睡着而错过在暴雨之前回到地面，不幸在暴雨中从高空坠落而死。冯珍珍目睹这一幕受到刺激而早产生下遗腹子（冯腾龙），精神也变得不太正常。

再看其余人等：架子工张结力因偷用废置钢管而导致棚架墙坍塌，造成三名工人死亡，八名工人受伤，他自己也因此失去了性功能，而且被判刑二十五年；电焊工尤东海曾是包工头，在妻子因其好赌而自杀后一蹶不振，沦为普通电焊工，因帮助张结力翻新架子钢管而被判入狱八年；质检员陈家兴无故被打致残，坊间传言说他因得罪权贵（房地产商）而罹祸；材料员赵开放疑因举报别人贪腐遭遇车祸而死⋯⋯

读着这些故事，怎能不像彤子一样受到震撼和冲击？这些故事不仅发生在"缈城"，同样发生在城市化进程中的各个大中小城市里的无数建筑工地上。《南方建筑词条》让我们看到了一个底层群体的生存图景的同时，悄然揭开时代洪流中的一个暗角，呈现了当代中国的另一种真实。

有了《南方建筑词条》打基础，彤子写起建筑工人来更加得心应手，而且一发不可收。2019年，彤子聚焦于建筑女工的非虚构作品《生活在高处——建筑工地上的女工们》在《作品》杂志第七期发表，并由花城出版社以《生活在高处：建筑女工记》为书名出版了单行本。是年底，彤子凭此作品与贾樟柯、沈芸、半夏四人同获第四届"琦君散文奖"，并于次年获得第五届"华语青年作家奖"非虚构作品奖提名。

"琦君散文奖"给予《生活在高处》的颁奖词如下："高

处的劳作，低处的命运。《生活在高处》很容易让人联想到阿列克谢维奇的创作。她们同样以真诚的文学品质直面社会底层的苦难，文字颤动伊始就注定了尘土飞扬。彤子凭借自己独特的经历和眼光来观照'高处'的生活，客观冷静地揭示剖析社会现实问题和建筑工地女工'低处'的命运。从个体到群体，众多建筑女工形象跃然纸上，组成众声喧哗、多元复杂的现实社会图景，带领读者在一场生命游走里体验不一样的坚硬人生。"

正所谓，"遍身罗绮者，不是养蚕人"。彤子笔下的建筑女工劳动在高处，却生活在社会底层；她们的个体是轻微的，命运却是极为沉重的；她们建起了一栋栋高楼大厦，却买不起一套小小的房子。"高处的劳作，低处的命运"恰如其分概括了她们的生存现状，同时也使"生活在高处"具有了某种反向隐喻。如果说男性建筑工处在社会的底层，那女性建筑工就是底层中的底层，她们在"高处"劳作，却在"低处"挣扎。她们的命运不仅被时代所裹挟，还常常遭遇来自男性世界甚至是同阶层男性的暴力和压迫。工地饭堂里的佟四嫂、开升降机的冯珠珠、架子工程有银、钢筋工夏双甜、抹灰工乔艾艾、杂工刀小妹、模板工林佩仪、司索指挥工尤三姐，这些人物无不有着令人唏嘘的人生经历。她们无奈地被命运驱使，扛起生活的重担，坚硬地生存在建筑工地。比起《南方建筑词条》，《生活在高处》里的故事更具有震撼人心的力量。

《生活在高处》以建筑女工来反映时代洪流中的个体命运，看似是一种空间性的呈现，实则是一种时间性的表达，其背后映射的是数十年工业化发展所带来的城乡变迁以及对人类个体所产生的深远影响。于是,这部作品不仅具有了很强的地域色彩(珠三角、南方),也具有了很强的时代性(改革开放、人口流动、工业社会)。

在题材和主旨之外,也应看到,彤子的写作提供了一种"深入生活"的范例,她不仅深入生活的物理空间(女工所处的工地、饭堂、宿舍等),更重要的是她能深入生活中的人,走进她们的内心,不拔高、不俯视,以同情心、同理心去观照她们,体现出很好的共情能力。同时,她又能做到不被情绪裹挟,以对城市化和工业时代的理性认知来审视女工的生存图景。

我们的文学在歌颂改革开放四十年来所取得的辉煌成就时,在书写工业发展所带来的文明进步时,还有一个更大更重要的使命,那就是发现被遮蔽的世界,揭示另一种历史的真相和生活的真实。就此而言,《南方建筑词条》《生活在高处》的意义也就凸显出来,它呈现了一种真实的存在,揭示出工业时代的另一种真相。

鉴于这些因素,我愿意将彤子的非虚构作品《生活在高处》与郑小琼的诗集《女工记》视为当代女工题材写作的"双子星"(不同的是,她们一个写的是工厂女工,一个写的是建筑女工),我相信两部作品都将在当代文学史上占有一席之地。

《南方建筑词条》《生活在高处》与《岭南人物志》在题材、风格、韵味上截然不同,看起来完全不搭界,但其实有着内在的联系。正如彤子所说:"无论是故乡的人和事,还是建筑工地的人和事,都跟我的生命有交集,让我有所触动,这样才能做到贴着人物去写。我不喜欢也不擅长凭空虚构。"①
可以说，无论是"岭南旧事"系列抑或是"建筑工"系列，都
是一种"遵循内心"的写作。在我看来，彤子的《南方建筑词
条》《生活在高处》同她的"岭南旧事"系列一样，具有一种
别样的"乡愁"与"挽歌"情调，只是这乡愁已不是她一个人
的乡愁，这挽歌也不再是对她自己故乡的挽歌。从本质上来
看，它是对时代洪流中小人物命运的反映和感喟，是对从农耕
文明向工业文明过渡的一个时代的缅怀与怅惋。

五、彤子写作的意义

（一）彤子是粤语写作有效且成功的实践者，其作品可视
为粤味小说的新典范。纵观中国现代文学史，方言进入写作虽
是普遍现象，但粤语写作却极为罕见，经典作品更是稀缺。
诞生于20世纪五六十年代的《三家巷》（欧阳山，1959）、
《香飘四季》（陈残云，1963）等少数作品，常常被视为粤
语写作的代表被提及，但其后数十年，罕有粤语化的小说问
世。由于处在政治和文化上的非中心位置，广东本土作家和粤
语写作显得比较弱势，以北方方言为基础的普通话推广之后，
广东作家对采用粤语写作更为谨慎。读者是否有阅读障碍，作
品能否流行，成为作家不得不考量的因素。彤子的写作，让我

---

① 朱郁文：《彤子：岭南风情的唱叹者》，载朱郁文、廖琪编著《十二邀：广东作
家访谈录》，暨南大学出版社，2020，第44页。

们看到粤语进入方言不仅可行，而且依然具有强劲的生命力。除了作为基本载体的粤语，彤子小说中的粤味还体现在广府地区的风物、风俗和风情上。更重要的是，方言也好，风物风俗也好，彤子在写作中并不是为展示而展示，而是非常娴熟而又自然地将它们融入故事当中，这些都能在《岭南人物志》《陈家祠》等作品中得到很好的印证。读她的文字，我们并非单纯地为故事所打动，也并非醉心于陌生化的语言和风情，而是被二者融合之后那种浓浓的粤味所牵引所浸染，进而所折服。

（二）彤子的写作是岭南乡土文学的重要收获。由于北方（五岭以北）方言和作家的强势，在百年乡土文学之中，我们看到的是以鲁迅、废名、沈从文、萧红、赵树理、柳青、孙犁、高晓声、古华、莫言、贾平凹、陈忠实、路遥、余华、韩少功等为代表的乡土叙事，其间鲜有岭南作家的身影。当我们提及"乡土文学"时，我们想到的是陕西作家、河南作家、山东作家、东北作家或者是江南作家，似乎只有在这些地方的作家笔下，才会有鲜明的地域色彩，才会有地道的乡土味，而在有意无意中忽略了岭南一脉。故乡滋养了作家的灵魂，作家反哺以温润的文字，彤子笔下以粤语为载体的岭南乡土叙事，在呈现岭南文化和珠三角水乡传统风情韵味的同时，也为当代文坛提供了别样的乡土文学文本。她的"岭南旧事"系列作为小说文本，不仅具有高度的艺术真实，还有着高度的生活真实，所涉粤地方言、风物、风俗、建筑、植物、河流等，使其文本在某种程度上也具有了民俗学和方志学的意义。

（三）彤子的"建筑工"系列文本代表着"打工文学"的新成就。在改革开放和城市化现代化进程加速推进的大背景下，"打工文学"在经历世纪之交前后的黄金期之后，随着工业社会的转型，在新世纪的第二个十年渐渐走向式微，当年的打工作家亦纷纷转型，"打工文学"作为一种文学样态所产生的盛况和广泛影响，似乎要一去不复返了。然而，彤子的《南方建筑词条》《生活在高处》的问世，让我们看到"打工文学"的另一种可能。在此前的"打工文学"中，我们看到的珠三角，是城镇化现代化国际化的迅速推进，是灯红酒绿、纸醉金迷的都市生活，是企业公司老板、办公室白领、工厂里的打工仔、城管、流动摊贩等群体，而彤子的作品展现了在技术和设备不断更新的后工业时代，建筑业内部在工种、建材、管理方式、建筑工男女比例和分工等方面所发生的变化，及其对建筑工人生活和命运的影响，让我们看到一个被长期遮蔽的底层群体众生相，使"打工文学"具有了新的高度和深度。

（四）彤子的小说文本具有文体实验的性质。《南方建筑词条》采取"档案式"写法、以"词条"的形式来写人记事，让人耳目一新，同时故事的真实感亦大大增强。《陈家祠》①以传统章回体小说的形式，围绕集岭南建筑艺术之大成的陈家祠，书写了陈氏家族数十年间的跌宕起伏，这种古典文学的形式跟小说的时代背景、故事氛围以及主人公的身份是匹配的，但贯穿其间的叙事意识是现代的，这就使其避免了落入传统章回体小说的思想窠臼。《岭南人物志》每一章均以一首跟主题相关的广东民谣起首，而后用富有古典意蕴

---

① 该小说2016年由花城出版社出版，并于次年获广东省第十届精神文明建设"五个一工程"奖。

的若干词语为各小节命名，比如第一章《挖藕的阿爸》，开头是广东民谣《人比人》，六节标题分别用了"啖藕""说荷""挖藕""初荷""恋藕""守荷"；第二章《渡船上的家言四》，以广东民谣《月光光》开头，六节标题分别用了"月眉""上弦""夜白""怜月""缺月""月落"；第四章《八叔的舌头》分别用了"故衣""樽酒""不绿""清霜""蕊寒""桂落"做各小节标题；这些再配之以广府白话的运用，显得别有一番韵味。《南方建筑词条》《岭南人物志》在故事情节详略处理和人物性格塑造上，借鉴了《史记》的"互见法"，既能突出人物形象、丰满人物性格，又有利于刻画群像，不失高明。总的来看，彤子的小说具有不同程度的"散文化"特征，彤子自己也承认深受沈从文、汪曾祺、萧红等作家的影响，"最欣赏的就是他们所创作的小说透露出来的自然、质朴、真实和率性"[①]，彤子的文字同样做到了"自然、质朴、真实和率性"。

（五）彤子以赤诚文字书写小人物尤其是底层女性的命运，体现了一个作家的道义和担当。在经历出走他乡、婚姻变故等人生的落魄和低谷之后，故乡亲人的善意和接纳让彤子开始了对过往人生的审视与反思。"我任性地一路走来，在不自觉中，竟犯了那么多错，造下了那么多罪，包括我对外公一直以来的敌意和曲解。这些曾经犯下的错与罪，如高浓度的硫酸，时刻侵蚀着我的灵魂，让我痛不欲生。我总觉得有股隐潜

---

① 朱郁文：《彤子：岭南风情的唱叹者》，载朱郁文、廖琪编著《十二邀：广东作家访谈录》，暨南大学出版社，2020，第46页。

着的力量，催动着我，我必须有所作为，才能自我救赎。"①
对彤子来说，"岭南旧事"系列的写作完全是出于内心的需要，从根本上说是一种"自我救赎"。她不是为别人和任何外在的东西而写，而是为自己的灵魂安宁而写，这种发自内心深处的灵魂写作反过来成就了彤子自己的"约克纳帕塔法"。如果写《岭南人物志》更多是源于故乡带给自己的温暖和滋润，写《南方建筑词条》《生活在高处》则更多是出于现实的触动，建筑工人那些平常而又令人震撼的故事，唤起了彤子作为写作者的良知和使命感，她觉得自己有责任记录下那些人和事，有义务为那些小人物树碑立传。"我知道，以我一己之力，不能改变什么，但我可以写，我可以把这一切记录下来……，我就是要为这个群体发声，我就是要给他们建一个'档案'，将他们为这个时代的发展所付出的一切，尽我所能地记录下来。"②在这种强烈使命感的驱动下，彤子对于要表现的对象，尽力了解之，进而同情之，因同情而了解愈深，因了解愈深而更加同情。尤其是在面对那些建筑女工时，彤子自觉不自觉地将自己的生命体验投注进去，以同情心、同理心及颇具现代精神的性别意识去观照她们。正如彤子所说："生命的经历总是向死而生，每个故事都有我们自己的影子，看似在讲别人的故事，其实也是在讲我们自己的故事。"③正是这种感同身受让彤子在写这些人物时常常涌起情绪的波澜，据她

---

①　彤子：《岭南人物志》，花城出版社，2017，后记，第238页。
②　朱郁文：《彤子：岭南风情的唱叹者》，载朱郁文、廖琪编著《十二邀：广东作家访谈录》，暨南大学出版社，2020，第47页。
③　郑泽聪：《无论走多远　心中都装着三水》，《佛山日报》2018年9月27日，D03版。

说，《生活在高处》仅仅四百来字的序言，她就写了三四遍，而且是"写一遍哭一遍"①。正因为投入太深，在写作的过程中彤子不断地告诉自己要跳出来，不能因为自己的感情而影响了事件的客观性和真实性以及读者的判断。事实上，无论是写岭南旧事的《岭南人物志》，还是写建筑工人的《南方建筑词条》《生活在高处》，最终呈现出来的文字都是冷静而克制的，对事实不回避，对人物不拔高、不迎合，做到了"其文直，其事核，不虚美，不隐恶"。彤子做到了"为这个鲜有人涉足的领域，留一点痕迹"②，掀开被宏大叙事遮蔽的社会一角，建构起自己的另一个"约克纳帕塔法"。

放眼整个广东，与粤语写作和本土化写作缺乏相对照的则是外来作家的强势。在广东省作家协会分别于2009年、2011年两次推出的"岭南文学新实力"二十位作家中，只有三位是广东本地人。纵观近年来的广东文坛，在各大文学奖项获奖的或知名度较高的，绝大多数都不是土生土长的广东作家。在这样的文学生态之中，彤子的写作就显得独具风格且尤为重要。彤子笔下那种粤味十足、岭南风情浓郁的"本土化写作"以及以底层建筑工人为表现对象的"新打工文学"，为我们呈现了一个不一样的珠三角，这个珠三角是原生态的，同时也是丰富、多元、复杂和立体的。她的写作既有别于北方作家，又有别于粤地其他作家，让我们看到粤语写作、乡土书写以及打工

---

① 《彤子：被建筑女工"推"上全国文坛的佛山女作家》，《佛山日报》2020年6月15日，A12版。
② 朱郁文：《彤子：岭南风情的唱叹者》，载朱郁文、廖琪编著《十二邀：广东作家访谈录》，暨南大学出版社，2020，第47页。

文学新的可能性。

彤子的作品多次获奖，更多的是基于社会意义，而她之于文学史和文学生态的意义反而被削弱了。如果不从上述层面和视角去观照，彤子写作的价值和意义极有可能会被低估。就事实而论，她的确算得上是被文学界轻视了的一个作家。

六、亲亲的南方，亲亲的彤子

2020年12月的某日，彤子在微信里跟我说，《玉兰赋》的原型不幸遭遇车祸而离世，令她很难过，难以入眠。我安慰彤子说，有你为她立传，她也算没有白活。彤子却说：是她成全了我。没有她，哪有《玉兰赋》？没有《玉兰赋》，我什么都不是。

《生活在高处》获得"琦君散文奖"，彤子在领奖时特别感谢了工地上的一帮姐妹，她说"是她们将我推上领奖台"。

对她书写过的人，彤子始终怀着感激之情，认为不是她成全了她们，而是她们成全了她，因为这些作品并不能改变她们的生活，却改变了作为写作者的她。

她对她笔下的人物，投入了太多的感情，在每一个人物身上都能感到她的内心世界和情感波澜。那些人，好也罢歹也罢，她从不轻易加以褒贬，只让故事本身说话，她有的只是同情、尊重和感恩。这些故事让我们看到一个作家所具有的恻隐之心和悲悯情怀以及潜藏着换位思考的同理心。

在《生活在高处》带来一系列荣誉和好评之后，彤子并没有停止建筑女工的写作。时隔不久，她又发表了可谓泣血和泪的非虚构作品《重锤之下》①。

从《南洋红头巾》中的月贞婆，到《落雨大·寡妇》中的春莲，到《玉兰赋》中的玉兰，再到《岭南人物志》中的燕颜姐、老指婆、阿英婆、锴锴，再到《生活在高处》和《重锤之下》中的建筑女工……彤子通过塑造一个个鲜活生动而又深入人心的人物形象，在"文学故乡"建构了自己的南方女性人物谱系，这些形象组成了时代巨轮之下沉默不语、卑微坚忍的底层群像。

对南方这片土地，对生活在南方这片土地上的人，彤子怀有深深的感情。"那些多么熟悉的亲人们啊！那些可爱纯朴的乡亲们啊！我竟不知道，我该用什么言语来表达我对你们的热爱和忠诚；那片生我养我的土地啊！那条伴我度过快乐童年的九曲河啊！我竟不知道用怎样的情感来表达我对你们的亲近和依恋。我唯有用文字，一方块一方块地真诚地将你们的朴实、厚重、本色与美丽敲打出来，这不仅是我安抚自己灵魂的一种方式，还是我该尽的一点绵力——书写我亲亲的故乡，我亲亲的南方！"②

我知道，彤子奔忙的脚步不会停歇，她的写作也不会停止。这个在九曲河畔长大的女子，将一如既往以她多情的文字，安抚着自己的灵魂，温润着日渐荒芜的人心。

---

① 刊于《作品》2022年第1期。
② 彤子：《岭南人物志》，花城出版社，2017，后记，第240页。

羽翼上有生命的司南

——郑小琼论

我对"打工文学"刮目相看是从郑小琼开始的。我以为，郑小琼的诗歌文本，在代表着"打工文学"所能达到的高度、深度与力度的同时，也有着对"打工文学"的超越。所以，单单以"打工诗人""打工文学"来对郑小琼的身份和作品进行命名，是不合适的，至少是片面的。

一、编号245："北妹"的身份焦虑与号叫

郑小琼当初读完中专（卫校）先后在一家乡村诊所和私立医院上班，两段很不愉快的经历，使她不顾家人的反对，从四川来到东莞，成为千千万万打工者中的一个。那一年是2001年，郑小琼刚刚二十出头。

南下之初，郑小琼先后进过模具厂、玩具厂、磁带厂、家具厂，几经辗转之后来到东莞东坑镇黄麻岭的一家五金厂，当了一名流水线工人。在工厂里，都以工号相称，郑小琼的编号是245。从此，三个数字取代了她的名字，被人叫了五年。"我的姓名隐进了一张工卡里/我的双手成为流水线的一部分，身体签给了/合同，头发正由黑变白，剩下喧哗，奔波/加

班，薪水……"（《生活》）

流水线支撑的现代工业，使人变成数字的排列组合，进入一种"无名化"的状态，这在某种程度上取消了人之为人的主体性及附在其上的情感、尊严和个体之间的差异，当然也取消了性别。"她把自己安置/在流水线的某个工位，用工号替代/姓名与性别"（《剧》）；"在流水线的流动中是流动的人/他们来自河东或者河西，她站着坐着，编号，蓝色的工衣/白色的工帽，手指头上工位，姓名是A234、A967、Q36……/或者是插中制的，装弹弓的，打螺丝的……//在流动的人与流动的产品中穿行着/她们是鱼，不分昼夜地拉动着/老板的订单，利润，GDP，青春，眺望，美梦/拉动着工业时代的繁荣"（《流水线》）。

郑小琼对这种"无名化"的处境有种本能的抵触。"'每个人的名字都意味着她的尊严。'这是我在流水线生活中最深的感受，在流水线的时候，我们被简化成四川妹、贵州妹、装边制的、中制的、工号……我在流水线都努力地叫工友的名字，很少用工位或工种、地域叫人，比如插钢通的刘忠芳，旗仔的戴庆荷、陈群，在流水线时，每当人家叫我'装边制的四川妹'，我心里总有些不舒服，我更希望人家叫我的名字，正是有这种感受，我会叫工友的名字，当她们听到我叫她们的名字，她们的脸惊愕了一下，转而很兴奋，然后问道：'你知道我的名字啊！'我觉得我跟她们的关系近了很多。我知道我需要写的是她们名字背后的人，而不是她们工位背后的面孔。"[1]

---

① 郑小琼：《女工记》，花城出版社，2012，后记，第257—258页。

郑小琼以这种"微不足道"的举动维护着工友的尊严，并希望借此换回有限的自尊。

工厂的无名化状态只是打工者生存境遇的一个方面，更严峻的威胁是"暂住证"。由于没有暂住证被盘查、被罚款、被收容、被遣返，成为外来工的普遍性遭遇，被称为"外来打工人员永远的痛"，是诗人的一个梦魇。"对过去你有莫名的/恐惧与惊悚 比如暂住证 比如收容/比如荔枝林的墓地 黑夜屏住了呼吸/反锁的出租房"（《龙美红》）。诗人将被治安人员查暂住证的经历直接呈现在诗中，"我在这张招牌下让两个治安队员拦住，'拿出你的暂住证'"（《人行天桥》）。诗人甚至甘愿做"一块来自山间或者乡下的铁"，因为"在铁的世界里/任何一块城市的铁不会对来自乡间的铁/说出暂住证，乡巴佬，和不平等的眼光"（《愿望》）。

你还必须用三百斤稻子换来出乡的车费
四百斤麦子办理暂住证健康证计生证
未婚证，流动人口证，工作证，边防证……
让它们压得你衰老而憔悴

（《打工，一个沧桑的词》）

她必须雇一辆卡车来拖这些证件
身份证 流动人口证 暂住证 务工证
计划生育证 未婚证 毕业证 专业技术等级证
英语等级证 健康证……

（《完整的黑暗》）

"证"的背后连着的是户籍制度、婚育制度、劳工制度以及由此造成的城乡差别，是换了一种形式的血统论和出身论，直白地说，是城市对农村的歧视和压迫。这种歧视和压迫给外来工带来严重的身份认同焦虑。所幸的是，随着改革开放的深入和社会的进步，"暂住证"之类的身份差别，已经一去不返了。

　　高强度的劳动、微薄的收入、恶劣的生存环境，已让打工者痛苦不堪，名目繁多的"证"又如一个个枷锁套在他们身上，让他们无力无助、举步维艰。这样的处境不仅影响着人的物质生活，还深深影响着人对世界的理解、对个体与国家关系的认知。"在自己的国家里承受一张暂住证带来的种种黑色而疼痛的记忆与伤感"，这样的体验，显然会对人的"精神性格的形成"产生潜在的影响。

　　处境的艰难、身份认同障碍带来的焦虑和郁闷，在封闭、压抑、困顿郑小琼的同时，也"逼迫"她在精神世界推开一扇窗，这扇窗是诗歌，是写作。通过写诗来浇心中块垒，于是这写作成了"苦闷的象征"。一首小诗的发表，足以让人"一下子看到了生活的亮色与寄托"。

　　像大多数农民工写作者一样，郑小琼打工之初写的诗歌多是乡村题材，以乡愁为主题，内容和语言风格因袭着传统。2003年前后，在周发星、海上、周佑伦等诗人的影响下，郑小琼在诗歌内容和形式上进行探索，创作了《人行天桥》《完整的黑暗》《内心的坡度》等一批长诗，同时也开始写作《玫瑰庄园》，诗风发生很大转变。

我依然记得初次读到《人行天桥》时所获得的那种心灵震撼。这首几乎不分段不分行的长诗，通过一种散点透视和全景式扫描，将处在工业化现代化过程中的城市景象——明处的和暗处的，"光明正大的"和"见不得人的"——向读者迎面铺排开来，不留喘息之机，一口气读下来有压抑和窒息之感。诗人海上称其为"近年中国诗坛的旷世杰作"，也许是过誉之词，但不得不承认，这样的诗在中国当代诗坛是罕见的，它对荒谬现实和社会暗面的揭露、抨击与嘲讽，使当代诗歌达到了批判现实主义的新高度。

　　诗人发星说："《人行天桥》的出现，标志着一个崭新的郑小琼。她抛弃了那些梦幻般的乡村记忆，把笔直接切入自己血淋淋的生活及南方巨大的劳动力市场。她的这种凌厉的、犀利的、自由狂放的诗风，使我想起四川的红辣椒，想起野火，想起三峡排闼而去的滚滚波涛……就我阅读所及，从没有像她这样的女诗人；她超越性别写出的东西，使包括我在内的许多男人汗颜。"[1]这个评价是形象的、中肯的，但有一点，该诗是否属于"超越性别写出的东西"是值得商榷的。《人行天桥》看起来的确没有明显的性别意识，但这并不能排除里面渗透着郑小琼作为一名女性打工者所遭遇的有别于和有甚于男性的身心伤痛以及对其他女性的深切同情。当然，这是另一层面的话题。

　　有人批评这首诗语言比较粗粝，情绪过于外露甚至偏激，我倒觉得该诗的内容和语言依然在合理的限度内，文字上的粗

---

① 发星：《诗坛出了个郑小琼》，载《郑小琼诗选》，花城出版社，2008，第154页。

粝也好，情绪的发泄也罢，都是跟该诗所要传达的东西适配的。正是因了这样的语言、这样的情绪和这样的内容呈现，才使该诗有了不一样的冲击力、感染力和生命力。

这首诗原本有一个副标题——"中国南方的嚎叫"，诗中多次出现"嚎叫""荒原"等字眼，郑小琼也多次提到金斯堡、艾略特等诗人对自己的影响。这首诗有着金斯堡嚎叫式的歇斯底里和狂放不羁，又有着艾略特荒原般的众声喧哗和空虚绝望，荒诞又写实。但归根结底，它是中国的，只有中国的诗人郑小琼看见并写出了这样的荒诞现实主义之作，所以她成了"这一个"，而不是"这一群"和"这一代"。

郑小琼的诗从一开始就有一种与作者年龄不太相称的沧桑感。这种沧桑感一方面来自打工生活带来的各种磨砺和感受，包括身体的疼痛和不适、精神的压抑、现实与理想的巨大落差造成的失落，以及居无定所和外来者身份带来的漂泊感、恐惧感和无所适从，等等——

写出打工这个词　很艰难
说出来　流着泪　在村庄的时候
我把它当作可以让生命再次飞腾的阶梯　但我抵达
我把它　读成陷阱　当成伤残的食指
高烧的感冒药　或者苦咖啡
两年来　我将这个词横着　竖着　倒着
都没有找到曾经的　味道　落下一滴泪
一声咒骂　一句憋在心间的呐喊
……

透过夜班的女工的眼睛　打工这个词充满疲倦

在寻工者的脚印里　打工这个词充满艰辛

在失业者的嘴里　打工这个词充满饥饿

当我们转过身去　打工这个词充满回忆和惆怅

我不断地在纸上写着　打工　打工　打工

……

我很艰难地写出　打工　这个词

更不容易　用带病的躯体来实现这个词

为了正确地了解这个词　我必须把自己

浸在没有休息日的加班　确切地体味

上班15个小时的滋味　准确地估算

自己的劳动价值　精确地

握住青春折旧费　把握住这个词的滋味

它的苦涩与欢乐　无奈与幸福

……

在这个词里　我不止一次　看到

受伤的手指　流血的躯体　失重的生命

卑微的灵魂　还有白眼

……

我永远活在打工的词语中　把家安置在

一只漂泊的鞋子上　难以遏制

只能和着　两滴泪水　七分坚强

一分流水样的梦　来渲染这个　有些苍凉的词

（《打工，一个沧桑的词》）

沧桑感另一方面的来源是郑小琼对现代化过程中中国历史、中国文化与文明的观察与反思。《人行天桥》这首诗采用双线交替人行天桥式的叙述方式,将历史感与现实性交织在一起,使二者产生一种奇妙的联系;同一时期创作的长诗《完整的黑暗》在内容与情绪的传递上与《人行天桥》非常接近,只不过《完整的黑暗》将历史与现实双线合一,语言和节奏上略加节制,形式上略有规整。两首诗除了对某些现实的揭露与批判,更有对文化与文明的反思,目睹在市场经济、工业浪潮和西方文化冲击之下传统文化的撤退和知识分子的异化,作者深感痛心。

从2001年南下打工,到2003年诗歌转向,我们看到,在短短两三年的时间内,郑小琼的诗歌快速地走向开阔与成熟,不仅有对社会现实的直面,亦有对历史、政治、文化以及文学、诗歌、知识分子、写作等诸多命题的思考,这些思考不是一种空洞的形而上的玄想,而是基于深切的现实感受和体验。这种开阔与成熟,既与她对现实的不回避相关,又得益于她对中西两种文学和诗歌资源的汲取与吸纳,从中不难看出中国古典文学、现代诗歌以及艾略特、庞德、金斯堡、波德莱尔、帕斯等西方诗人的影响。

同时期的《内心的坡度——献给发星》也是一首重要的诗,在这首献给诗人朋友的诗中,作者不仅直陈时代和社会现实的真相,更有对诗歌功能的深切感受与思考。"我们习惯于世俗中的生活,有勇气忍耐持久的痛 / 用古老的中庸来改善幸福或者不幸的人生,祈求 / 一日三餐的稳定。不行了!便臆想神的报应 / 对恶的视而不见,将一座活火山吞进心中 / 骨牌样的悲剧倒下了，无法惩罚的，就宽恕吧／也许愤怒还不够，加上酒精与遮羞布／神圣的原来如此恐怖，做够了喜剧的俘虏／还要阅读性、青春、三角恋、帝王戏／活在人间的，就不必再眺望虚幻的地狱与天堂／它的温度在我的皮肤、肉体、血液中流动／我们欣慰地看到，此刻，诗歌的陈述／是一件工具，道德的过错与疼痛，也要它的帮助"，郑小琼敏感并痛心于诗歌的异化与堕落，不愿"写写后现代主义的反讽、变形、口语或者下半身"，反感于"它更倾向于磕头的立场"，不屑于那些靠"反复研究诗歌的修辞，创造新的名词、术语、构成方法、风格特征"而诞生的"大师、道路、思想"。

总之，她拒绝认同"诗歌适合在恬淡的风景中寻欢作乐"。

二、锈与铁：诗歌之胃与时代镜像

"无论是名词或者动词，都有一个内在暗示的支点，我们要找到它，将内心的镜像呈现出来。"郑小琼找到的这个支点是"铁"，她用这个"具体语言的支点将整个世界在诗歌中平衡"[①]。在她的诗中，使用最多、最具有冲击力的意象是"铁"，这一点学界已多有关注和分析。谢有顺说："'铁'是郑小琼写作中的核心元素，也是她所创造的最有想象力和穿透力的文学符号之一。""她找到了'铁'作为自己灵魂的出

---

① 郑小琼：《诗歌之胃》，2017年中澳文学论坛主题发言。

口，在自己卑微的生活和坚硬的'铁'之间，建立起了隐秘的写作关系。"①张清华从诗集《纯种植物》看到："在她的修辞中，几年前频繁出现的'铁'，已被扩展到了更为宽阔的时代的街头巷尾与垃圾场上，她的界面正日益宽阔，这些词语以特有的冰凉而坚硬、含混又暧昧的隐喻力、辐射力和穿透力，串联起了我们时代的一切敏感信息。"②刘汀则认为郑小琼笔下的"铁"尽管存在于一个现代主义语境里，但它仍是现实主义的，"在她的诗里，铁不仅仅是一个现实的象征物，还是一种对应物。……铁的后面隐藏着一种颜色，那就是暗紫的血色。"③

从在乡村医院上班时每天经过的那扇黝黑的铁门，到进入五金厂每天接触的铁机台、铁零件、铁钻头、铁架、铁制品，从自己的手指被割伤到目睹工友致残，从北方到南方，从乡村到城市，郑小琼始终没有摆脱"铁"带来的尖锐与冷硬感受。这个敏感而又敏锐的诗人，发现了"铁"与工业时代的联系，与自身命运的联系。于是，纳"铁"入诗，成了一种必然。

在郑小琼的诗中，"铁"作为一个具有高度象征性和隐喻性的意象，承载着比上述被学者所论及的更为丰富的含义，它比较突出地指向三个层面——工业时代的象征物、人类命运的同构物及诗人人格的自喻物。

---

① 谢有顺：《分享生活的苦——郑小琼的写作及其"铁"的分析》，《南方文坛》2007年第4期。

② 张清华：《语词的黑暗，抑或时代的铁——关于郑小琼的诗集〈纯种植物〉》，《当代作家评论》2013年第4期。

③ 刘汀：《诗与现实主义的"铁"及其他》，《文艺报》2013年6月10日。

首先，作为工业时代的象征物，它可以是铁砧、铁锤、铁钉、螺丝等具体的铁制品，可以是由铁构成的铁门、铁皮房、铁丝网，也可以是需要铁来运作的车间、机台、流水线，以及隐藏在背后的产品、利润、GDP。"那台饥饿的机器，在每天吃下铁，图纸/星辰，露珠，咸味的汗水，它反复地剔牙/吐出利润，钞票，酒吧……它看见断残的手指/欠薪，阴影的职业病，记忆如此苦涩/黑夜如此辽阔，有多少在铁片生存的人/欠着贫穷的债务，站在这潮湿而清凉的铁上/凄苦地走动着，有多少爱在铁间平衡/尘世的心肠像铁一样坚硬，清冽而微苦的打工生活"（《机器》）。"铁"是工业时代的造物，又造就着工业时代，它代表着工业本身的机械、坚硬、冷漠和资本的"吃人"属性，是一种与人对立的异己的存在。"它打造一个囚笼，用生产数字记下我们的/内心状况"，让人只想尽快走出这"铁质结构的生活"（《在五金厂》）。

　　其次，作为人类命运的同构物，它有着两种呈现方式：一种是将人的命运比作铁，"那些像铁一样尖锐而坚强的命运"（《吹过》），"有着铁一样的沉默与孤苦，或者疼痛"（《他们》），"我看见自己像一块薄薄的铁片　被雨水映出/闪闪烁烁的光斑　将被锻造　运往远方"（《雨水》），"我的爱在机台上/闪着光，它是绿色的叹息/像铁屑一样胆怯，纷飞，杂乱"（《绿》）；一种是将铁的命运比作人，"它柔软的腰身切断，镀上不再属于你的镍"（《十一点，次品》），"铁在漆黑的雨水中生锈/它像穿着黑雨衣走过旷野的人"（《父亲》），"无法预知的命运正从炉火安静下来/它灼热的疼痛，被噬咬的铁在无声中断裂"（《命运》）……我们看到，工业时代的铁，在车间、厂房、机台上的铁，自身也是被改造之物，被捶打、被挤压、被切割、被扭曲，有着"绝望的哭泣"，与人的命运形成了某种互文性，人与铁成了彼此命运的镜像。这里的"铁"是一种类己的存在。

其三，"铁"是诗人人格的自喻物。经过"铁质结构的生活"的磨砺，在"铁一样的打工人生"中，诗人将对"铁"与自我的关系的思考逐渐深入，在发现"铁"与"我"、与人类有着同构的命运的同时，诗人以铁自喻，将自我人格与铁联系在一起。"黎明正在灯火明亮的工业区扇动着翅膀/她的心让一点小小的铁锈创伤，窗外/爱情的露水给四月留下一个明亮的影子/而这一切，让她像铁一样坚硬地守着/一小块在奔波中的爱，一小片将要升起的阳光"（《四月》）；"我只愿把自己熔进铸铁中/做既不思考也不怀念的铁/抛弃一个流浪者的乡愁、回忆和奔波的宿命"（《炉火》）；"过去的时光，已不适于表达/它隐进某段乌青的铁制品中/幽蓝的光照亮左边的青春/右边的爱情，它是结核的肺/吐出塞满铁味的左肺与血管/她像一株衰老的植物，在窗口/从灰色的打工生活挤出一茎绿意"（《表达》）；"命运的骨骼里只一根铁钉般大小的铁——/打造不了一段出口美国的次品，/我只好用现实的扳手将生活的螺丝拧紧"（《九点，拧紧》）……诗人并没有单方面被"铁"碾压、吞没、异化和消解，而是进行了顽强的抵抗，甚至将其"反噬"，变成自身力量的一部分，从而实现了一种西西弗斯式的"反抗绝望"。

读郑小琼的诗，不应忽略与"铁"相伴而生的另一个意象——"锈"。"在时光中生锈的铁""在加班的工卡生锈的铁""铸铁样的灵魂，生锈着""多少螺丝在松动，多少铁器在生锈""这些在时间中生锈的铁，在现实中战栗的铁""我爱过的和恨过的人，他们移动/下午的暮色和铁钉上的时光/生锈的，疾病的，饥饿的""时光之外，铁的锈质隐秘生长/白炽灯下，我的青春似萧萧落木/散落似铁屑，片片坠地，满地斑驳"……不难看出，"锈"其实暗示工业时代施加于人的巨大影响，它既是一个过程，又是一种结果，它意味着疾病、残缺、困顿、衰老和变异。

> 小小的铁，柔软的铁，风声吹着
> 雨水打着，铁露出一块生锈的胆怯与羞怯
> 去年的时光落着……像针孔里滴漏的时光
> 有多少铁还在夜间，露天仓库，机台上……它们
> 将要去哪里，又将去哪里？多少铁
> 在深夜自己询问，有什么在
> 沙沙地生锈，有谁在夜里
> 在铁样的生活中认领生活的过去与未来
>
> 还有什么是不锈的呢？去年已随一辆货柜车
> 去了远方，今年还在指间流动着
> 明天是一块即将到来的铁，等待图纸
> 机台，订单，而此刻，我又在哪里，又将去哪里
> "生活正像炉火在烧亮着，涌动着"
> 我外乡人的胆怯正在躯体里生锈
> 我，一个人，或者一群人

和着手中的铁，那些沉默多年的铁

随时远离的铁，随时回来的铁，

在时间沙沙的流动中，锈着，眺望着

渴望像身边的铁窗户一样在这里扎根

（《铁》）

这首以铁自喻的诗，用了五个"锈"字，来表达工业机器笼罩下人的普遍境遇和状态，在这种状态中，人是沉默的、胆怯的。在巨大的工业机器轰鸣中，"锈"是无声的却是深入骨髓的，以至于人的灵魂也能"生锈"。

然而，诗人并没有默认这种"锈蚀"状态的合理合法性，在钢铁时代她愿意把自己铸成"一枚铁钉"，以语言文字为武器，揭出工业时代的真相，与强大的时代进行对峙与较量。"把加班、职业病／和莫名的忧伤钉起，把打工者的日子／钉在楼群，摊开一个时代的幸与不幸"（《钉》）；"汉语给我／柔软而坚硬的心，如果我的愤怒／再加深，藏在我体内的那颗铁钉／会像一个巨大的楔子钉在时代的阴影间"（《卡》），用汉语"尖锐的门齿啮咬着时代"（《阅读》）。

在时代这个"巨人"面前，诗人无疑是渺小而又孱弱的，但她是顽强的，她坚持做一个战士。"在诗中，她把自己熔铸成一颗铁钉，把社会底层生存镜像钉在冷硬的墙上，她抵抗的姿态顽强、羸弱，闪烁着意想不到的光芒和力量，却也很可能最终变成无谓的举动。但她坚持着，似乎时代选中了她，命定的担当在她身上悬挂着，她要把生命的疼痛和颤抖传递给阅读这些诗的人，从脚到头，从肉体到灵魂。……这颗钉子钉住了社会敏感的神经。"[1]

> 这饥饿的胃　吞下一列奔跑的火车
> 却忍受着爱与恨的疼痛　它收缩着
> 一群四处逃散的病症触及它的腹部
>
> 风声追赶着它奔跑的细胞　剩下
> 白色的红色的药丸进入它的城市
> 它开始办证　像疯子一样加快了速度
>
> 也许你和我的心中　都对现实不悦
> 却转身从遥远与虚无的事情寻找安慰
>
> 它把时代的镜子吞进了胃
> 惹上不断疼痛的疾病
> 它的内心有着软弱的羞愧
> 起身吧　我们的愤怒与怨恨
>
> 这世间悲剧总是比喜剧要多
> 这饥饿的胃不再侵扰与折磨

---

[1] 杨克：《序》，载郑小琼《散落在机台上的诗》，中国社会出版社，2009，第1页。

习惯了做个幻想与失意的人

　　却在胃里藏着一个活着的灵魂

（《胃》）

　　根据郑小琼的自述，她多年前写下的这首诗《胃》，开头一句"这饥饿的胃，吞下一列奔跑的火车"，是她对诗歌与时代关系的一种表达。她说："我一直以为诗歌有一颗巨大的胃，它能消化橡胶、煤、铀、月亮、昆虫、飞鸟，正如五金厂的机器，'每天吃下铁，图纸／星辰，露珠，咸味的汗水，它反复剔牙／吐出利润，钞票，酒吧'。"在"诗歌之胃"的比喻中，我们看到诗人作为个体，与时代之间的关系悄然有了反转。在物质的现实世界，时代的"胃口"是巨大的，它能轻易"吞掉"一个人和一块铁，但在精神世界，诗人用文字构筑了一颗"巨大的胃"，以对抗时代这个"巨人"。郑小琼一直在思考"如何让诗歌之胃有效地消化时代这列奔跑的火车，用诗歌将时代与现实的关系呈现出来，将真实的生活与内心的镜像呈现出来，如何将伦理与艺术有机结合起来"[1]，她用那些寒光闪闪的意象和锥心刺骨的文字，做出了自己的回答。

　　正如有论者所言："她的词语不只深及生命与个体的处境，同时也插进了时代的肋骨，带有疼痛、寒气，以及晦暗中又亮闪闪的性质。""诗人发现了某种最具时代性的符号，而时代将会选择这个诗人作为精神的代言象征。""从郑小琼的

---

[1]　郑小琼：《诗歌之胃》，2017年中澳文学论坛主题发言。

诗中所读到的，是有关我们时代的所有秘密。"①

"铁"的意象，与传统诗歌意象有着本质的不同。郑小琼认为自己的打工诗歌是具有先锋性的，"因为它大大拓展了现代诗歌意象的宽度与深度"。这一点是中肯的，郑小琼的出现，使得以"铁"和"锈"为核心的工业时代的诸多词汇变成现代诗歌的重要意象，从而使现代诗歌从农耕文明浸润下的传统诗歌意象中彻底突围，这无疑是具有开创意义的。

在诗人的文字里，我们看到"一个活着的灵魂"，这个"活着的灵魂"使得诗人在表达自我、关心人类、反映时代三个层面做到了很好的统一，与此同时，也使诗歌保持了应有的尊严。

三、女工记：在"她们"中找到"她"

学者张莉这样评价郑小琼："尽管她并没有清醒的女性主义者的视角，但却有敏锐的性别自觉。"②是的，郑小琼并不是一个女权主义者，她的作品也并不专写女人、只为女性发声，但她的确有着鲜明的性别意识。早年，作为一名女工，郑小琼也不可避免要承受身体与性别的双重隐痛。

---

① 张清华：《语词的黑暗，抑或时代的铁——关于郑小琼的诗集〈纯种植物〉》，《当代作家评论》2013年第4期。
② 张莉：《资本·劳动·女性——论郑小琼作为打工妹主体社会／文学形象的浮现》，《南方文坛》2011年第2期。

手安置在绿色的开关上，塑胶按钮、指示灯/机械臂深深包裹的人生，我怀着全部的虔诚/流水线的某个机台卡座，远离性别的日子/长发与丰腴的身体裹进桶装工衣，丝绸般的手/裹进劳保手套，最明亮的眼也无法窥视雪白/女性的低语被机台的轰鸣删削，细腻的爱情/被油污、扳手、铁钻头调正，电焊的铁面具/被电融解在银白液体，香水从机油味伸出的/一截嫩绿在钢花溅落的瞬间点亮女性的柔情/……/在远离性别的车间/唯有痛经才能唤醒我身体里的女人

（《唯有痛经才能唤醒我身体里的女人》）

工业施之于人的压迫首先是从身体开始的，长时间高强度的劳动、机械重复的动作、休息与睡眠的短缺、化工材料的污染，必然给身体带来疾病和伤痛，加之随时可能出现的工伤，这一切都给打工者留下了难以磨灭的身体记忆。

郑小琼的很多打工诗歌，从某种意义上说也是一种"身体写作"，因为它们与身体所承受的压迫感、疼痛感、耻辱感直接相关。"她的写作，分享了生活的苦，并在这种有疼痛感的书写中，出示了一个热爱生活的人对生活本身的体认、辨析、讲述、承担、反抗和悲悯。"[1]所以，在郑小琼的"产品叙事"中，我们看到一个醒目的字眼，"疼痛"——

哑铁，铸铁，钢铁，想想它的尖锐/以及它扎进身体的疼

---

① 谢有顺：《分享生活的苦——郑小琼的写作及其"铁"的分析》，《南方文坛》2007年第4期。

痛，想想它是巨大的/锭子，将一场美梦砸得粉碎，想想它是一口钢针/将裂开的伤口缝上（《五金厂》）

铁桥从它的躯体上走过/像去年的时光，断断续续的疼痛（《水流》）

黄麻岭，你给我的，只有疼痛，泪水/以及一个外乡人无法完成的爱情（《给予》）

在铁的疼痛里/而我在生锈，我惧怕的那血腥的锈/正一寸寸地在我身体里散开/虫蚀般扩散，这些微红的战栗（《锈》）

她站在一个词上活着：疼/黎明正从海边走出来，她断残的拇指从光线/移到墙上，断掉的拇指的疼，坚硬的疼/沿着大海那边升起/灼热，喷涌的疼，/断在肉体与机器的拇指，内部的疼，从她的手臂/机台的齿轮，模板，图纸，开关之间升起，交缠，纠结，重叠的疼//……//疼压着她的干渴的喉间，疼压着她白色的纱布，疼压着/她的断指，疼压着她的眼神，疼压着/她的眺望，疼压着她低声的哭泣/疼压着她……（《疼》）

诗人最先看见和思考的是自己的处境，"在异乡，我，一个五金厂的女工/还剩下什么啊！/除了带着自己日益消瘦的影子奔波/我仅仅目睹岁月的鞭子、枕上的憧憬"（《除了》）。很快，诗人就将这种生命体验从作为女人的自己延展到整个女工群体，并在不经意间揭示出一个"伟大时代"与一个"弱小群体"之间的隐秘联系和各自的命运——

她们背负着行李与命运在异乡的工业区里奔波（《看见》）

在工衣的油腻中摩擦　一个女工在黑暗中/不断用雨水洗涤着内心的悲苦的黑暗（《雨水》）

有多少暗淡灯火中闪动的疲倦的影子/多少羸弱、瘦小的打工妹在麻木中的笑意/她们的爱与回忆像绿荫下苔藓，安静而脆弱//多少沉默的钉子穿越她们从容的肉体/她们年龄里流淌的善良与纯净，隔着利润，欠薪/劳动法，乡愁与一场不明所以的爱情（《钉》）

在流动的人与流动的产品中穿行着/她们是鱼，不分昼夜地拉动着/老板的订单、利润、GDP、青春、眺望、美梦/拉动着工业时代的繁荣//……她们的生活不断呛水，剩下手中的螺丝、塑胶片/铁钉、胶水、咳嗽的肺、染上职业病的躯体，在打工的河流中流动//……//在它小小的流动间，我看见流动的命运/在南方的城市低头写下工业时代的绝句或者乐府（《流水线》）

诗人看见了她们，并通过她们反观"我"自身，看到"我"是她们中的一员，有着共同的命运。

多少年了，我看见这么多她们／来了，去了，就像荔枝间的叶子一样／老了，落下，整整六年，我都在这个／村庄里观望等待，看她们是怎样地从远方来／又回到远方了，多年以后，我还看见她们／就像看见现在的情形，背着沉重的行李／与闪亮的希望来到黄麻岭，带着苍老与疲惫／回去，多少年了，我一直活在她们中／唯有在离别握手那一瞬间，相互温暖着（《黄麻岭》）

她们弯曲的身体，让我想起多少年前／或者多少年后，在时间中缓慢消失的自己／我不知道的命运，像纵横交错的铁栅栏／却找不到它到底要往哪一个方向（《方向》）

带着"闪亮的希望"来，"带着苍老与疲惫"回去，"在时间中缓慢消失"，似乎成了女工注定的结局，"我"和"她们"都不知道命运"到底要往哪一个方向"。

然而，诗人并不想做一个沉默不语的人，也不想让"她们"一个个无声地消失。她决定担起"打捞"的责任，去寻找"她们"、发现"她们"、记录"她们"，并在"她们"之中确立"她"的位置。于是，"中国诗歌史上第一部关于女性、劳动与资本的交响诗"——《女工记》——就诞生了。

为了完成这部诗集，郑小琼前后花了八年时间，在这八年之中，她看见因不再年轻而找不到工作的"她"，看见恋爱失败后破罐子破摔的"她"，看见在小诊所做人流后不能生育的"她"，看见把孩子生在工厂厕所的"她"，看见被拐骗沦为娼妓的"她",看见辛苦攒下的钱被小流氓敲诈走的"她",看见被吸毒者杀害于出租屋的"她"……"当我与她们接触时,我知道我需要写下这些女工们的故事,……她们被媒体、报告、新闻等用一个集体的名字代替,用的是'们'字。我是这个'们'中的一员,对此我深有感受。……我知道自己需要努力深入女工中,把这个'们'换作她,一个有姓名的个体,只有深入她们中,才会感受到在'们'背后的个体命运和她们的个人经历。"①

带着这样的使命感,郑小琼深入湖南、湖北、江西、河南、重庆等地,做了大量的女工调查,近距离接触女性农民工,接触得越多,她就越强烈地感受到写她们的必要性。"她们的内心深处充满了孤独,她们的故事无人倾听,她们积聚了太多东西需要表达。"②郑小琼不仅要做一个倾听者,还要做一个表达者,要把她们从消失的人群中打捞出来。"我们被数字统计,被公共语言简化,被归类、整理、淘汰、统计、省略、忽视……我觉得自己要从人群中把这些女工掏出来,把她们变成一个个具体的人,她们是一个女儿、母亲、妻子……她们是独立的个体,她们有着一个具体名字,来自哪里,做过些什么,从人群中找出她们或者自己,让她们返回个体独立的世界中。"③

如前所述,郑小琼对人的"无名化"状态极为敏感,《女工记》的写作本质上是对"无名化"处境的一种反抗,作者的

① 郑小琼:《女工记》,花城出版社,2012,后记,第252—253页。
② 郑小琼:《女工记》,花城出版社,2012,后记,第256页。
③ 郑小琼:《女工记》,花城出版社,2012,后记,第254—255页。

态度非常鲜明："我要将这些在别人看来微不足道的小人物呈现，她们的名字，她们的故事，在她们的名字背后是一个人，不是一群人，她们是一个个具体的人，她与她之间，有着不同的故事，不同的命运。"[①]

《女工记》共包含一百首诗，第一首《女工：被固定在卡座上的青春》和最后一首《女工：忍耐的中国乡村心》是总写工业时代女性农民工的处境与命运，中间九十八首是以九十八位女工（其中《跪着的讨薪者》写的是一群女工）为对象，通过具体故事和细节来写"一个个具体的人"……每一首诗，每一个"她"的故事，都足够震撼。

我们不妨来看一例：第六首诗的主人公杨红，十五岁辍学被拐卖到广东的小发廊卖淫，做过堕胎手术，染上一身疾病后被人贩子抛弃，然后嫁给一个四十二岁的老实男人，生一女儿，跟男人回到乡下后，男人因偷伐树木跟人打架而被判十年，她带着女儿回到湖南老家，随后又到东莞的发廊出卖肉体，二十四岁跟一个男人相爱，男人因抢劫入狱，二十五岁进入鞋厂当女工，女儿留在湖南乡下。"她说起这些年的经历／没有悲伤　也没有兴奋／像手中的制品　没有表情／……／她喜欢谈论女儿与未来"（《杨红》），一个经历如此离奇多舛的女子，谈起过往没有"悲伤"和"兴奋"，但她并没有完全麻木，因为"她喜欢谈论女儿与未来"，这说明她对生活依然抱有那么一点希望。多么可叹的一个女人，多么好的一个女人！

---

① 郑小琼：《女工记》，花城出版社，2012，后记，第257页。

面对这些具体的"她"，我想任何道德评判都将是失效的，正如作者所说："在这之前，我无数次想用道德来评价这一切，但是在真实面前，常常觉得无言以对。"[1] "她们构成了这个时代的一个音符，在有些人看来，甚至有点不合节拍。但是对于这一切，我除了记录，还能做些什么呢？"[2] 是的，对于一个写作的人而言，除了记录，能做什么呢？但是记录，即是记住，记录就意味着一切。就此而言，《女工记》无论是对郑小琼自己的写作而言，还是对当代诗歌史而言，均有着特殊的意义。

郑小琼对女工命运的关注，并没有因身份的转变（从工厂女工变为杂志社编辑）而停止。近几年，郑小琼有意识地开始进行小说创作，陆续发表了《双城记》（《青年文学》2020年第8期）、《事如秋雨来》（《中国作家》2021年第1期）、《深夜去海边》（《青年文学》2021年第5期）、《杀女》（《十月》2021年第9期）、《没有什么大事》（《飞天》2022年第6期）等中短篇小说，写作势头甚至盖过了诗歌。这些小说（《事如秋雨来》除外），延续了《女工记》的主题，聚焦女工生活，书写她们的故事，思考女性的命运。

郑小琼说她希望通过这些小说呈现两类女性（打工妹）的命运：一类是通过多年打拼终于在城市安家的乡村女性，如《双城记》《深夜去海边》；一类是无法在城市落脚不得不回到乡村的女性，如《杀女》。这些女性在若干年前，如娜拉一

---

① 郑小琼:《女工记》，花城出版社，2012，后记，第21页。
② 郑小琼:《女工记》，花城出版社，2012，后记，第180页。

样，勇敢走出闭塞的乡村，希图在另一片天地改变自己的命运。旧的问题解决了，新的问题却来了，而这新的问题似乎又是旧的。因为说到底，她们依然面临着两个根本性的困境：一个是经济独立，一个是精神独立。

《双城记》中的安宇红、《深夜去海边》中的刘红勤，虽然在城里立住了脚跟，物质生活安稳，但遭受着男人的背叛和伤害，在婚姻和小家庭中惶惑不安，她们的精神世界是空虚的。如果熟悉现代文学史，读《深夜去海边》很容易想到五四时期女作家庐隐的小说《海滨故人》，两部作品都表现了女青年理想失落后的苦闷和彷徨。要知道，《海滨故人》写于20世纪20年代初，距今刚好百年，这不能不令人叹息。

值得一提的是《杀女》，主人公米香十七岁被拐卖到福建，被迫生下两个孩子后逃到广东，进入工厂成为一名女工，解决了生计问题。后在江苏一工厂结识了来自湘西的一个手有残疾的男人，互生好感，恋爱，同居，生下一女。好景不长，经济危机到来，工厂倒闭，她不得不跟着男人回到他的老家，因一直生不出儿子受到婆家的虐待，丈夫在身体上折磨她，还跟别的女人有染。痛苦、孤独、压抑的她想再出去打工，丈夫藏着她的身份证不放她走，在身心的折磨与煎熬之下，终于失去理智，拿起铁锤砸向了家里的一切，包括她的女儿，最终她被以故意伤害罪判处有期徒刑一年。读完这个小说，我一下子就想到了台湾作家李昂1983年发表的中篇小说《杀夫》。与《杀夫》不同的是，《杀女》的主人公杀的不是施暴于自己的男人，而是自己的亲生女儿，但这杀并不像美狄亚那样决绝和彻底，只是失心疯后的无意之举，因为米香并不想伤害孩子。

然而，无论"杀"的对象是谁，结果如何，《杀女》在《杀夫》问世四十年后再次揭示一个残酷的事实：在父权夫权至上的性别结构中，在现代文明尚未抵达的乡土空间，生理性别处在天然弱势地位的女人，要摆脱男性的暴力，似乎只能以暴制暴。

就实质而言，郑小琼的这些小说延续的依然是以鲁迅为代表的"五四"一代作家所开启的文学主题，即"娜拉出走之后会怎么样以及该怎么办"。

需要特别注意，与早期"打工诗歌"对工业机器、商业资本的控诉、批判有异的是，郑小琼晚近的小说创作肯定了工业化、城市化对人尤其是对女人的解放。

尽管工厂、机器、不平等的劳工制度带来了另一种压迫，但至少可以让女性在不依赖男人的情况下解决生存问题，进而实现经济上的独立。很难想象，没有现代工业提供的就业机会，安宇红、刘红勤们如何能够走出围困她们的古老乡村，逃出来的米香能去往哪里又该如何生存。遗憾的是，已经可以凭借自己的本事在城市立足的米香又回去了，于是再次陷入命运的泥淖。在狱中，她想的是要去城市，去远方的城市，"她仿佛听到机器的声音，那快速转动的机器声在向她招手"。远方的城市、工厂、机器曾经拯救了她，如今她的希望依然在远方。至于安宇红、刘红勤们，有一个更大的人生命题等着她们去解决，那就是如何在完成经济独立之后实现精神的自由。

四、飞翔之鸟：从一颗心灵传到另一颗心灵

波德莱尔说："要看透一个诗人的灵魂，就必须在他的作品中搜寻那些最常出现的词。这样的词会透露出是什么让他心驰神往。"[1]加斯东·巴什拉说："作为一首完整无缺且结构一致的诗，精神必须预先构思，拟好草稿。而对一个简单的诗歌形象来说，没有什么草稿，只需要灵魂的运动。通过一个诗歌形象，灵魂说出自己的在场。"[2]两位法国诗人用不同的话语道出了诗歌写作的共同秘密，即诗歌中的意象（形象）跟作者的灵魂有着某种必然的联系，换句话说，要了解一个诗人的思想、情感和灵魂深处的东西，不妨将他诗中的意象作为突破口。

在众多被高频提及的工业意象（如"铁""钢筋""塑料""水泥""锈"等）背后，郑小琼诗中有一个意象被忽视了，这个意象就是"鸟"。仅《郑小琼诗选》《纯种植物》这两本诗集，就有不下五十首出现了"鸟"这一意象。

诗人将自己的情感寄于这一小小的生命体中，"悲伤寄托扑翅之鸟""我正经过/那空旷的灰寂，剧痛像鸟一样长鸣不已"（《蜷缩》），"偶尔有一两只鸟飞过/它们孤单而虚弱，我多想放下手中的活/陪伴它一会儿"（《看见》），"有鸟在水边/照见它羽毛里忧伤，这只来自外乡的鸟/触摸到

---

① 胡戈·弗里德里希：《现代诗歌的结构：19世纪中期至20世纪中期的抒情诗》，李双志译，译林出版社，2010，第31页。

② 加斯东·巴什拉：《空间的诗学》，张逸静译，上海译文出版社，2009，第8页。

肉体里的忧伤""剩下回声，像孤独的鸟在荔枝林中鸣叫"（《水流》），这里的鸟是受伤的、孤单的、虚弱的、哀鸣的；更多的时候诗人以"鸟"自喻，"一只爱着的夜鸟，扑打闪亮的翅膀，它们必定沿着/一条河流消逝"（《河流：返回》），"我站在窗台上看见风中舞动的树叶，一只滑向/远方的鸟，我体内的潮水涌动"（《黄昏》），"黑暗中莫名升起飞鸟/它的尖叫，铺开虚弱的乌云/铺开巨大的机台"（《灰烬》），"从伤口飞出鸟只/用翅膀测量着天空的深度"（《伤口》），这只"鸟"心中有爱，翅膀闪亮，体内藏着躁动不安的"潮水"，她以"尖叫"对抗"乌云"和"机台"，用翅膀丈量天空。

在郑小琼的诗中，"鸟"与"翅膀""天空"等构成一组意象，与此相对的是另一组意象，这组意象里有"荔枝林""灌木丛""树木""黑暗""绳索""栅栏"等，如果前者隐喻着鸣叫、飞翔、自由，后者则指向工厂车间、周遭世界、既存秩序、文化工业等对人的笼罩、束缚、压迫甚至戕害。"树木像大地伸出的绳索/缚住飞鸟的翅膀"（《斧头》），"飞鸟在阴影中重复着哀悼/树木的年轮里有悲伤的尺寸"（《暴力过后》），"孤独的小鸟隐没在黑暗的荔枝林间/黑暗正漫过红色的荔枝果，深树枝的颜色/更深了下去，鸟鸣已消逝"（《时光》）……可以看到，"飞鸟"总是面临着"树木""荔枝林"的暴力，暴力过后，留给飞鸟的命运是悲伤和沉默。

"它是一只什么样的鸟/它该适应怎样动荡的灵魂？"（《耻辱》）郑小琼通过不断思考"鸟"与"天空"与"灌木

丛"的关系，来思考自身和人类的命运，并由此来选择自己的写作道路，"我以鸟的方式飞翔或者/用鱼的语言，在逝去的大陆上/在黑夜的年代里，那些鸟比人类更具有人性/我们必须跟随它们学习做人"（《完整的黑暗》）。诗人对自己的写作意义以及由此带来的可能命运有着清醒的认知，"翠鸟正把它从一颗心灵传送到/另一颗心灵"（《阅读》），"你是一只不祥的鸟，带着自身的重量/渐渐落下"（《所有》）。

诗人曾经是悲观而迷茫的："城市终究属于别人的，我只是过客，只是南飞的候鸟，注定漂泊不定，没有落脚的地方。我像无脚鸟一样飞着，没有停下的地方。这种过客心理让我对生活充满悲观情绪。我不知道，该走向哪里，未来在哪里。"[1]从"候鸟"到"飞鸟"，从被动"飞着"到主动地鸣叫、振翅、飞翔，可以看到诗人的心路历程，诗人在无可选择中做出了选择，并持守着这种选择。

郑小琼有这样一段自述："在诗集《玫瑰庄园》里面有一首《鸟》，外婆一直跟我说人生不要忘记了方向，她常说燕子飞得再远，也不会忘记回家的路。在《鸟》这首诗中，我有过表达，'鸟羽上有生命的司南'，我们的人生或者写作也不要忘了内心的司南。"[2]无论是早期的"打工诗歌"还是晚近的小说创作，郑小琼都没有忘记"内心的司南"，她的写作没有所谓的"转型"，因为她一直站在底层立场关注底层、书写底层，她的写作是张扬着知识分子精神的"底层写作"，内里深

---

[1] 郑小琼：《女工记》，花城出版社，2012，后记，第247页。

[2] 郭珊、陈小庚：《郑小琼：用诗歌"收藏一个辽阔的原野"》，《南方日报》2017年5月11日。

具自省、批判和价值关怀意识。

郑小琼说自己在现实生活中是一个怯懦的人，并为此感到困扰，当她偶然读到谢有顺的随笔《怯懦在折磨着我们》时，受到很大的触动。这篇随笔里有这样一段话："为了让后人能够摸到我们这个时代的真实灵魂，需要有一些人在怯懦者的残骸中勇敢地站立起来，把我们所遭遇、所忍受、所看见的劫难与耻辱写下来，用我们的心灵与道德将它写下来。今后的文学若还有什么意义的话，我想就在于此。"[1]郑小琼就是那个勇敢站起来的人。诗人梦亦非说"郑小琼的诗不具备可推广的审美法则，难以影响或开始一个新的写作时代，所以在诗歌上她只具有个人意义而不具备象征意义"[2]，这样的判定我认为是不恰当的，不是郑小琼的诗不具有普适性的审美法则，而是因为其他诗人放弃、回避了这种法则，因为他们没有足够的勇气。反过来说，以郑小琼的诗歌天赋和素养，她完全有能力使用、驾驭比较通行的、大多数诗人乐此不疲在使用的审美法则，把诗写得唯美一些、明亮一些、诗情画意一些、"正能量"一些，但她没有那样做，她有着自己的诗歌信仰。

电影《肖申克的救赎》有一句经典的台词："有些鸟儿注定是关不住的，它们的每一片羽翼都闪耀着自由的光辉。"郑小琼就是一只关不住的鸟，因为她的羽翼上有生命的司南，这司南是尊严、自由和爱。这样的一只鸟，受过伤，也时常感到疲倦，但她从没有被击垮，也没有停止振翅、鸣叫和飞翔。

---

[1]　谢有顺：《怯懦在折磨着我们》，《花城》1998年第2期。
[2]　梦亦非：《是谁制造了郑小琼》，《出版广角》2008年第11期。

她是孤独的，但她甘于这孤独。

　　多么幸福的一天，从大街上走过
　　我学习的热爱，宁静，它们像光线
　　从我的肩一直漫过头颅，温暖，明亮
　　在我们彼此的眼里，宽恕是浩瀚博大的
　　在尘世，我已一无所求，剩下爱与感恩
　　它们正来临，鸟儿愉悦地扇动翅膀
　　荔枝树开花结果，啊，那些奔波，疲惫
　　也清澈如流水，我已忘记了不幸
　　啊，请原谅，在这样的清晨，面对寒溪
　　它从远方来，又流向远方，剩下潺潺的鸣奏
　　延绵的回声在清晨，水仙开花于窗台
　　蜘蛛结网林木，昆虫从青草丛里起飞
　　我将告诉你太阳正在升起

（《尘世》）

　　在郑小琼的诸多诗作中，这样温和而明亮的诗是极为罕见的。"幸福""热爱""宁静""温暖""明亮""爱与感恩""开花结果""清澈如流水"，将作者的美好心情展露无遗。巧合的是，诗中也有一个"鸟"的意象，但这里的"鸟"与别处的"鸟"不同，它不是被附加了象征与隐喻意义的鸟，而是纯粹的自然之景，是大地的生灵。它也"扇动翅膀"，但那是"愉悦"的。

　　面对普通的一日清晨，诗人突然涌起了满满的幸福感，连奔波和疲惫也清澈如流水。联想起诗人的经历以及诗人其他的文本，再读这首诗，不禁产生一种莫名的感动。

　　愿这只羽翼上闪耀着自由光辉的飞鸟，可以长久地在天空翱翔，并在尘世获得幸福。

作品论

无处安放的雌性之身*

——董启章小说的身体寓言和性别想象

董启章，香港作家。20世纪60年代生人，90年代开始发表作品，不到三十岁就崭露头角。其小说以思想的前卫性、意义的丰富性、叙述方式的独特性以及知性与感性的兼得而享负盛名，曾多次获得香港文学界不同类型的大奖，成为香港新生代小说家的优秀代表人物之一。

令人惊奇的是，就笔者视野所及而论，董启章是中国文坛唯一一位以小说形式对"双性同体"①这一现象/问题给予浓厚兴趣和探究的作家。他的中篇小说《安卓珍尼》（1994）和长篇小说《双身》（1995）即是此类代表作，两部作品分获

---

* 原载于《华文文学》2018年第5期。

① 据维基百科解释，"双性同体"之英文"androgyny"衍生自希腊字体ἀνδρὸς（andros，意思是男人）和γυνή（gyné，意思是女人），指称一种阳性/男性特质与阴性/女性特质相结合的状态。一般用于流行时尚、性别身份、性生活方式以及生物学上的雌雄兼体。需要注意的是它与另外两个概念——bisexuality和hermaphroditism——的区别，前者指在性行为和性倾向上对男女两性都感兴趣或者有吸引力的个体，可以翻译成"双性态"；后者源自古希腊神话中一个同时拥有两性身体特征的神赫马佛洛狄忒斯（Hermaphroditus），该词一般用于生物学上，指植物或动物的雌雄同株/体现象，在有些语境中，二者也作为"双性同体"被使用。由此可以看出，androgyny含义和用法要比后两个宽广得多。它既可用于生物学和医学，也可用于心理学，并且伴随着历史演变，此概念已渐渐超越这些层面而进入人类文化和意识形态领域，从而更多地强调其象征意义，其内涵也变得极为丰富。

1994年"联合文学小说新人奖"首奖和"第十七届联合报文学奖"长篇小说特别奖。《安卓珍尼》叙述的是女主人公为了逃避丈夫只身一人在森林里寻找一种叫斑尾毛蜥的动物的故事。《双身》讲述的是一位叫林山原的男子在日本与一位叫池源真知子的小姐一夜风流之后变成了女人，在寻找真相过程中所遭遇的一系列困境和体验。两部小说的故事情节都与女/雌性的身体密切相关，可以说是关于人类的身体寓言和性别想象。

一、男性暴力下的身体之痛

《安卓珍尼》的女主人公"我"是一位城市女子，知书貌美，有体面的家庭和事业成功的丈夫，经常出入上流社交场合。这样的一位女子却选择在三月的一天来到非常偏僻的山野，独居于一所极其简陋的老屋中。通过"我"的叙述，可以知道她这样做的原因有两个：一是远离丈夫；一是寻找"安卓珍尼"（斑尾毛蜥）。关于后者，也许不难理解，是出于一个生物学者的好奇心和研究需要。可为什么要远离丈夫呢？是丈夫对她不好吗？事实不是，丈夫温文尔雅、体贴周到，有绅士风度，从不打女人，"全心全意地遵循着一个丈夫应该做的事情"。他不准"我"做操劳的工作、看过多的书，只会把"我"关在屋里，安放在床上，请来各种医生，给"我"吃各种药物，让我配合治疗且要多休息。丈夫之所以这么做，是因为他觉得"我"有病。什么病？精神抑郁、心理错乱什么的，反正就是所谓的"女人容易得的病"。丈夫这样判断的根据是：我不像他的朋友们的太太们那样雍容华贵、善于交际应酬、善于打理业务做男人的贤内助，简单地说，就是不会做贤妻良母。①对于这一点，"我"也认同并感到很内疚，自己也曾尝试去改变，可最终都以失败告终。从这里可以看到，女主人公之所以不能按照丈夫期望的角色去做，就在于那样是违背其内心的。女主人公爱读书、爱写作、爱空想、爱做生物学的研究，可就是不会做"女人"，与所谓的"女人气质""女人味"相去甚远，这也是她常常有一种"错置般的晕眩"的原因所在。这种错置感其实就是性别身份认同障碍，就是说"我"想做的那个自己与身处其间的性别体系（包括性别认知、性别分工、性别角色扮演、性别气质认定等）所要求的不能保持一致，这种错置感是坚守自我与遵循规范之间的矛盾造成的。对所有偏离或违逆规范的个体而言，这种身份的错置感毫无疑问是普遍存在的。而这种错置在"正常人"（遵循、符合性别规范的人）看来就是一种不正常，是病态和异类，所以丈夫才会说："当你常常觉得自己在另外一个地方，这便是一种病态。"丈夫的妹妹也说"我"是一个对自己的性别身份认同有问题的人。在这种情况下，身份错置的人要么坚守自我，但势必面临外界的巨大压力；要么做一个规范的遵守者，但必然要失去真实的自我，无论哪种选择都会付出代价。所以女主人公才会说，与丈夫在一起看似一无所缺，却又好像一无所有。这

---

① 本篇关于女主人公与丈夫关系的描述参见：董启章：《安卓珍尼》，（台北）联合文学出版社有限公司，1996。

种"一无所有"感其实就是自我的丧失。主人公不愿也无法做一个乖巧听话讨人喜欢的温顺羔羊，所以她的内心才会不断地承受煎熬。

女主人公在城市家中的遭遇不禁让笔者想起弗吉尼亚·伍尔夫，想起夏绿蒂·吉尔曼（Charlotte Perkins Gilman）的小说《黄色壁纸》（*The Yellow Wallpaper*，1892）中的情节。伍尔夫与《黄色壁纸》《安卓珍尼》的主人公都面临极其相似的遭遇：三人都因为偏离性别规范（及因之造成的精神抑郁）而被视为病态，从而被强迫治疗——不断地被强制休养，被各种名目的医生检查、诊断、开药，就连喜爱的写作也被严格限制，更可悲的是这一切都是以"善意和疼爱"的名义进行的。而这样做的结果恰恰导致了"病情"的加重，并最终崩溃——或投水自尽（伍尔夫），或变成疯子（《黄色壁纸》），或逃向山野（《安卓珍尼》）。事实上，除了她们自己，没有人能了解她们到底得了什么"病"。对她们的"治疗"其实是对她们的伤害，这种伤害在精神上造成的恶果远远大于肉体伤害。

借用福柯的观点，三位女性极其相似的境遇体现了现代性别权力体系对"异类"女性所施加的"规训与惩罚"。在福柯那里，规训（discipline）指的是一种特殊的权力技术，它既是权力干预、训练和监视肉体的技术，同时又是制造知识的手段，规范化是这种技术的核心特征。惩罚是为了规训，而规训实质上也是一种惩罚，二者的目的都是迫使对象"规范化"，即成为权力体系中的规范者和顺从者。从中，可以窥见规范、"病人"、规训与惩罚机制三者之间的微妙关系。事实上，并不是先出现"病人"，然后对之施以惩戒；而是先有一个权力规范体系，拿它去衡量所有人，那些偏离和违逆规范的人都将被划入"病态"之列，然后对之施以规训和惩罚，使其纳入规范。在二元式性别制度内，我们同样可以看到这种机制或隐或显的运作。性格复杂、个性不一的人类个体在刻板僵化的性别模式中，难免会有所谓的越轨者、出格者、异常者、变态者。他们都将面临共同的命运：规训与惩罚。这种规训与惩罚实质上是一种暴力，一种权力体系施加于个体之上的暴力。具体到本文所要讨论的对象上，实际上是男权文化施加于女性之上的暴力。这种暴力借助丈夫、医生等人之手，通过药物、规劝、诱导、禁闭等手段，对女性身体进行"干预、训练和监视"，同时将一套"制造"出来的知识灌输给她们，从而使她们的身心均与性别规范保持一致。对于作为弱势群体的她们而言，对这种暴力的反抗是相当乏力的，因为这种暴力的权威性及其对女性造成的压迫感和窒息感是"正常人"难以想象的。

无奈之下，"我"决定逃离丈夫和城市，来到山上的老屋，希望借助一个相对自由的空间找回真实的自我。意想不到的是，在这里"我"碰到一个男人——老屋的看守者和打理者。这个男人与丈夫形成鲜明对比，他沉默寡言、表情冷漠、粗犷且不修边幅。这样一个男人在"我"眼中就像一头野兽，不易接近且存在危险。"我"与男人本可互不妨碍、各做各的事，但"我"要找到安卓珍尼需要男人的帮助，只有他熟悉那里的地形。接下来的日子就是男人带着"我"在森林中摸索寻找，男人从不跟"我"说话，偶尔用手势传递他的意思。唯一的一次遭遇是男人为了救"我"，独自留下来与一条蟒蛇对峙。男人的神秘引起了"我"探索的好奇，不断编造关于他

155

的故事。只是"我"一直没弄清楚他的过去，他也从不相告。"事情"终于在某一天发生了，当"我"将自己的身体浸没在一个清凉透彻的水潭里享受美妙绝伦的畅快之感时，男人从后面抱住了"我"。正当男人要贪婪地攫取我的身体而我正要举起斧头回应时，安卓珍尼出现了，它凝视着"我"和男人之间的这场冲突。接下来的一段时间，男人开始时不时地占有"我"，且是以一种粗暴野蛮的方式，"我"的身体开始承受一次又一次的袭击，做一次又一次的挣扎。

我们看到，为了逃离暴力的女主人公再次被男性暴力笼罩，所不同的是，丈夫施加给"我"的是精神上的暴力，男人施加给"我"的是身体上的暴力。这两种暴力都代表着强权对弱者的霸占和侵犯，目的皆是确立施暴者的威权地位和主人身份。过分的权力体系通过暴力维护着它所需要的范式，前者是普遍遵守的家庭婚姻秩序，后者是弱肉强食的自然法则。

在长篇小说《双身》中，女性的弱势地位也多次呈现。她们可能是无财产继承权的老人（林山原的母亲），可能是"猫眼"咖啡店的应召女郎（池源真知子），可能是画布上的裸体模特和广告上的魅惑女体（华华）……小说中，次要人物华华的命运是作者对女性身体之痛所做的注脚，尽管这个注脚有点极端。华华不仅要在各种商业广告上充当被男人观看和消费的对象，最终还被残忍地奸杀和弃尸荒野，而罪犯的逻辑是：华华在媒体上诱惑了他却又不愿献身于他。这种将罪名抛给受害者的混蛋逻辑却是男权社会的通用思维模式，需要说明的是，这种思维绝不仅仅潜藏于男性脑海中。面对华华们的下场，相信也会有很多女性同胞在心里暗暗说着两个字："活该！"犯罪行为本身足以骇人听闻，而类似事件背后隐藏的双重性别伦理更让人不寒而栗。

如此境况，女性必将一如既往地承受着男性暴力之下的身体之痛。

二、文明与蛮荒下的双重困境

文明与蛮荒常常作为一组对立的二元项出现在人们对某些问题的理解中，二者似乎始终对立，可以互补却无法统一。在形而上的二元论中，人们一般将男性·文化/女性·自然做对应的区分，以彰显男性之文明理性、女性之蛮荒感性。但是，仔细考察会发现，无论是在文明社会还是蛮荒状态，女/雌性面临的处境也许并无二致。《安卓珍尼》和《双身》两篇小说对女性在文明与蛮荒（或者说文化与自然）状态下的体验和命运做了思考。

《安卓珍尼》中的女主人公逃离丈夫，其实也是逃离丈夫所代表的城市文明。"我"无法融入这种现代文明，常常觉得自己不在其中，所以当"我"与丈夫的关系出现了问题，当"我"产生了错置感，"我"把原因归到自己身上："也许是我身上出了什么岔子，破坏了文明和野蛮的规律，捣乱了城市和山野的秩序。我是一株插植在错误的泥土的花，四周的生态容不下我，但我也拒绝被天择淘汰。"这里，我们看到，主人公觉得自己的天性更倾向于"山野"，而不是"文明"和"城市"。事实在于，现代文明充斥着对女性的压抑，当然也就同

157

时充斥着对男性的压抑，只是这种压抑往往并不为人所自觉，尤其不为男性所自觉。尽管双方都是受害者，但相比于女性而言，男性常常觉得自己是受益者。逃离文明说到底是为了逃离现代文明所建构起来的权力机制（尤其是性别权力机制）及其所附属的各种规范秩序和暴力机构。在城市文明中找不到自我的主人公逃离到山野，目的是要在文明中心之外的边缘地带确立自己的身份。有论者将这视为作者"消解城市中心性，确立原始森林的'乌托邦'地位"①的努力。然而，当"我"毅然决然地远离文明，来到蛮荒之地——山上之森林时，却有一种不知所措和恐惧感。传真机的声音更加凸显了两个世界（文明城市与蛮荒山野）的隔绝，让"我"有想哭的感觉。于是，"我"又开始怀疑自己的决定是否正确，常常觉得这蛮荒之地不是自己应该身处的地方。"这是一种怪异的错置感，仿佛我的身体和我的思想存在于两个不同的地方，不同的世界。……究竟是山野的我在想象着那个不存在的城市生活，还是城市的我在想象着从未经过的山野传奇？"这里，我们再次看到主人公的错置感，这种错置感表面看来是城市文明与山野蛮荒的对峙，实质与"我"在丈夫身边的错置感一样，都是自我与非我之间的一种纠结。在城市文明生活中的"我"因失去自我而产生了身份认同障碍，蛮荒之地的"我"同样摆脱不了这种身份错置感。作者似乎在暗示我们，"我"的后一种困境也许源于我已被城市文明所浸染，无法还原到自然状态的真实自我，所以无法适应蛮荒之地。

---

① 张芙鸣：《试析〈安卓珍尼〉的解构启示》，《华文文学》2002年第6期。

所幸，主人公坚守下来，渐渐适应了"不文明"的生活并对这片蛮荒之地有了些许感觉。在第一次与安卓珍尼不期而遇的那天，也就是"我"将身体沉浸在山中水潭的那一次，"我"拥有了前所未有的生命体验——"温热的世界和冰凉的世界如此贴近而又截然划分，实在美妙绝伦。我在这两个世界间穿插进出，慢慢地把混杂的感官洗濯干净；我开始没有恼、没有恨、没有妒忌，也没有快乐、没有幸福，只有现在一刻的纯粹存在。"这段话看似是"我"的身体经验，实则暗指精神世界的超越。此处用水面之上的温热世界和水面之下的冰凉世界喻指城市文明和山野蛮荒，同时还喻指男/雄性之身与女/雌性之身。它表明，经过蛮荒之地的生命洗礼，"我"突然找到了丢失已久的自我，体验了双性同体的奥妙，这里的"双性同体"已不仅仅是生物学上的雌雄同在，而是一切对立、区隔的消弭。也许二元项依然存在，差别依然存在，但这种差别已经不再导致不同世界的隔阂和真实自我的分裂。这也是作者偏偏在此时安排"安卓珍尼"现身的原因所在，它的出现其实正是这样的一种象征。

　　然而，恰恰就是在"我"达到理想境界的时刻，也恰恰是在安卓珍尼出现的时刻，男人突然侵犯了"我"。如同一个做美梦的人被突然在脑袋上打了一下，美好和谐之情景顿时消失无踪。作者安排这一情节不仅是小说故事发展的必然，同样也是恰逢其时。此后，男人对"我"持续的暴力行为，无疑在冷冷向"我"宣布：在这个世界，你依然是弱者，依然处在被动地位，依然要被男人肆意侵犯和占有。"男人和丈夫一样，拥有权力的优越性，他们共同织成一张巨网，令'我'备受威胁，无论怎样出逃，都无法获得真正的肉身自由。"①文明与野蛮下的双重困境不禁让"我"怀疑："当我在一个世界感到窒息，我可以逃到另一个世界去吗？而在这另一个世界里，我肯定我便能够得到解放吗？还是，那里有着另一种暴力，另一种压抑？"其实，女主人公的遭遇已经给出了答案。

具有讽刺意味的是，理性和语言，这些在丈夫那里被"我"所极力抗拒的东西，却被"我"拿来对付男人。男人一边蹂躏"我"的身体，"我"一边用不停的说话折磨他的精神，用"理性语言的噪声令他精神错乱、萎靡不振"。而在城市中，丈夫一边"维护"着"我"的身体，一边却严重折磨"我"的精神。角色的对调，让"我"明白："无论对丈夫抑或对男人，这从来便只是一场文明与原始、思维与本能的冲突，只不过在不同的处境，我被迫落入了不同的位置。"在笔者看来，这从来便是男人与女人（或者说是人类自身）的一场战争，只是没有赢家。而且，这场战争是借助女性的身体进行的，作者将两性冲突的根源一直推到最基本的生物学层面。而这种逻辑给出的结果似乎也只有一个：女性要获得真正的解放，须实现能够摆脱男性的生殖方式。

《安卓珍尼》一女二男的情节，不禁让人想起小说《查泰莱夫人的情人》。两位女主人公同是从丈夫身边短暂逃离而与另一位男人不期而遇，与丈夫的关系都看似和睦但缺乏感觉和激情，两位丈夫都代表文明、理性，两位男人都象征原始、野蛮、激情。不同的是，查泰莱夫人与男人的关系使她拥有了生

---

① 张芙鸣：《试析〈安卓珍尼〉的解构启示》，《华文文学》2002年第6期。

命的激情、自我的解放，而"我"与男人的关系使"我"陷入另一种压迫和困境。极其相似的情节却有主题上的天壤之别。

在《双身》中，同样存在着类似的两个世界。变身之后的林山原，无论在繁华的日本东京还是大都市中国香港，都纠结在男身与女身、过去与现实、回忆与幻想之间，始终找不到答案，也无法解脱。最终，他/她和妹妹决定卖掉市区的房子，在大屿山梅窝（它所属的离岛区是香港面积最大人口最少的地方）租了一个附有阳台和天台的房子，"面向青葱菜田，远景有崇高山岭"。加上从日本回来的秀美，三个女子在这个"世外桃源"组成了自足自乐的世界，做着自己想做的事。然而这样的美好世界并不能完全地遗世独立，三位女子也不能彻底脱离文明的世界，她们也要工作，也要同男人打交道，不管是否乐意。

女性在文明与野蛮下的双重困境在《双身》中主要是通过华华这一人物的设置体现出来的。华华是一个时髦的都市女郎，她开始是做男子康的裸体绘画模特，后来又在另一男子汤的诱导下，做了广告模特——常常以性感身姿出现在啤酒或高级私人别墅的巨幅广告上，不论是前者还是后者，都象征了女性在城市文明中的被物化处境。广告，作为现代传媒的典型形式之一，其本身已成为"性别文化机制中不可或缺的重要组成部分"，性别问题在其中以更显的形式呈现在公众视野。"肆无忌惮把女性置于男性欲望对象中进行露骨塑造的现象"在以广告为代表的现代传媒中比比皆是，看似光鲜耀眼高雅时尚，实则极其恶俗。①这一点足以证明女性在现代城市文明中

---

① 林丹娅：《性别与传媒的十年博弈》，《中国图书评论》2011年第9期。

以一种被看、被玩赏、被消费的身份和位置而被流行的性别观念所认可。而一些以模特身份出现的女性不以为耻反以为荣，不知其害反而推波助澜，这更证明了性别文化负面价值之根深蒂固。《双身》中的华华最终难逃劫数，她被一变态男子劫持奸杀，并抛尸于大帽山，曾经"美妙绝伦之躯遭到支离破碎的厄运"。罪犯家中满是华华的广告剪存和录影，这一细节暗示了野蛮（原始）与文明相互恶性推动，合谋完成了对女性身体的戕害，相互对立的一组二元项在此处发挥的作用如此一致，不能不令人扼腕。

人类文明进程之迅速、成果之恢宏常常让人感慨，但其在某些层面却又表现得相当滞后。作者通过对文明与野蛮之中女性双重困境的反思，告诉我们，城市文明并无多大的进步性可言。但这是否就意味着走向蛮荒才是出路呢？也不尽然，因为在那里，生物学上的进化论（弱肉强食）是女性面临的最大挑战。

三、双性同体：想象乌托邦

面对男性暴力下的身体之痛以及文明与蛮荒状态下的双重困境，面对二元化性别等级秩序带来的负面效应，作者在小说中为雌性之身也是为人类未来进行了"双性同体"式的乌托邦想象。

《安卓珍尼》有两条叙事线索：一条是女主人公从城市来到山上寻找安卓珍尼的过程（中间穿插了她与丈夫和男人的故事），一条是安卓珍尼这种生物的进化史。两条线索相互穿插、相得益彰，最终合而为一。女主人公口中的"安卓珍尼"是一种叫作斑尾毛蜥的动物，"安卓珍尼"就是英文"双性同体"（androgyny）的音译，这个名字暗示了作者的用意。小说中大段大段仿生物学的叙述（这种叙述方式不但没有给读者造成枯燥乏味的感觉，反而相当有趣，同时有效地服务了小说主题）让我们对安卓珍尼这种生物的进化历史有了清晰的认识——

安卓珍尼于1962年被生物学者首次发现，并有详细的观察记录，但因没有留下标本或照片，一直未得到学术界正式确认，此后到20世纪90年代的数十年间偶有传出目击个案，但均无实质证据支持，甚至一度被视为已经绝种。该物种有几个突出的特点，首先，也是最重要的一点，就是它的繁殖方式独特：是一种单性繁殖的雌性动物，雌性间进行假性交配，以卵胎生形式产下后代；其次，分类困难：由于其独特的身体特征，无法将其归入现有的某纲/目/科/属/种；最后，它在生物进化史中的地位独特：它在六千多万年前自愿放弃众多向高等物种进化的机会，在类哺乳类爬行类的形态上停留了下来。

最有意味的是西方学界关于安卓珍尼繁殖方式的论争。在它何时演变成了一种全雌性的单性生殖物种这一悬而未决的问题上，学者曾提出两套不同的理论："原始单一论"和"雄性灭绝论"。原始单一论认为斑尾毛蜥自始至终就是单一性别，并且按照主流生物学关于单性生殖缺乏遗传变异和不利于进化演变的说法，该理论认为斑尾毛蜥属于次等生物，将在进化的巨轮下遭遇淘汰和灭绝。而法国女生物学家舒华丝·莫娃（Francoise Moi）在《雌性已经够了》一书中针对原始单一论提出了相反的雄性灭绝论。她认为，单一雌性物种的出现并非一场完全偶然和不幸的意外，而是一种进化处境所促成的结果。斑尾毛蜥本有雌雄两性，只不过雄性在进化的过程中渐次灭绝了。莫娃以斑尾毛蜥的身体特征和假性交配方式来证实自己的观点。她认为，斑尾毛蜥具有雌性之貌和雌雄同体之实，其单性生殖方式依然具有修补DNA、促进适应生存环境的遗传变异的能力，这种生殖方式确保了后代的延续，比异性追寻配偶的方式更为优胜，可以说是雌性动物在进化史上的重大突破，所以此物种在生存竞争方面绝不逊色。莫娃的理论旨在挑战主流学界所秉持的关于异性生殖优于单性生殖的观念。她的理论遭到主流学界的大力反驳，曾有男性学者公开怒斥她为"极端的女权主义者"，"以狭隘的文化偏见侵犯科学精神的客观性和纯粹性"，并视其为"疯妇"。

作者在小说中虚构出安卓珍尼这一物种，并设置生物学界对该物种进化史与生殖方式的论争，实质上是对占有人类半数的女性的生存境遇及人类整体的未来走向进行反思。过去，现实生活中的女性之所以承受身体之痛和精神困境，从生理层面来说就在于无法摆脱生殖困境和身体上的柔弱地位，她们的身体（包括生育后代）被男尊女卑、男强女弱的父权制文化所操纵。如此一来，"雌性若不能够独立于雄性而自我生存自我繁殖，不免一遍一遍重演女性在父权下的'就擒''就范'过程！"①所以，女主人公才觉得她与丈夫和男人之间真正的战

---

① 平路：《令人眼前一亮的丰富文本》，董启章：《安卓珍尼——一个不存在的物种的进化史》，（台北）联合文学出版社有限公司，1996，第81页。

争是在她的身体内进行的，她唯一的反抗方法是不给他们生孩子。实现无须男性的自体繁殖似乎是女性彻底获得解放的唯一途径。于是，女主人公一直在想：生物进化在哪一种情况下能使女性的卵子产生抵抗男性精子的能力？在哪一种情况下能使女性演变成全雌性的单性生殖动物，自行创造新的生命？"变化一定源于雌性的体内，源于雌性自生和自保的欲望。"这里作者似乎在暗示，两性关系中的不利地位，将逼迫女性出于"自生与自保"而使自身的生理构造发生变异，这个过程也许相当漫长，但至少存在理论上的可能性。所以，女主人公凭借安卓珍尼的存在相信："若不是我，那么我的女儿，或是我女儿的女儿，也许有一天能够摆脱加在她们身上的枷锁。"也就是说，总有一天，人类将进化成双性同体的全雌性动物。到那时，无须再提女性的解放，因为男性已不存在，性别枷锁也就随之消失。故事的最后，那只被男人捉来的一直把"我"和男人之间的战争看在眼里的安卓珍尼跑掉了，而"我"也怀孕了，两件事的同时发生预示了"我"（的女儿）与安卓珍尼合而为一。"我"最终烧掉了所有关于安卓珍尼的文稿，因为"我"已经找到了安卓珍尼的语言——沉默。从某种意义上说，小说的主人公既是"我"又是安卓珍尼。"我"寻找安卓珍尼的过程，如评论家所言，"是在一点一滴清洗父权文化留在身上的种种痕迹"[①]。

通过上述分析可以看到，作者将对两性关系的思考放在最

---

① 平路：《令人眼前一亮的丰富文本》，董启章：《安卓珍尼——一个不存在的物种的进化史》，（台北）联合文学出版社有限公司，1996，第80页。

基础的生物学层面，这似乎又走向了绝对的生物决定论，并带有极端女权主义色彩。但是，阅读小说文本，这种感觉并不强烈。作者一方面是以一种非常艺术化、隐喻化的方式进行叙述，另一方面对安卓珍尼这样的全雌性自体繁殖方式并没有明确地给予肯定，而只是在呈现一种生物存在方式的可能性。也许作者也认为这种可能性并不存在，这一点小说副标题"一个不存在的物种的进化史"可以佐证。作者只是通过一种乌托邦式的生物存在方式的虚构，对人类的两性关系和境遇进行反思。

关于《双身》的创作缘起，作者董启章在序言有所透露。他称曾在袁珂的《山海经校译》中读到关于"类"这种动物的记载："又东四百里，曰亹爰之山，多水，无草木，不可以上。有兽焉，其状如狸而有髦，其名曰类，自为牝牡，食者不妒。"由"类"雌雄同体（自为牝牡）的生理构造联想到"妒"的来源也许正是雌雄异体、互相分隔的生物存在形态。他还从字义上，分析了"类"的一体两面性（既包含相像、近似、同属，又包含分别、差距、区隔，差异与同一互为表里），而这种一体两面性大概就是"妒"的来源。因为两面性之"同"可带来自我意志的强化，而"异"又会造成自我意志的失落，如此交互作用，永不止息。所以董启章指出，"妒"的本质并不关乎所谓"第三者"的介入，而在于"自为""自足"的不可得，以至于对非我的不能自拔和永无餍足的欲求；而自我与非我的物质界限，是身体。董启章还指出，爱情说到底是一件身体的事情，是不能"自为牝牡"的"妒"的转称。①这种解释已经委婉透露了《双身》的主题。作者就是要通过虚构一个双性同体（双身）的人物来表达他对一种乌托邦式存在方式的追寻与思考。如同伍尔夫小说《奥兰多》中的情节，主人公林山原一觉醒来，从男身变成了女身；同样如同《奥兰多》，对主人公为何变身又如何变身只字不提，而这也是主人公一路追寻真相的动力所在——他只记得，与一位叫池源真知子的小姐发生了一夜风流。

《双身》有三条叙事线：第一条是以第二人称讲述的变为女身之后的林山原在日本寻找池源真知子的过程以及期间与日本男子阿彻和留日香港女子秀美之间的故事；第二条是以第一人称讲述的从日返港的林山原与妹妹林海原、妹妹以前的追求者康以及林山原的前度好友汤之间的故事；第三条是以第三人称讲述的青少年时期的林山原（小原）的成长故事。三条叙事线互相穿插、平行展开，第一条中的"你"是第二条中的"我"，也是第三条中的"他"，即林山原，后面又加入妹妹林海原的第一人称叙述，于是"我"也是妹妹。三条叙事线索其实围绕的都是性别认同问题，从而在主题上有了共通性。第一条线实质上是林山原对自己男身的追寻，第二条线实质上是林山原对自己女身的适应和认同，第三条线是幼年林山原对自身性别特征的焦虑，三条线中都夹杂着主人公对性别身份及两性关系的思考和困惑。其中，看似次要的第三线的插入颇有意味，它不仅为后来发生在主人公身上的故事做了情感和逻辑上

---

① 董启章：《类之想象》，载《双身》，（台北）联经出版事业公司，1997，代序，第 i—iii 页。

的铺垫，同时对小说主题的表达相当重要。童年的林山原是个性别特征不太分明的孩子，由于体形的娇小和性格的内向，与"典型男孩"不符，常常因为身上的"阴性特征"（比如因眼睛漂亮而被同学认为像女孩子）而受到男生们的调戏、侮辱和欺压，心理长久地笼罩着一层阴影；免于成为被欺压者的唯一方法便是加入欺压者的行列，借以强化自身的"男性本质"。作者通过对小原的身体成长经验和心理活动的细致描写，让我们看到性别成规如何从人生的起始阶段就对人们形成强制性的诱导和规训，如何给所有程度不同地偏离规范的孩子乃至长大成人后的他们造成程度不一的负面影响。主人公林山原不过是众多受害者之一，作者为这一人物设置了男变女身的情节也许正是基于人物曾经的性别规训和焦虑体验。变身之初，他/她无法接受现实，也难以做到身心的统一，所以他/她才要努力去寻求真相，"企图重组自己和世界的关系"，最终以失败告终。可这种失败从另外一种意义上来说反而是成功，因为在寻求的过程，他/她对另一性别有了深切的体悟，尤其是与妹妹及秀美的相处，更让他/她对女性的身体和处境有了深刻的感觉和认知。于是，他/她渐渐接受了自己的女性之身，精神上的紧张不安和焦虑纠结也渐渐平缓，最后与妹妹甚至也和秀美在精神上合为一体，成了"我们"。回港后扮演妹妹的日子里让林山原产生了幻觉，分不清姐妹两个谁在扮演谁，是两个人还是一个人，"是作为女性的我自己虚构了一个男性过去？还是作为男性的我为自己想象了一个女性将来？"此时的林山原是男身还是女身已经不重要，重要的是他/她已从性别的迷雾和枷锁中解脱出来，可以真正为自己所拥有的身心而活着，至于这身心是男是女，或者包含多少男性成分和女性成分，已经是一个说不清也不必在乎的问题了。

从文本来看，"双身"这一称谓有着多重含义：第一重当然是指林山原先男后女的身体存在；第二重指的是林山原姐妹（甚至包括秀美以及最后遇见的池源真知子）的合体①，这一层意义上的双身其实暗指女性同盟；第三重指的是真正意义上的双性同体存在，它不仅包括个体身上的两性质素融合的状态（在林山原、林海原、阿彻身上都有所表现），还包括两性之间性别身份障碍与区隔的解除。小说的最后，阿彻从日来港介入三位女性自足的生活，林山原既能与阿彻保持暧昧关系，同时又很好地维系与妹妹和秀美之间的女性同盟，这似乎预示着一个乌托邦式的"双身"世界的形成。在这样的世界，无处安放的雌性之身似乎找到了归宿。

四、独特的叙述视角与双性写作

无论是《安卓珍尼》，还是《双身》，独特的叙述视角是作者虚构故事的关键，同时也是读者阅读故事的关键。在当年《联合文学》小说新人奖的评选结果出来以后，众评审委员对《安卓珍尼》作者的性别一致感到意外，因为起先他们都把作

---

① 这一点文中有多处暗示，比如在第242页写道："在渺渺蒸气中我仿佛瞧见秀美的画，上有妹妹与我双身，豁然一体。"第244页写道："姐姐，我们是孪生的双身，相同而又不一样。"第310页写道："我是我妹妹，也是你，我的姐姐。"

者误认为是一位女性。这一点既源于小说的叙述视角，又得益于小说文本极富"阴性特征"的色调。的确，根据我们的惯性思维，文本中对女性身体经验、情感体验、心理活动的绵密而又细致的描写难免"误导"读者错认作者的身份。作者董启章曾直言，他偏爱用第一人称叙事，而在两篇小说中第一人称"我"代表的都是女性主人公。作者在序言中说，与其说他是在写/创作小说，不如说是在模拟小说。他不仅在模拟小说的形态，而且在模拟自己虚构的角色。在这种模拟中，作者既保持了跟小说的距离感，又保持了与小说人物的距离感，但并非与角色全无关系。作者的这种预设更为其小说和人物角色蒙上了亦真亦幻虚实难辨的特色。《安卓珍尼》中，男性作者以女主人公第一人称"我"的形式来叙述，"我"又与小说中另外一个不发言的角色"安卓珍尼"有某种同构关系，而"安卓珍尼"又是在现实中不存在而在小说中实有的形象。这样，作者、叙述者、安卓珍尼三者之间的关系就变得十分微妙，可谓你中有我，我中有你，女主人公与安卓珍尼最终的合一，未必不是三者的合一。这种独特的叙述方式为整部小说也为各个角色（包括作者）营造了一种"雌雄莫辨"的效果。

《双身》的叙述方式更是独特，各条叙事线相互交织，叙事视角繁复多变、相互替换、相互补充（前面已有分析）。正如香港资深作家和评论人朗天所言，《双身》是一个"结构极其严密"的小说，严密到读者"完全可循着作者故意留下的线索，进行'正确'的文本解码（textual decoding）"。他认为，"《双身》的真正秩序并非主角林山原如何适应女身的过程或其背后的情理，而是这次阴性写作方向、规则和特定符号根据符码的转换。从那井然有序、枝叶匀称的布置，我们绝对有权相信作者一方面和读者玩解码（猜谜）游戏，一方面则做某种自我消遣"，"阅读《双身》，会是一次不错的观念搬练，颇好玩的符号游戏"①。按照解码和猜谜的方式去解读《双身》的确很有意思，也不失为一种理解小说主旨的途径。但如果仅仅把它看作是作者的一种自我游戏和消遣，仅仅出于"好玩"而去阅读，那小说文本丰富的内涵和意义就会大打折扣。笔者相信作者也不会完全同意这样的分析。作者虚构/模拟小说，的确需要一些技巧，但作者企图通过小说传达的生命体验和人文思考并不会因此而降低严肃性和崇高性。单就文本而言，我们的确能感受到作者的动情之深、用心之苦。当然，作者并不排斥一部小说可以有多种不同的诠释方式。他说："当我站在一个诠释者的角度，我才发现一些在写这些作品的时候所没有知觉到的东西。于是，在现在的我和当时的我产生了距离，任何一个我和'我的'作品也产生了距离。我又明白，我现在的'发现'，严格来说也不过是当下的我所做出的诠释，是我作为'自己的'读者的结果，当中并没有必然性和绝对性，是众多可能的诠释中的一个罢了。"②这段话无疑又一次表明：作者、作品、读者三者之间是有距离和各自的独立性的，三者之间是一种主体间性的关系，而不是主体与客体、主动与被动、权威与服从的关系。这一点也为笔者对小说的解读增加了些许自信，因为笔者所做的也仅仅是笔者自己此时此

---

① 朗天：《〈双身〉的自我游戏》，（香港）《读书人》1997年4月号第26期。
② 董启章：《模拟自己（序）》，载《安卓珍尼——一个不存在的物种的进化史》，（台北）联合文学出版社有限公司，1996，第5页。

刻的诠释而已。

回过头来，我们再想，其实作者本人的性别本不应该成为一个问题和值得大惊小怪的事情。因为，"无论作家本人属于何种性别，他在小说叙事中，全然可以有逆向的和多重的选择。叙述，可以是性别的重建"①。而读者之所以对作者的性别感到意外，本身就说明了性别问题的无处不在和影响之广、浸染之深。评论者大都把《安卓珍尼》和《双身》看作是女性主义小说，且属于一种明显的"阴性书写"。但中山大学艾晓明教授指出，这种书写与女性通过写作返回自己的身体、表达被压抑的经验、体会到自我的解放并返回历史的书写不同。她认为，后者是一种纯粹女性的写作（是一种单性写作），而前者是一种双性写作——一种并非超越两性的对立和差别而是保留这种差别并在二者之间建立相关性的写作。艾晓明认为这种双性写作正是法国女性主义文学批评家埃莱娜·西苏（Hélène Cixous）所提倡的"另一种双性同体"，而董启章的小说"恰恰提供了考虑这种双性叙事所敞开的想象特质"，并为作品带来新的层面的意义。②笔者基本同意艾教授的观点。尽管西苏的双性同体之说是针对女性而言，但当性别的二元区隔被打破之后，这种写作方式适用于任何一个人，包括男性写作者。

就性别问题而言，董启章的小说还涉及多个层面，比如姐妹情谊和女性同盟、同性恋甚至双性恋、母系血缘和文化、男

---

① 艾晓明：《雌雄同体：性与类之想象——关于董启章的〈双身〉及其它小说》，《中山大学学报》（社会科学版）1998年第3期。

② 相关论述参见：艾晓明：《雌雄同体：性与类之想象——关于董启章的〈双身〉及其它小说》，《中山大学学报》（社会科学版）1998年第3期。

性沙文主义等，由于篇幅和主题所限，笔者无法一一展开论述。从董启章小说的整体来看，他对西方现代派尤其是意识流小说（如卡夫卡、普鲁斯特、伍尔夫等人的作品）有浓厚兴趣并深受其影响。在另一短篇小说《少年神农》中有主人公翻译伍尔夫《一间自己的屋子》这样的细节描写。而在《双身》中提到的那位女生物学家莫娃（Moi）与挪威女性主义文学批评家Toril Moi（大陆学术界通常译为陶丽·莫依或陶丽·莫伊）同姓，而后者也是一位对双性同体理论推崇备至的学者，这一细节不知是否作者有意为之。综合来看，笔者有足够的理由相信，董启章对双性同体文化有着非同一般的兴趣和研究，这也就不难解释他何以写作这样的小说文本。在笔者视野所及，董启章是唯一一位极富"阴性书写"和"双性同体"特征的男性作家，这也是其值得讨论的原因所在。笔者相信，在性别问题依旧突出、性别研究方兴未艾的当下，董启章及其作品依然是一个颇有意味的存在。

年轻笔下的老灵魂

—— 葛亮小说印象

一

葛亮来佛山做新书《燕食记》的分享会，在观众互动环节，我说，读葛亮的小说，感觉作者是从民国走出来的。这话并非夸张，而是我的真实感受。"民国"的确是理解葛亮小说的一把钥匙。它是《朱雀》《北鸢》《瓦猫》《燕食记》等葛亮诸多小说故事的起点，也是葛亮自身所携文化基因的来处。

葛亮的祖父葛康俞（1911—1952）是安徽安庆人，天资聪慧，工书善画，好友王世襄对其学识和艺术成就推崇备至，曾以"不下黄宾虹"论之。他在20世纪40年代写下的《据几曾看》，是品评中国古代书画名迹的佳作。葛氏与安庆另外两大家族陈氏、邓氏渊源颇深，大名鼎鼎的陈独秀是葛康俞的表舅，对葛康俞走向艺术道路影响很大；邓以蛰之子邓稼先则是葛康俞的表兄弟。葛亮曾多次讲到祖辈、父辈对自己艺术审美的影响，可谓家学渊源其来有自。葛亮家族的另一脉，外祖父和外祖母，均出身商人世家，但也颇重视耕读传家、诗书教化。一文一商两个家族的印记，或明或暗存在于《七声》《戏年》《北鸢》《燕食记》等葛亮的诸多小说里。

葛亮说《北鸢》的创作得益于祖父《据几曾看》的直接促

进，所以他特意在小说前面写上"谨以此书献给我的祖父葛康俞教授"。小说里主人公毛克俞的原型就是他的祖父，卢文笙的原型是他的外祖父，而卢文笙姨父石玉璞的原型是直隶军务督办储玉璞，毛克俞叔叔的原型则是陈独秀。"北鸢"之名，出自曹雪芹《废艺斋集稿》中的《南鹞北鸢考工志》一册。

葛亮在《北鸢》自序中开宗明义："这本小说关乎民国。"但葛亮要写的不是政治演化的民国，而是文化想象的民国。"那个时代，于人于世，有大开大合的推动，但我所写，已然是大浪淘沙后的沉淀。政客、军阀、文人、商人、伶人，皆在时光的罅隙中渐渐认清自己。所谓'独乐'，是一个象征。镜花水月之后，'兼济天下'的宏愿终难得偿，'独善其身'或许也是奢侈。"①虽是"奢侈"，但也尽力为之，在《北鸢》中，葛亮通过各色人等对"独善"与"兼济"的持守，让我们看到一个时代的底色和一个国族的文化性格。

看文化性格首先看文人。

葛亮在一篇文章中谈到《北鸢》中的几类知识分子形象。一类是"清隐画家"吴清舫，其早年入私塾、读经史，洋务运动兴起，科举废除，断了功名求取的路途，遂齐心志于绘事，自成一家，声名鹊起。其为人清淡，深居简出，但内里有热忱，苦于襄城画派式微，后继无人，就想着私下筹资开办一间私学教授绘事，既遂了自己"不拘一格降人才"之愿，又避免了城中显贵商贾冲他的声名而附会。在此背景下，他与设棚赈灾的卢老板家睦因一碗"炉面"而结识，引为知己，家睦资助

---

① 葛亮：《时间煮海》，载《北鸢》，人民文学出版社，2016，自序，第 V 页。

吴氏办私学，设帐教学，广纳寒士。正如葛亮所言，吴清舫这类文人的做法，"某种意义上担当了公共知识分子之责"。

另一类是毛克俞，其因青年时代的人生遭遇，特别是看到舅父（原型是陈独秀）在一系列政治选择后落幕的惨淡晚景，就此与政治之间产生了很大的疏离感。之后在杭州艺术院旁开了一个叫"苏舍"的菜馆，菜单上写着苏子瞻的诗句"未成小隐聊中隐，可得长闲胜暂闲"，实际是半隐半仕之态。

还有一类是孟养辉这样的实业家，经营绸庄，姑母昭德对其跻身商贾原本是不屑的，说他是个读书人，行事却又不像个读书人。他回应说，所谓"博学于文，行己有耻"，走实业之路，近可独善，远可兼济，有一个诗礼的主心骨，做什么都有所依恃。

葛亮说："这些人有着不同的时代认知立场，处世方式各有千秋。知识分子的分化正是民国不拘一格最为明晰的表达。这是时代的包容，也是民间的包容。"①正是在"民间的包容"之中，我们看到，处在家国之变、新旧交替之际的知识分子阶层在一系列分化之后，虽有不同的时代认知和处世方式，却也各有持守，即便不能"兼济天下"，至少可以"独善其身"。

所以，"民国"在葛亮这里，已远远超越了政治概念和时间概念。在更深的一层，它代表的是文化气质，是审美趣味，还是一种生存方式和为人处世之道。它，当然不只是体现在知识分子身上，而存于更普遍的日常与更广大的民间。

---

① 葛亮：《民国民间》，《文艺报》2016年11月21日，第2版。

批评家谢有顺认为葛亮的一些小说写出了时间的"并置性"，或者说呈现了一种"结构性的时间"。"他写的多是民国传奇，但我很看重他小说中那种对日常生活的传承。之前只要讲到文化的传承，很多人就以为是博物馆、展览馆、名胜古迹，很少想到文化传承最重要的载体是日常生活。只要有一种生活方式还在，没有被颠覆，文化就还在。所以，守护一种日常生活，写出对日常生活的传承，有时比守护老房子、名胜古迹更重要。"①

日常与民间，是理解葛亮小说另一把钥匙。

二

读《北鸢》，被一个小小的情节打动。主人公文笙的母亲昭如，有一日在街上偶遇往年跟在自己身边的丫头小荷，发现她在担着扁担卖豆腐，完全变了一副模样，人瘦了许多，衣衫单薄，声音沙哑，红肿的手布满冻疮。昭如顿生怜惜，问她当初为什么执意要离开，禁不住昭如追问，小荷就告知以实情。原来，当年昭如领着小荷从火车站附近把尚在襁褓之中的文笙从一个被迫卖孩子的陌生女人手里抱回家时，被"精明"的六太太发现蹊跷，向小荷追问小少爷的来历，小荷不肯说，六太太打听到小荷父亲借了别人的高利贷，还不起，就揶掇那人要

① 谢有顺：《"粤港澳大湾区文学"的现在和未来》，《光明日报》2019年5月29日，第14版。

小荷父亲吃官司。小荷不想出卖昭如，只能离开卢家，嫁与他人。"我嫁的这个人，千不好万不好，是帮我爹还下债的。我不是个祸害，可我留在这卢家，早晚都是个祸。"昭如听了很是心痛，怪小荷不该这么迟才告诉她。小荷却淡淡笑了，说："太太，这一大家子里头，您是心性最单纯的一个。我告诉了您，您偏要留我，小少爷的因由便迟早要闹出故事来。我一个下人，横竖是一条贱命。您和小少爷的日子，还长着呢。"昭如听了攥住小荷的手，说："小荷，你要过不下去，还回来。不差你一口饭。要是生意缺本钱，跟我说。"小荷拒绝了昭如的好意，说当初太太已经待她不薄，恩同亲生，她得感恩。说完她就担起扁担，临走时还不忘嘱咐昭如："太太，店里的事情，您也多留个心。六太太是个精明人。"知进退、懂感恩、不贪恋，这是一个丫鬟的持守。

再看昭如。乱世之中，卢家生意不景气，但昭如依旧苦心经营，她对儿子文笙说："人一辈子的事，也是一时的事儿。牵一发而动全身。娘是一个老人，如今什么也不懂了。我能做的，只是看着这一个家。家道败下去，不怕，但要败得好看。人活着，怎样活，都要活得好看。"无论何种境遇，活出人的尊严和体面，这是一个商人妇的持守。

《北鸢》中还有一个故事。"余生记"的龙师傅当年为了营生从外地来到四声坊租了一间铺面卖风筝，在生意难做意图关门回家乡之际，与卢文笙的父亲卢家睦因一只虎头风筝而结缘，得卢家送铺面而存活。家睦知龙师傅是读书人，便录了一册曹雪芹《南鹞北鸢考工志》赠予他，龙师傅觉得家睦对他有"鱼渔具授"之恩，遂答应每年在文笙生日这一天亲手为其做一只虎头风筝，逢其属相（虎）之年还不收钱。龙师傅一生践约，从不食言，临死之前还做了一只来不及上色的虎头。在他之后，这个"老例"龙家一直坚持到第四代，直到卢文笙年逾八旬依然可以每年从龙家得一虎头风筝。知恩图报，信守承诺，这是一个手艺人的持守。

用复旦大学陈思和教授的话说："这便是中国平民的仁义所在。""诸如重诚信，施仁义，待人以忠，交友以信，富贵不能淫，贫贱不能移，威武不能屈，等等，中国传统做人的道德底线，说起来也是惊天地泣鬼神，在旧传统向新时代过渡期间维系着文化的传承。如果要说真有所谓民国的时代特征，那么，在阶级斗争的学说与实践把传统文化血脉荡涤殆尽之后的今天，人们所怀念的，大约也就是这样一脉文化性格了。"[1]有了平民的持守，"这一脉文化性格"方得以存续。

中篇小说《瓦猫》的故事背景被设置在西南联大，葛亮将其时的一众知识分子穿插于故事之中，随着主人公宁怀远的登场，闻一多、冯友兰、朱自清、金岳霖以及梁思成、林徽因夫妇等人陆续出现，那些与真实人物有关的文人轶事本不必出现在故事里，但葛亮似乎刻意要通过这一众知识分子的行迹，让我们看到一代人的风范，而这风范无形中对男女主人公产生了极深的影响。而小说的另一个深意恐怕是在表现知识分子风范的同时，来呈示一种民间性。龙泉镇（荣家）之于西南联大群体、荣瑞红之于宁怀远，暗含着民间所具有的容纳、滋养、治

① 陈思和：《此情可待成追忆》，载葛亮《北鸢》，人民文学出版社，2016，序，第Ⅷ页。

愈的精神与力量。这与《红楼梦》中贫苦阶层的刘姥姥在贾家破败之后对巧姐的收留，具有某种遥远的对应，而小说男女主人公分别以荣、宁为姓，不知是否作者的某种暗示。

"一个时代，单纯以一个学者或精英知识分子群体为核心去勾勒，还是拘囿。理想中的切入点应该是自下而上式的。传统中国有所谓三分天下的文化建构，'庙堂'代表家国，'广场'指示知识阶层，而后是'民间'。民间一如小说之源，犹似田稗，不涉大雅，却生命力旺盛。"①葛亮身上有着现代人少有的文人气质，他对民国知识分子有着对祖父一般的情愫，但是在葛亮的小说中知识分子并非绝对的主角，他的立场和视角反而更多地基于民间。在他看来，描写一个时代，精英阶层固然重要，但理想的切入点还是在"生命力旺盛"的民间。"以民间的立场来看时代，维度不拘。……民间视角灵活舒展。把知识分子群体放到民间更大的维度去审视，与提取出来单纯勾勒效果迥然。"②所以，他写《北鸢》最终选取从外祖父（普通商人）而非祖父（知识精英）的角度切入，这种视角直接影响到整部小说的格局和气质。

无论是《北鸢》里的吴清舫、毛克俞、孟养辉，还是《瓦猫》里的西南联大群体，作者都是将他们放置在阔大的民间社会去观照。《朱雀》中的风尘女子程云和，《竹奴》里的保姆筠，《书匠》里摆修鞋摊儿的老董，《燕食记》里的尼姑月傅和慧生，无不在彰显民间的救赎力量。

---

① 葛亮：《民国民间》，《文艺报》2016年11月21日，第2版。
② 葛亮：《民国民间》，《文艺报》2016年11月21日，第2版。

三

正是基于这种民间倾向，葛亮尤其关注匠人。他说："'匠'字的根本，多半关乎传承抑或持守。……匠人'师承'之责，普遍看来，无非生计使然。但就其底里，却是民间的真精神。"[①]

小说集《瓦猫》里的三个中篇分别写了三类匠人：古籍修复师、理发师和陶塑匠。《书匠》里的两位修书人老董和简，在故事情节上并无交集，两人的手艺师承本不同，一中一西，但都恪守着"不遇良工，宁存故物"的信条，惜书如命。《飞发》的翟、庄两位师傅同在香港开理发店，一个来自广东，一个来自上海，铺面邻近，虽因翟之子拜庄为师学习"上海理发"而使二人产生嫌隙，暗暗较劲，但也各守其道，颇有几分骨气。《瓦猫》里的瓦猫制作技艺在荣家几代人中间传承，主人公荣瑞红"任凭历史如何迭代，身边的人如何新旧替代，她就在那儿，以自如的姿态，一如镇守家宅的瓦猫"[②]。"葛亮试图用遗散在民间的古早手艺，来重拾和唤醒被时间湮灭的匠魂，并为时代择弃的匠人立传。"[③]

其实，葛亮对手艺人关注有年。在2011年出版的小说集《七声》里就有两篇关于手艺人的小说，《于叔叔传》里的木

---

① 葛亮：《物是》，载《瓦猫》，人民文学出版社，2021，自序，第3页。
② 杨莹：《〈瓦猫〉：匠人与旧物，见莽莽过去，联无尽未来》，《新民晚报》2021年4月7日。
③ 秦延安：《手艺人的生命原乡——读葛亮的〈瓦猫〉》，《云浮日报》2021年4月15日，第7版。

匠于师傅，为人厚道本分，在所打的家具上偷偷签上名字，以示对自己的活计负责，别人因为他打的家具好，想多给酬劳，他以"规矩不能改"而推辞。《泥人尹》里的泥塑艺人尹师傅经历特殊年代的坎坷之后甘心做一个老实本分的摆摊人，带着残障的儿子靠自己的手艺过活，被人恃强凌弱打翻了摊子，他也并不特别愤慨，作品被外国专家看重而受邀参加国际展览，他也婉拒。到了《北鸢》，葛亮将风筝作为小说核心意象及名称由来，在扎风筝的龙师傅身上，可见一代民间艺人的品行和操守。

最新的长篇小说《燕食记》，是葛亮在经过多年的积淀之后，为岭南文化和另一种手艺人（厨师）献上的重磅之作。所谓"食色性也""饮食男女，人之大欲存焉"，国人历来重饮食，饮食里包藏的国民性格与文化精神亦非他物所能比，从饮食来观人窥世是绝佳视角。《燕食记》的核心人物是同钦楼"大按师傅"荣贻生和他的徒弟陈五举，荣贻生出身坎坷而传奇，自小有做菜天赋，因缘际会进入厨师行业，严守行规，兢兢业业，一丝不苟，闯出了自己的名堂。他视千挑万选的徒弟陈五举为继承自己绝技的唯一传人，可五举偏偏喜欢上了上海本帮菜馆"十八行"的女少东戴凤行，毅然决然离开师傅，入赘戴家，并承诺永不使用从师傅那里学来的手艺，荣贻生为此与五举断绝了师徒关系。此后，五举每到年节总要携妻往同钦楼探望师傅，尽管荣贻生始终避而不见，他也始终遵守永不使用师傅所传技艺这一承诺。多年之后，师徒在一次声动香江的厨艺大赛相遇，在决赛中两人相互成全，多年恩怨一朝化解。

我们看到，葛亮写匠人的确关乎"传承和持守"。这些匠人在严肃认真传承一门技艺的同时，也在持守着一些做人的道理和底线。他们重然诺，守信义，为人良善，视手艺为信仰和尊严，不轻易为世俗之见所改变。他们对手艺的某些执念，在时代风云中对某些东西的坚守，"带有着某种对传统任性的呵护与捍卫"，在别人看来有时近乎迂和愚。

"他们在处理个体与时代的关系上，从不长袖善舞，甚而有些笨拙。……他们多半是囿于言辞的，因为向内心的退守，使得他们交际能力在退化之中。他们或许期望以时间包覆自己，成为膜、成为茧，可以免疫于时代的跌宕。但是，树欲静而风不止，时代泥沙俱下，也并不会赦免任何人。有些忽然自我觉悟，要当弄潮儿的，从潮头跌下来。更多的，还是在沉默地观望。但是，一旦谈及了技艺，他们立刻恢复了活气，像打通了任督二脉。其实他们和时代间，还是舟水，载浮载沉。只因他们的小世界，完整而强大，可一叶障目，也可一叶知秋。"[1]这段话无疑道出了个体与时代的关系，道出了"变与常"的"辩证与博弈"，这也是葛亮希图通过匠人传递的更深一层的东西。

四

《书匠》里的简有个不帮人修手稿的规矩，即便故交引荐，依然拒绝，这是她的"常"；却因"我"捡起掉落的一

---

[1]　葛亮：《附录：一封信》，载《瓦猫》，人民文学出版社，2021，第329页。

本书时不经意的一个动作，看出我是个惜书之人，遂答应帮"我"修复手稿，这是她的"变"。

《燕食记》里的荣贻生无论是自己操刀抑或是教授徒弟，均一丝不苟，容不得半点差错，视艺如命。他跟陈五举断绝师徒关系，徒弟每次看望他均闭门不见，这是他的"常"；而徒弟在"十八行"戴家，每有大事要事发生，他都会差人悄悄送入心意，并在最后的厨艺大赛中成全了陈五举，这是他的"变"。陈五举，作为正传的粤点师傅，入赘到戴家之后，随机应变，不断琢磨新款点心、创制新菜式，粤沪合璧，渐渐打开"十八行"的声名，后来为了维持"十八行"，变换铺面，甚至也做起了外卖生意，这是他的"变"；但他始终坚守不使用从师傅处学来的招牌技艺的承诺，坚持每到年节都会拜见师傅，发现老厨师监守自盗绝不息事宁人，妻子意外身故他笃定留在戴家继续撑起"十八行"，这是他的"常"。

在"常与变"中，我们看到世事变迁和时代变幻施之于人的影响，亦看到个体在宏大历史中的修为、品行与持守。当然，"常与变"具体到每个人身上，表现是不同的。有时是人的主动选择，但更多时候是不得已的"顺势而为"，然后在时代巨流中被淘洗、涤荡，随波浮沉，更显持守之难能可贵。

《于叔叔传》里的于叔叔在城里无法靠木工手艺养活一家子，后来去家具厂做了临时工，很快又开饭店，然后又开书报亭，钱倒是挣了些，可人也变了，最终落了个家破人亡。他的路本可以越走越宽，却渐渐偏离了方向，个中因素不能全推给时代。

《书匠》里的修书人老董，"文革"期间被人逼着写检举材料，害了恩人（"我"祖父），自己的工作也丢了，后来摆摊儿做起了修鞋匠，再后来虽有机会东山再起，但他选择舍弃，甘心于寂寞与贫贱的生活。他本可以走向康庄大道，却选择了退守，用余生来救赎自己。

"常与变"的主题在《燕食记》中展现得更为充分。荣贻生和陈五举师徒二人在时代风云与行业变迁中，且行且察且守且变，以不变应万变，以融通互鉴应对时光流转。通过"饮食"这枚切片，我们看到了新与旧、中与西、南与北、本土与外来的角力、碰撞、融合，看到在时代巨变中藏着的，是足以穿透时空在俗世间此起彼伏的"民间真精神"。

葛亮显然是个有怀旧情结的人，这情结使他对历史情有独钟，对民间手艺青睐有加。《北鸢》《书匠》《飞发》《瓦猫》《燕食记》，每写一部小说，葛亮都会做大量的考据和案头工作。《北鸢》写了七年，三年是在查阅史料，光笔记就做了一百多万字。这些原本并非写作（尤其是写小说）之必需，对史料的偏重与偏爱，与其说是一个大学教授的习惯，不如说是他对典籍中那些"旧式的""传统的"东西乐此不疲。

需要注意的是，葛亮的怀旧并不拒斥当下，这一点无论是在小说中还是在现实生活中皆可得到印证。在葛亮的价值系统里，传统和现代并非壁垒分明，它们之间可以相互吸纳、彼此融通、握手言和。他的写作"有链接传统与现代的特质"，他笔下的人物携带着过去的基因，抵御着新时代新社会的风雨，也坦然接受时势与命运的安排，偶尔也拥有与时俱进的能力与勇气。那些手艺人，怀旧却不一味守旧，执着却并非冥顽不灵，他们拥有顺应时代、与时代和解的能力，在潮流中砥砺而行，也在文化的更替与更新中笃定一种持守，对一切变故安之若素。

落到生活中，葛亮表示自己尤其喜欢以穗港为代表的岭南城市中传统与现代交织的文化气质。正是有了这样的文化气质做参照，他一次次回望过去，在现代视角下对过去的城、人、手艺进行观照，在"变"中看到"常"的存在、稀有与可贵，在"常"中理解"变"的必要与价值。

能理性平和地看待"变与常"的辩证关系，就有了对"变"的悦纳和对"常"的敬重。

五

导演姜文说："握着年轻的笔，表达着老灵魂，是葛亮的最有趣之处。"此语深得吾心。"年轻"当然是指葛亮年龄小，尚属青年作家。"老灵魂"的含义则复杂些，我将陈思和所言"这样一脉文化性格"视为"老灵魂"的要义所在，葛亮小说中那些知识分子和手艺人所持守的方方面面皆可视为"老灵魂"的构成要素。

《书匠》里有个跟修书无关的情节：摆摊儿的老董捡到一个被人遗弃的女婴，独自将其抚养，这个女婴后来就成了他的女儿元子，养到十二岁，突然有一天女孩的亲妈找上门来，老董也没说什么，就让人把女儿带走了。他说："当年把她用个婴儿包裹卷了，放在我的车把上。我寻思着，她有一天总会找回来的。她要是找来了，我恰巧那天没出摊儿，可怎么办？

十二年了，她总算找回来了。""谁都有后悔的时候。知道后悔，要回头，还能找见我在这儿，就算帮了她一把。"看到这里，读者终于明白，为什么这么多年，老董坚持每天出摊儿，风雨无阻，为此他甚至放弃了更好的工作和生活，他的这种近乎傻和迂的善良与持守不能不让人唏嘘感叹，也正是这样的举动才使这个小人物具有一种与众不同的动人之处。这是"老灵魂"的精神所在、魅力所在、撼人心魄所在。

"老灵魂"，可以是对传统礼仪规范、江湖道义的遵守，可以是对职业操守、人性底线的坚持，可以是处变不惊、从容淡定的处世态度，可以是不轻易妥协、变通、苟且的为人之道。它是主体对自我的要求，是一种道德取向，也是一种文化取向，还是一种审美取向。

上述吴清舫、毛克俞、小荷、昭如、龙师傅、荣瑞红、简、老董、翟师傅、老庄师傅、荣贻生、陈五举等人的言行举止是这种"老灵魂"的外化。他们身上维系着的那一脉文化性格，不正是传统向现代转换可资借助的精神资源吗？

评论家张莉说："《北鸢》写出了我们先辈生活的尊严感，这是藏匿在历史深层的我们文化中的另一种精神气质。"①葛亮在谈到《北鸢》的写作时也说："我特别想讲一讲中国人的'体面'。经过两次文化断裂之后，在文明中很多表层的东西剥落之后，实际上还有一些隐线蔓延，就是所谓的体面。……民国是动荡的，但是它仍然有优雅的一面，就在

---

① 张莉：《〈北鸢〉与想象文化中国的方法》，《文艺争鸣》2017年第3期。

于它仍然保留了人最基本的尊严感。"①他们都提到了"尊严感"一词，是的，尊严感，用一句话来界定"老灵魂"，就是在乎人活着的尊严感。

看葛亮的小说，有个感想一直在脑海中浮现：我们的周遭真的存在那样的"老灵魂"吗？他们在当下的时空中能泰然自处吗？

葛亮在给朋友的信中说："愿我们都可自在。"我也献以同样的祝福：愿每一颗老灵魂，可以在新时代活得自在。

---

① 罗皓菱、葛亮：《重拾失落的古典精神与东方美学》，《北京青年报》2016年12月13日。

囚徒困境与城市命运*
——读太皮小说《绿毡上的囚徒》

一

"70后"作家太皮（本名黄春年），是我"接触"（阅读、访谈）的第一个中国澳门作家，他的创作以小说为主，兼及诗歌、散文。除了早期在《澳门日报》连载的长篇《草之狗》之外，我通读了他目前已经出版的几部小说（集），包括中长篇《绿毡上的囚徒》《爱比死更冷》《懦弱》《杀戮的立场》、短篇集《神迹》以及收录在澳门文学年度作品选里的几个短篇。

太皮的这些小说，给我留下两个非常深刻的印象——

第一，太皮是一个极具标识度的作家。他的小说无论是所涉题材、故事情节、语言风格抑或是主题的传达，都迥异于此前我读过的所有内地作家的作品。比如，对残忍的凶杀（杀戮）情节的热衷，上述提及的几部中长篇和《神迹》里的《杀谜》《忧郁的星期天》《报复》《替身》等短篇以及未收入集子里的《魔蝉》等，都有写到凶杀，而且都是小说的核心情节；再比如，人物的命运都很悲惨，故事鲜有圆满结局；再比如，小说故事对不伦甚至乱伦之情多有涉及。太皮自己的解释

---

* 原载于《澳门笔汇》第83期，2022年12月。

是，出于商业因素的考虑，要摄入一些通俗小说的元素（凶杀、乱伦等），"我一来希望保持小说的严肃性，但又能兼顾通俗性"①，太皮一直在借助通俗性的故事思考、传达严肃的文学主题；同时他又深具悲剧意识，对人物命运的处理往往倾向于悲剧化。其标识度的另外一个体现就是作品中有的大量赌场元素，这一点对于一个身处"赌城"又曾在赌场做过工的作家来说，似乎是"理所当然"的了，显然内地作家对这些元素是较陌生的。

第二，太皮的小说，往往讲述的是一个个"囚徒"的故事和命运。这里的"囚徒"不是被囚禁在监狱或某个物理空间，而是困在某种执念、某种欲望、某种过错、某种关系或某种状态之中。《懦弱》中的主人公警员梁镜晖在二十年前一次执勤过程中因懦弱和恐惧而错失解救被害人的机会，此后耿耿于怀，无法解脱；《杀戮的立场》里的主人公柴十郎因世风流变、武侠精神不存，备受轻贱和屈辱，灵魂渐渐被憎恨、暴戾、残忍所占据，发誓"如不能流芳千古，就遗臭万年"，妄图以别人的血书写自己的"传奇"，于是开始无差别的大杀戮，成了一个被心魔囚禁、操控的大魔头；《爱比死更冷》里的主人公林朗在与周柏、何艾、糜如澄等人的情感纠葛中，被爱"囚禁"，以爱的名义相互伤害，最终酿成悲剧。

"囚徒困境"在小说《绿毡上的囚徒》中得到了全面和集中的展现，下面以此小说为例就第二个印象略作分析和解读。

---

① 朱郁文、太皮：《想写一部打破地域局限的大作品——澳门作家太皮访谈录》，《中国作家网》2022年5月10日。http://www.chinawriter.com.cn/n1/2022/0510/c405057-32418681.html。

二

《绿毡上的囚徒》是太皮中长篇小说的代表作。该小说篇幅长、人物多，在结构的设置、场景的转换、时空的调度、人物关系的处理、语言文字的表达等方面，均显示了非其他小说所能比的雄心，其文学性亦高于其他小说。

该小说以澳门五一节游行为中心，通过巧妙的构思，将各色人等的故事和命运勾连起来。有意思的是，作者在小说中间插入了一个《附录 作者的话》，详细阐释了小说的构思过程、素材来源，还附了两张图标示出小说的核心情节——五一游行的路线图以及"开枪事件"发生时各主要人物所处的具体位置。这种"元小说"式的叙事技巧在"帮助"读者了解故事架构和人物关系的同时，也为作品增加了另一种神奇色彩。作者在"附录"中自嘲这是一部"时序如此颠倒、对话如此稀少、内容如此枯燥、剧情进度如此缓慢、人物关系如此复杂的作品"[①]，实际上这部作品却另有深意。

小说总共有十七章，每一章有一个主要人物，这个主要人物又与别章的某个或某些人物有关系。第一章的清洁工彩姐发现的焦尸是倒数第二章（第十六章）的主要人物非法劳工徐鄂强，给彩姐介绍扫街工作的是第十二章的主要人物"新移民"林锡德；林锡德与第二章的主要人物张福迎均来自广东台山，是同乡兼好友，他们与第十三章的主要人物黄伯是街坊邻居；

---

①　本篇凡出自小说《绿毡上的囚徒》的引文参见：太皮：《绿毡上的囚徒》，澳门日报出版社，2011。

张福迎与第二章的主要人物中学生张永正是父子关系，与第五章的主要人物蔡尧娟是夫妻关系，与第十五章的主要人物商业杂志记者张碧芝是父女关系；张碧芝与第七章的主要人物治安警员菲拿度是夫妻关系，与第六章的主要人物李家承是初恋关系，与第十一章的主要人物摄影记者周晓林是同事关系；菲拿度与第八章的主要人物富家子弟程明因一起绑架案而相识并成为朋友；冯威廉与第十章的主要人物林晴是情人关系（婚外情）；林晴的丈夫何梓德是社会福利局官员，与第十七章的主要人物流浪汉椰子头有交集；张永正与第九章的主要人物梁芳婷是师生关系，并暗恋着老师梁芳婷；梁芳婷的男友是第十四章的主要人物消防员叶志添；徐鄂强在整部小说中算是一个次要人物，但就是这个次要人物却在无意识中与程明、林锡德、张永正、冯威廉等多个主要人物有过极其短暂的交集，而让他死于非命的正是处在人格分裂状态中的冯威廉。

上述这些人，有政府官员、警察、记者、教师、中学生、社工、消防员、厨师、清洁工、赌场荷官及流浪汉和失业在家的人；既有澳门本地居民，又有新移民，也有外地劳工。不管年龄、性别、职业、阶层如何，小说里的每个人似乎都处在某种困境之中。

三

先看张福迎一家。张福迎的第二任妻子蔡尧娟将自己的一切不幸都归结到丈夫张福迎和他已故的前妻身上，认为是他前妻的鬼魂从中作梗，还觉得他们的女儿张碧芝也诅咒过她。至于有何具体的不幸，她自己也说不清楚，因为她身体健康，有稳定居所，收入不错，只是始终不满足，总认为当年要是嫁给一个有本事的男人，现在应该可以呼奴使婢，成为名媛了。但是她忘了，当初正是她自己视张福迎为救命稻草而跟他结婚。她是一个被虚荣和不满足"囚禁"的人。张福迎的儿子张永正因为暗恋的老师梁芳婷辞职去了赌场做荷官，失去了学习的心情和向上的动力，在学校里被欺负，在家里被父亲施压被母亲宠溺，每日放学回家就待在房间里上网，后与网上结识的小混混厮混在一起，慢慢变得反叛起来，打架、吸毒、滥交……不以堕落为耻，反而觉得生命变得辉煌和丰盛。只是他始终对那个暗恋的老师梁芳婷念念不忘，与其有关的一切，已成为他的心灵禁地，常常在嗑药后幻想着杀死梁的男友叶志添。终于，在一次吸毒后的精神迷乱中，张永正被一辆急速飞驰的汽车撞死。他是一个被不正常的家庭关系与青春期的欲念"囚禁"的人。而张福迎自己，面对与既嫁女儿的疏远、与叛逆儿子的恶语相向、与妻子的相互抱怨，只能通过对前妻的怀念聊以自慰，他是一个被糟糕的家庭关系所"囚禁"的人。

然后看中学教师梁芳婷。她从小就是一个性情文静平淡的女生，人生目标简单，就是长大后找一份稳定工作，嫁一个跟她家庭背景、性格、兴趣和嗜好都差不多的男人，养儿育女，安度时日。她的志愿是当一名教师，觉得那是最高尚、最优越、最受人尊敬的职业，可等到毕业之后当上了教师，却产生了巨大的心理落差，因为她发现当教师不仅待遇低、晋升难，而且得不到尊重，没有尊严可言。更糟糕的是，她心仪的男友叶志添是个赌徒，因赌博而债台高筑，脾气变得越来越暴躁，经常跟她吵架，甚至动手打她。"职业上的处处碰壁、感情上的惨痛遭遇、家庭状况的困顿，已没有理由让她坚持循规蹈矩地去做一个好老师了。"她终于辞去教职，去赌场做了一名荷官。梁芳婷是有追求的，她想从事一份高尚的职业；她也是善良的，她同情并维护、鼓励、亲近受人欺负的学生张永正，给了他莫大的心理安慰。但她也有着严重的性格缺陷，面对男友的无药可救、粗暴对待和无情背叛，她一味地妥协、容忍，一错再错。囚禁她的看似是周围的环境和所遇之人，实则是她自己。她是一个被自己的懦弱和性格缺陷"囚禁"的人。在一次又一次被伤害之后，她没能走出"囚笼"，以一种惨烈的方式结束了自己的生命。梁芳婷是小说中最可怜最值得同情的一个人物，在她身上，充分体现了鲁迅所谓"悲剧就是将有价值的东西毁灭给人看"的无情现实。

接着看贫家子弟李家承。他在读大学前对生活有着美好想象：毕业后找一份好工作、结婚、置业、买车，生活稳定后慢慢富裕。可他从中医学院毕业后却实现不了开诊所当医生的理想，先后做过售货员、报馆校对、文员和派传单的，最后不得已去赌场做了荷官，原来憧憬的一切都成了泡影。他逃避现实的方式就是一个人躲在房间里用不同的网名回应各种帖子。"他在网络上构建了不同的角色，有哲理性的、有偏激的、有莫测高深的、有深于智谋的、有放浪不羁的、有专家型的、有专门针对狗只的、有插科打诨的，这些网络的角色，仿佛将他周围那脏乱的居住空间变得鸟语花香。"一旦离开网络回到现实，他的身心就会被一种沉重的无力感缠绕。他是一个被自己的贫困处境和虚拟满足感"囚禁"的人。

再看与李家承处境截然不同的富家公子程明。此人家族显赫，是典型的既得利益者，而且视野开阔，有自己的想法。从国外回来后，程明不满于澳门现状（觉得澳门太无聊、太单调、太沉闷，来来去去都是那些人，来来去去都是那些见解，这里的人好像被锁在一个大型的监狱里，自愿将手脚绑在镣铐上），一心想做出改变，而且希望这改变从自身做起，从自己的家族做起。程明在跟菲拿度谈话时提到了"囚徒困境"，他从"囚徒困境"中悟出，"个人最好的选择未必是群体最好的选择"。言外之意，他觉得澳门人如同处在"囚徒困境"之中，他觉得自己有责任有义务为澳门的改变做点事情并为此有所打算。于公，他希望澳门人能脱离自我的困锁；于私，他想证明自己的社会价值。说白了，就是牺牲"小我"，成就"大我"。可是，等到他有了满意的爱情，结了婚，有了孩子，开始想过安定的生活，"由一个想改变社会、想去冒险创造更有意义人生的有志之士，转而为保守的、稳守家族地位的政商界人士"，不再去思考改变这个社会的风气。他是一个被自己的家族地位和大而空的理想所"囚禁"的人。

其余人等，林晴陷入婚外情而不能自拔，林锡德介怀于自己的"新移民"身份，外地雇员周晓林想竭力融入澳门而不得，黄伯身处极度贫穷而无力改变，徐鄂强受制于"黑工"身份而生存无着，这些人无一例外都面临着一种困境或窘境。

四

《绿毡上的囚徒》这部小说的命名缘起以及主题的传达，主要体现在张碧芝和菲拿度这两个人物上。

张碧芝和菲拿度是夫妻关系。有着葡萄牙人血统的治安警察菲拿度，因童年时被当作纯种中国人的一次经历使他耿耿于怀，奠定了他一生对长相和血统执着的心态。他长久拒绝使用中文名字"马菲立"，还跟长得更似中国人的童年玩伴奥戈绝了交，因为菲拿度觉得跟他在一起，自己更容易被误认作是纯正的中国孩子。对自己血统的执念使他的内心始终有一种不安和不自在的感觉。他的妻子即张福迎的女儿张碧芝，对丈夫执迷于身体内少得可怜的葡萄牙血统难以接受，她觉得既然生而为澳门人，就应该堂堂正正做"马菲立"而非不伦不类的"菲拿度"，两人经常为此事而争执不下。

关于葡人占有澳门的事迹，在菲拿度的家族里流传着一个说法：当年他的祖先随商队和军官来到尚是荒芜渔村的澳门，遭到当地居民的驱赶，明朝官府亦勒令他们限日离开。其祖先用白银贿赂官员，并拿出一张只有五平方米左右的毡子铺在地上，说他们只聚集在毡子上，待湿了水的货物晒干后再做打算。当地居民都笑这帮鬼佬是傻子，便应许了，官员甚至和葡人签约，承诺毡子所覆盖的地方归葡人所有。却不知，那是一块有魔力的毡子，每日会自动向四周延伸，很快就覆盖了整个澳门，葡人名正言顺地霸占了这片土地。

菲拿度在听长辈讲述这个传说时还问到那个毡子是什么颜色的，长辈不虞他有此一问，便犹豫着告诉他是绿色的，于是，"绿魔毡"的传说就在菲拿度的心中牢牢种下了。他觉得葡萄牙人之所以能够在澳门生息几百年，全靠他祖先魔毡的威力。而对这个传说，妻子张碧芝表示不屑，并拿出《聊斋志异》中的《红毛毡》①一文进行驳斥，还说丈夫的说法根本就是美化了海盗，丈夫因此而愤愤不平。"绿毡""红毡"两个版本的感情色彩显然是不同的，前者的确存在美化之嫌，后者则带有对入侵者的谴责意味。

张碧芝虽然一再否定丈夫的说法，却也不知不觉中受到"绿魔毡"的影响，因为爱听故事、爱搜集传说、爱奇奇怪怪的意象的她，觉得这个故事"有着与别不同的色彩"。更悖论的是，张碧芝不理解丈夫对血统执迷的同时却对自己的血缘起了执念，为了追本溯源，她多方打探、求索，发现自己的家族有着一个"白海豚"的传说，这个传说比"绿魔毡"更荒诞离奇。

在五一游行中，身为现场记者的张碧芝被治安警方的水炮射中，撞到廊柱而昏死过去。在将死未死之际，她的灵魂脱离躯壳，感觉整个人被一张绿色的毡子托着在空中飘浮，而毡子的前头是由绳子拴着的两只可爱的白海豚，白海豚穿戴着美轮美奂的服饰，拉着闪闪发光的绿色飞毡，时而高飞时而低翔，让她有种死了也值得的感觉。悬浮于空中的她得以观察到现场的一切，随着脱离躯壳的时间越长，她所看到的事物越来越不一样了，她看到每个人的手脚上都戴了几副甚至十几副镣铐和

---

① 《聊斋志异·红毛毡》一文如下：红毛国，旧许与中国相贸易。边帅见其众，不许登岸。红毛人固请赐一毡地足矣。帅思一毡所容无几，许之。其人置毡岸上，仅容二人；拉之，容四五人；且拉且登，顷刻毡大亩许，已数百人矣。短刃并发，出于不意，被掠数里而去。

197

枷锁，有的大，有的小，连自己的躯壳上也同样戴着镣铐。接下来小说中出现了张碧芝的灵魂和不知来自何方的一个声音的对话——

人为什么会戴着镣铐和枷锁？她大惑不解，喃喃自语。
这就是人的羁绊。
不男不女的柔和声音传来，吓了她一跳，却不知来自何方，好像是前方海豚传来的，像有两把声音同时说话的"立体声"一样。
人的羁绊有好多种，对一个人来说，大部分羁绊都是自愿加在身上的，只因有羁绊，人才真正地存在。
声音又传来了，她便好奇地问：那么我们不就变成囚徒、失去自由了吗？
每个人都是囚徒，也不是囚徒，视乎你怎样去看。这些人甘愿戴着的镣铐和枷锁，有的是与家人的羁绊，有的是与情人的羁绊，有的是与朋友的羁绊，有的是与过去的羁绊，有的是与未来的羁绊……我们每个人，都是生而为囚徒的人，而甘愿成为囚徒，都因为心里有爱……
……
此刻发生在你周围的一切统统都是羁绊！你看啊，下面这许许多多人，大部分在此刻最大的羁绊，就是这个他们生活的城市，他们都爱自己的城市，你看，几乎每个人，无论是警察还是游行人士，他们都戴着一副一式一样的镣铐，这副镣铐，是大家都愿意戴上去的，虽然有时会抱怨，但更多时候大家都甘愿，大家都爱澳门……

至此，小说的主题得以比较清晰地传达，读者也明白了小说取名《绿毡上的囚徒》的原因所在。

这段对话传递出这样的因果逻辑：镣铐和枷锁象征着人的羁绊，人的羁绊有好多种，与家人的、与情人的、与朋友的、与过去的、与未来的等等，这些羁绊使人成为囚徒，是与生俱来的，而人们甘愿成为囚徒，是因为心里有爱。叙事者把最后的落脚点放到了"爱"上，并且把这种爱转换到人与澳门这座城市的关系上，人们生活在这座城市中，爱着它的同时也受其所羁绊，于是就衍生出许许多多爱恨交织的故事来。这些故事是属于澳门人的，当然也是属于澳门的。

学者张莉认为，这部小说"勾描澳门各阶层的众生相"，"每个人物都与这个城市如此紧密相关，他们关心它的命运，他们的命运也与它的命运相关"，"400年的殖民地命运，澳门人的边缘感、不安和焦虑都在这部文本中"①。《绿毡上的囚徒》里的众生相就是澳门的世相，人物的命运就是澳门这座城市的命运，在人与人的关系的呈现中，悄然置入对现代人的城市处境这一命题的思考。

五

小说中的冯威廉是一个比较特殊的人物。此人有着非常严

---

① 张莉：《澳门作家太皮：为众声喧哗的澳门画像》，《文艺报》2014年12月19日。

重的人格分裂症和妄想症，对任何事情都过于敏感和偏执。他经常感到有个人站在自己身边，像鬼魂般如影随形。他感到有许多记忆的拼图丢失了，他努力想找回，可始终枉然。更危险的是，他对有夫之妇特别着迷，轻易就被迷得神魂颠倒。他先是勾引有夫之妇刘佩仪，视其为女友，当对方提出分手时，他难以接受无法释怀，将其引诱至出租屋内杀害，还将其骸骨保留在衣柜里供自己臆想。这件事给他的认识造成了极大影响，可他几乎全忘却了。"他知道那叫心理防卫，是他故意将记忆囚禁住。囚牢在那一刻建成。"随后他把与自己打过交道、同为记者的已婚女张碧芝作为幻想对象，还弄了一个仿真度极高的硅胶人形娃娃在房间里搞模拟性爱，而这一切张碧芝浑然不知。在五一游行时，冯威廉碰到张碧芝，对她说了一些让她感到莫名其妙甚至恐怖的话，对方怀疑他精神有问题而逃离。他还通过威逼利诱同另一个有夫之妇林晴发生婚外情，在对方想摆脱这段关系时他故态复萌，将女方绑架到出租屋内欲将其杀害，后在分裂的两个人格相互辩驳纠缠时，女方才侥幸逃脱。在小说的最后，读者不难猜到，冯威廉杀害的不仅仅刘佩仪一人，非法外劳徐鄂强（第一章结尾出现的焦尸）是被他在精神错乱中烧死的。冯威廉是一个被妄想症"囚禁"的人。

然而，就是对这样一个罪大恶极之人，叙事者并没有从批判的角度去写，而是通过大量意识流的方式，将其内心的迷乱、矛盾、挣扎、不安以及因澳门这座城市的变化带来的心理惶惑一一显现。

冯威廉曾经负笈台湾求学六年，返回后，发现自己生于斯长于斯的澳门发生了极大的变化。"一些淡泊自然的生活方式，一些充满人情味的市井场景，一些未被描述的人文价值观，一些残留在建筑物和街道上的城市记忆，却是逐渐地'减少'甚或失去，在社会爆发式发展过程中分崩离析。""这里已经变得跟从前极不一样了，一切都使他感到像失去某种宝贵食物，就像是鲁滨孙不见了航船，墨西哥人失落了玛雅文明。"这种失落感，让他感到迷惘和无助。冯威廉的精神分裂在多大程度上与这种失落、迷惘和无助有关，小说里并没有交代。但通过这个人物，小说再次将人的性格和命运同澳门这座城市联系起来。

总的来看，《绿毡上的囚徒》以"绿毡"隐喻澳门，以"囚徒"隐喻人的处境，小说中每一个人的人生轨迹和心路历程，与澳门的历史有着千丝万缕的联系，透过他们的故事，可以看到澳门作为一个前殖民城市的历史和现状。正如有论者所言："这篇具有人性写真、文化反思的作品，对澳门的过去、现在与未来都有着属于澳门人自身的观察与追寻，其中透显的澳门意识与澳门形象的建构多元而深刻，交织出新世纪以来澳门人对过往历史、自身处境与未来命运的反思、焦虑与希望。"①

就此而言，《绿毡上的囚徒》不仅是一部世相描摹、人性刻画之作，亦是一部文化反思之作。

---

① 张堂锜：《边缘的丰饶：澳门现代文学的历史嬗变与审美建构》，台北政大出版社，2018，第209页。

乡愁书写与文明悖论*
——评洪永争小说《摇啊摇，疍家船》

广东阳江籍佛山青年作家洪永争的小说《摇啊摇，疍家船》（以下简称"《摇》"）获得了第二届"青铜葵花儿童小说奖"最高奖"青铜奖"①。阅读小说文本，我们不难发现，《摇》既是一部儿童题材的小说，又是一部乡土题材的小说，同时还是一部成长题材的小说。如果仅仅把《摇》看作是儿童文学，其内涵与价值将会被大大压缩和简化，因为其在三个层面都有可资探讨的空间和意义。

一

《摇》的作者洪永争先生在接受采访时多次强调自己的观点——儿童文学"要表现真善美"，这一文学主张与"五四"以来儿童文学的"爱与美"的永恒主题，可谓一脉相承。

中国真正意义上的现代儿童文学是伴随着百年新文学的脚步发生和成长的。"五四"以降，冰心、叶圣陶、王统照等新

---

* 原载于《学术评论》2019年第1期。

① 该奖项于2017年8月24日揭晓，小说由（北京）天天出版社2018年5月出版。

文学作家陆续创作出一系列以歌颂母爱、童真、自然为主旨的诗歌、散文和小说作品，被称为"爱"与"美"的文学。与其时的"问题小说"和"乡土小说"的揭露性和批判性显著有别，此类文学高扬"爱的哲学"，以清新、温柔、宁静、和谐之笔触表现真善美，歌颂自然、颂扬母爱、赞美儿童，在成为中国现代儿童文学滥觞之同时，亦为后世儿童文学开创了"爱与美"的永恒主题。

《摇》以十岁疍家男孩水活为主人公，用朴素而又不乏诗意的文字描写了男孩的坎坷命运及广东漠阳江上疍家人的生活。水活生活在一个贫穷的家庭，母亲卧病在床，全家靠父亲打鱼为生，生活虽捉襟见肘，却也不乏爱与温暖。水活十岁那年，相依为命的姐姐要出嫁了，水活非常不舍，但也不得不慢慢适应姐姐离开的日子。可"屋漏偏逢连夜雨"，姐姐出嫁不久，男孩偶然得知自己竟是被阿爸阿妈收养的孩子，而当初抛弃他的亲生父母现在要来寻他，自己该何去何从？未来的命运又会如何？在情感与道德伦理的纠葛中，男孩的内心无法平静……

从小说情节来看，这本是一个令人伤心的不幸故事。但我们的阅读感受，在唏嘘和悲伤之外，亦有温暖和感动。而这温暖与感动正源于"爱"与"美"之主题在作品中的展露。这种展露表现在两个层面：一个是自然，一个是人性。

小说中的爱与美主要体现在两个层面：一个是自然之美以及疍家人对自然的爱与依恋；一个是人性之美，人与人之间的关爱、理解、包容和无私付出。

自然层面的"爱"与"美"体现在疍家人所处自然之美以

及疍家人对这片土地的爱与依恋。在这部小说中，我们看到，这里的漠阳江水"澄澈、干净、清凉"，如"翡翠一样，活色生香"，两岸起伏的山峦如黛，像木屐一样的疍家船随着轻柔的海风摇曳在江面上；这里有随风摇摆的苦楝树、淡蓝色的苦楝花、雪白的芦苇丛、翠绿繁茂的竹林；这里有清澈见底的乡间小河以及河底摇动的水草和游动的鱼；这里有流淌着瓜菜清香的菜园子……这些自然风景无疑是美的，这种美构成了疍家人生活世界的一部分，在其上寄托着疍家人的情感，所以这种美就与爱连在了一起。

人性层面的"爱"与"美"体现在疍家人的勤劳、淳朴、善良、无私以及人与人之间的关爱、理解、包容和相互付出。男孩水活生活在一个贫穷却温暖的世界，阿爸的爱外冷内热，阿妈的爱慈祥温暖，姐姐的爱知心无私，水生伯的爱亲密无间，哪怕学校里的陌生老师都在给予孩子爱。有几个细节将这种"爱"与"美"体现得很到位：第一个细节是水活因舍不得姐姐出嫁而与姐姐赌气，姐姐为了他扔掉了夫家送来的新木屐，水活最后冒着被青竹蛇咬伤的危险帮姐姐捡回了木屐，还因此被麻竹划破了额头，姐姐感动得抱着水活哭了。第二个细节是水活突然得知自己不是阿爸阿妈的亲生孩子，一时不能接受，跑进竹林深处，后又躲在一棵苦楝树上独自伤心，疍家佬（阿爸）为了找儿子累得虚汗淋漓，被麻竹枝刺得浑身是伤、满脸血丝，衣服破烂不堪，水活看着这一切才深深体会到平时看起来严肃、不通情理的阿爸是多么爱自己。第三个细节发生在竹头小学，上课的男老师发现水活"偷听"课堂后，并没有训斥、驱赶他，还允许他"旁听"；女老师还送给他语文和数学课本；校长最后同意他背着母亲去上学，等等。这一切让一心渴望读书识字的水活感动不已。当然，小说中最触动人心的是水活对亲人的爱，这种爱通过一个十岁儿童的言行和心理表现出来尤其显得纯真和无私。尤其是在得知自己是阿爸阿妈收养的孩子、亲生母亲因思念自己加上愧疚与抑郁而病危之后，他对亲生父母和养父母情感的纠葛、内心的挣扎和痛苦，正是源于内心深处的童真之爱。小说中的人物"卑微、贫穷、历经磨难，但又善良、勤劳，充满人性光辉"（授奖词），小说的诸多细节将人类之爱与人性之美抒发得相当到位。

正如集爱和美于一身的女神阿佛洛狄忒（古希腊神话中的爱神和美神，对应着古罗马神话中的维纳斯），儿童文学中的"爱"与"美"是一体两面不可分割的，《摇》中对自然山水的描绘，不同于游客式的记录，它带有作者童年的记忆以及乡愁的寄托，从中我们深深体会到疍家人对自己身处其间的山水和土地的爱，这种爱源于人与自然的紧密联系。所以，我们也能体会到，这些自然的美是带有感情的，因为有情，所以更美；而对卑微、贫穷却又淳朴、善良的人之情感的呈现，让我们看到了建筑在"爱"之上的人性之"美"。

值得注意的是，五四时期以冰心为代表的儿童文学作家，一定程度上有意遮蔽或者说回避了现实中的丑恶、黑暗以及因之产生的痛苦和不幸。不同于其时的"问题小说"和"乡土小说"，他们的目的不在揭露和批判，而是以单纯的"爱"与"美"去感化人、打动人。也就是说，这种"爱"与"美"主题的表达与现实的审美感受是割裂的。而《摇》中的"爱"与"美"主题与五四时期儿童小说中的"爱"与"美"有着极大的区别。它虽不以揭露、批判现实为旨归，却也并无刻意回避苦难，只是将童年记忆中的故乡以文学的方式呈现出来，尽管里面浸润着作者的乡愁，但并不因此将对象加以过度的情感渲染，也并不粉饰现实。自然是美的，但也会施虐于人（如台风）；人心是善的，但亦有贫穷、疾病、苦难加之于人，让人痛苦与无奈。正是在这些负面的生命和生活体验中，"爱"与"美"才更显伟大，才更有价值。

自然世界与人类世界一起构成了一部注满"爱"与"美"的疍家风物志，在彰显儿童文学永恒价值的同时，也成为当下的我们观照、反思现代文明的一种参照。

二

《摇》是儿童文学，同时也是乡土小说。

在中国文学史上，"乡土文学"这一概念最早由周作人提出，但经典的表述来自鲁迅，他在《中国新文学大系·小说二集·导言》中指出："蹇先艾叙述过贵州，裴文中关心着榆关，凡在北京用笔写出他的胸臆来的人们，无论他自称主观或客观，其实往往是乡土文学，从北京之方面来说，则是侨寓文学的作者。但这又非如勃兰兑斯所说的'侨民文学'，侨寓的只是作者自己，并不是作者所写的文章，因此也只见隐现着乡愁，很难有异域情调来开拓读者的心胸，或者炫耀他的眼界。"① 这番论述虽然没有给"乡土文学"下一个明确的定义，却道出了乡土文学的几个内涵："侨寓""乡愁""异域情调"。这些分别指向乡土文学的作者空间身份（侨居他乡）、作者情感倾向（抒发乡愁）及作品风格（异域色彩）。"侨寓"和"乡愁"都不难理解，正因侨居他乡，所以才有乡愁，然后才有抒发乡愁的乡土文学。那何谓"异域情调"呢？简单理解，就是"乡土气息"，就是作品所具有的明显的地域色彩。

何以在鲁迅看来，其时的乡土文学只有"乡愁"，却不见"异域情调"？原因在于，那些乡土小说不过是其时侨居北京的一批作家（如蹇先艾、裴文中、许钦文、王鲁彦、黎锦明等），借乡土来抒发郁闷情绪的一种方式。作者笔下的乡土社会往往是落后的、野蛮的、黑暗的，人物往往是穷苦的、愚昧的，作者的感情往往是或痛苦，或愤懑，或无奈，因此笔调也往往不外乎同情和批判。换言之，在这种乡土文学中，"乡土"不过是便于作者抒发"乡"（家国之象征）之"愁"（对现实的不满、对新生的渴望）的一个载体。所以其呈现出来的"异域情调"往往淡薄而畸形，不足以"开拓读者的心胸，或者炫耀他的眼界"。

以鲁迅之论反观《摇啊摇，蛋家船》，我们发现这部当代乡土小说与近百年前的乡土文学已不可同日而语。尽管也是乡愁书写，但此"愁"与彼"愁"已大不相同。这部作品带有鲜

---

① 鲁迅：《中国新文学大系·小说二集导言》，良友图书印刷公司，1935，第8—10页。

明的"乡土气息"，具有浓郁的"异域情调"。

小说题目中的"疍家"一词本身就带有很强的异域色彩，因为之于读者，它太陌生了。疍家人这个群体及其所生活的水土，对绝大多数国人而言都是极不熟悉的。因陌生而生好奇之心，因好奇而生了解、探究之兴趣，于是这部小说就具有了吸引读者的关键要素。

作品描写的主要对象是一家逐水而居的南方沿海疍家渔民及其生活。这里的人常年生活在水上，一艘小船是他们全部的家当，日常起居饮食全都在船里。正因为常年与水相伴，靠水生存，这里的人名字里往往带个"水"字（如水活、水仙、水生、水稳、水娣等）。他们被人称作"疍家佬""疍家仔""疍家妹"，彼此相称以"阿爸""阿妈""阿姐""阿弟""伢仔""伢妹仔""细佬"……

主人公生活在漠阳江竹头湾，这里有澄澈、清凉的江水，两岸有如黛的山峦和翠竹，有麻竹林、苦楝树、臭树草、茄古（野菠萝）……岸边有自己开辟的菜园子，各种蔬菜的清香沁人心脾。疍家人白天用罾网、虾笼捕捞鱼虾，然后挑到镇上去卖，夜晚伴着江风和虫鸣入眠。他们的日常用具有罾网、虾笼、木屐、竹篙、船桨、背篓、鱼罩、斗笠、蓑衣、煤油灯、大碌竹（水烟筒）等，偶尔去镇上趁圩（赶集市）买些生活用品。对于小孩子来说，除了帮大人捕鱼、晒渔网、拾柴、烧灶头、做饭，还可以游水、摸斑鸠蛋、抓知了、钻竹林、爬苦楝树、编草虾子……偶尔吃一次猪肠碌（米粉卷）或者雪条（冰棍儿），就是顶美顶美的事儿；受伤了还不用去买药，搓一把臭树草叶子敷到伤口上就搞掂了。

家就是那只赖以为生的蛋家小船，停泊在漠阳江一个叫新娘湾的河湾处，牢牢地拴在一棵高大的苦楝树上。弧形的蛋篷像一张巨大的青瓦片笼罩在木船板上，远远看去，犹如摇曳在江面的巨大的木屐。已经被水浸泡得乌漆漆的船板，在阳光的照射下闪着油亮亮的光芒。竹篙和船桨许是累了，安静地躺着，和岸边那几块石头一道，趁主人不在，贪婪地小憩着。①

这是主人公水活常年生活的地方。

拜过神后，轮到新娘子叹歌答谢父母一环了，船上船下瞬间鸦雀无声，一张张脸充满了期待，一双双眼睛一刻也不离新娘的脸蛋。终于，新娘开金口了，那些充满期待的脸活色生香起来。水仙开始唱的时候总不得要领，在二婶的引导下渐入佳境。

伢儿出生一声哭，
可知双亲乐与苦？
教你养你渐成人，
一生多少苦与辛！
如今嫁出如泼水，
别忘恩义去不回。
树高千丈不忘树头根，
儿女千岁不忘父母恩。

---

① 本篇凡出自小说《摇啊摇，蛋家船》的引文参见：洪永争：《摇啊摇，蛋家船》，天天出版社，2018。

这是主人公水活的姐姐水仙出嫁时唱叹歌的情形。

作品中的这些山川风物、民俗风情为读者营造了一个陌生却亲切、朴素而又诗意的乡土空间，这个空间既是地理学和生态学意义上的，又富有人文的内涵。从这个层面而言，《摇》就是一部充满"异域情调"的疍家风物志。

这里的"异域"可以从两个层面去理解：第一个层面以读者为视角，作品描绘的人物及其衣食住行和所处的环境，对读者而言是陌生的"异域"，其必然携带的"异域情调"足以"开拓读者的心胸，或者炫耀他的眼界"；第二个层面是就作者立场而言，作品描绘的疍家乡土是作者的故乡，留有作者童年的记忆，在侨居异地多年之后，作者带着"异质因素"再来观照这片乡土，就具有了"他者"视角，只是这种视角隐藏在文字背后，不易察觉。

作者在作品中"隐现"的"乡愁"与五四时期乡土文学中的"乡愁"已大不相同，因为这里的"乡"既不是与世隔绝的世外桃源，又不是充斥着愚昧和罪恶的落后之地；这里的"愁"既不是单纯的对田园牧歌式生活的向往与流连，也不是愤怒和无奈情绪的表达。这种乡愁源于身处现代城市文明的作者反观传统乡土文明时，所产生的一种极为复杂的矛盾心态，这种心态也反映了现代知识者面对中国乡土的一种共时性体验。

三

在儿童与乡土两个类型之外，《摇》还是一部成长小说。主人公水活的成长经历和情感遭遇具有一定的象征意义。作为一个乡下少年，水活在水与陆、辍学与求知、乡村养父养母与城市亲生父母之间的两难处境，以及因之产生的纠结、矛盾和痛苦，可视为走向现代文明的中国境遇之隐喻。

作为地地道道的疍家人，水活完全可能一辈子都生活在江边，以打鱼为生，跟他的父辈祖辈一样过完贫穷而又平凡的一生。然而，世界并非一成不变，中国城市化现代化的迅猛推进对中华大地的每一个角落都产生了不同程度的影响，不管是山沟，还是水上。

在亲生父母出现之前，水活接触城市文明的途径有两个：一个是跟随大人去镇上趁圩，二是大人从镇上带回来的玻璃珠、糖果、铁线绕成的巴掌大的单车等这些乡下没有的东西。这两方面虽极为平常，但对于常年生活在水上且家庭贫困的水活而言却极为难得。正因为难得，所以才极具吸引力。水生伯给他带回来的玻璃珠让他爱不释手，一有空就在船板上弹着玩，带给水活空前的乐趣。尽管水活平时可以爬树、掏鸟窝、捉知了，但跟这些比起来，弹珠游戏带来的是完全别样的快感。因为对水活来说，弹珠游戏不仅是一个新奇的事物，它上面还携带着城市文明的因子，让水活心生向往。

如果仅仅是偶尔趁次圩、玩个玻璃珠、吃个糖果，还不足以对一个乡下儿童形成心理的冲击。直到生活在县城的亲生父母的出现，才彻底扰乱了水活的生活，打破了他内心的平衡。

正是这样的契机，水活得以去到县城，得以见识城里的医院、酒店、商场等，这些对一个从未到过城里的孩子的心理冲击是显而易见的。当然，这些冲击都来自城市文明的物质层面，更大的冲击来自两本小小的名字叫"吸油鸡"的"公仔书"（公仔书即连环画，"吸油鸡"实为"西游记"。水活因为不识字，也没听说过西游记的故事，于是根据自己从别人嘴里听到的把它谐音叫作"吸油鸡"）。

从城里回来以后，公仔书成了水活最大的精神寄托。因为不认字，他和小伙伴们看不懂公仔书的内容，于是水活就萌生了"好想去学校读书"的念头。

学校，既是现代城市文明的产物，同时也是现代城市文明的缔造者。对一个处于传统乡土文明中的孩子来说，学校就是天堂，就是世界上最具吸引力之所在。此后，上学读书就成了水活最大的梦想。

可是上学并不是一件容易的事，离学校远是其一，水活家贫且母亲常年卧病在床，交不起学费是其二。雪上加霜的是，为了躲开水活城里的亲生父母，阿爸决定从新娘湾迁到竹头湾。水活想到自己可能没有上学的机会了，心里开始郁闷起来。但他没有放弃，一到竹头湾，就自己一个人走很远的路去找最近的村子，所幸的是他找到了，而且还发现了一个小学（竹头小学）。

找到希望的水活开始通过自己的努力争取上学的机会。"他多么渴望能认识很多的字，把整本《西游记》看完。"每天他自己网了鱼虾用小水桶挑到学校去卖，还利用机会在教室外面"偷学"。水活的善良打动了老师，老师并没有赶他走，还送语文和数学课本让他拿回家学，还有个男生愿意在星期天去给水活补课。这一切都让水活感动不已。聪明的水活很快就学到了很多知识，学会了算术，认了很多字。

初尝城市文明之果的水活有了不一样的精神寄托，但一个更大的问题随之而来：在亲生父母和养父母之间如何选择？

选择回到亲生父母身边，可以过上城里的生活，吃、穿、用不用发愁，最关键的是上学方便。可是，常言说："生身没有养身重。"水活虽然像其他少年一样爱吃爱玩，但他不势利；养父母虽然贫穷，但他爱他们。他背着阿爸阿妈两次去医院看望亲生母亲的举动，恰恰说明了他的善良和富有同情心，毕竟他去医院只是因为不忍心让患了重病的亲生母亲苦苦思念，了却她弥留之际的一个心愿，而不是要认亲。

水活的精神成长历程中有三个节点：第一个是相依为命的阿姐的出嫁，让他第一次感受到家人分离的痛苦，也让他明白，亲人总要分开，人生总有别离；第二个是他靠自己的努力在竹头小学学到知识，让他第一次获得现代知识体系和教育的洗礼；第三个是在经历与亲生父母和养父母之间的情感纠葛并做出自己的选择之后，这个男孩完成了精神上的"成人礼"。

尽管水活在成长路上做出了自己的选择，但他所处的周遭环境和面临的人生处境并没有变化。回到疍家船，他依然要面对贫困的家庭生活和贫瘠的精神世界，他和阿爸阿妈依然要面对就医和上学的难题。对水活而言，"城市"依然是一个遥遥相对的时空，对它的渴望还在，走进它的困难还在。也许有一天，他有能力走进那个时空，但代价是远离脚下这片养育了自己的乡土以及附着其上的一切成长足迹和印痕。那时，他与乡土文明的联系终将隔断，最终他也会失去"故乡"，成为精神上的流浪者。

离开文本来看，水活面临的问题其实是所有乡土人共同面对的问题——对无法隔绝的现代城市文明的向往以及对身处其间的传统乡土文明的留恋。现代作家茅盾曾说："关于'乡土文学'，我以为单有了特殊的风土人情的描写，只不过像看一幅异域图画，虽能引起我们的惊异，然而给我们的，只是好奇心的餍足。因此在特殊的风土人情外，应当还有普遍性的与我们共同的对于运命的挣扎。"①在《摇》中，我们看到了"我们共同的对于运命的挣扎"，可以说从"特殊性"上升到了"普遍性"。

在作者笔下，城市和乡土并不是一组进步与落后、启蒙与愚昧的二元对立项。但是，在现代城市文明冲击下，乡土社会的相对"静止"状态始终要被打破。不唯人，即便是前述的乡土之"爱"与"美"及"异域情调"均面临严峻的考验。何去何从，未来将会怎样，作者在小说中并没有给出答案，也没有表露感情倾向。归根结底，这是一个无解的难题。

总之，《摇》隐喻了传统乡土文明与现代城市文明之间的悖论，本质上是一种现代乡愁的书写。

---

① 茅盾：《关于"乡土文学"》，载《茅盾论中国现代作家作品》，北京大学出版社，1980，第241页。

在风中舞蹈的芦苇*

——读尹洪波小说随笔集《沙门之外》

一

尹洪波先生编剧功夫了得，是编剧界响当当的大腕，这是我们所熟知的。可很多人不知道，他的小说、随笔写得也是相当出色。这不，尹老师最近准备出的新书，就是一本名曰《沙门之外》的小说随笔集。我有幸先睹为快。

戏剧评论家杨凡周先生说尹洪波不仅是一位高产作家（指剧本创作），还是一位"杂家"。我想，既专且杂，已属难能，由杂而成"家"，更是可贵。读完《沙门之外》，我确信，尹老师配得上"杂家"这个称号。

《沙门之外》让我有阅读的快感和智识的收获，也有了谈几句感受的冲动。

九年前我刚来佛山时，就读过尹老师的历史随笔，感佩于他的历史功底之深厚。这种功底同样见于《沙门之外》的几篇历史小说中，大到历史脉络、历史事件、朝代兴替，小到各个人物之间的关系、历史细节等，他无不熟稔于心。他对人物性格和命运的理解之深刻独到，亦非常人所能及。

---

* 原载于《佛山文艺》2022年第4期。

二

我想具体谈谈小说《槐米》——

《槐米》讲的是汉高后吕雉用计谋一步步让儿子刘盈当上皇帝，并企图通过"非常手段"锻炼其意志的故事。吕雉的计谋和手段主要有三：第一是杀掉刘盈的"潜在威胁"，即戚夫人的儿子刘如意；第二是把戚夫人即刘邦的宠妃戚姬做成"人彘"让刘盈目睹，看完再告诉他是谁；第三是用戚姬的心熬制"心羹"给儿子喝，喝完之后再告诉他真相。吕雉的这"三部曲"目的首先是扶持亲生儿子刘盈上位，其次是锻炼儿子的意志，让懦弱无能的儿子变得刚强果毅。只是她的药下得太猛（"爱有多重，药就有多猛，猛药治重症啊！"），第一步使儿子大病一场；第二步导致儿子当场昏死过去；第三步直接要了儿子的命。吕雉的"刺激疗法"不仅没有医得儿子的病（其实儿子本没有病，人本有刚强与柔弱之分，焉能说刚强就好、柔弱就是病呢？），还把儿子给医死了。这个小说，读来让人唏嘘不已。

从故事性来说，小说的人物和事件基本是按史实来写的，具有"生活的真实"。但小说之所以能区别于历史，就在于作者运用了高超的叙事手法。这种手法，其一就是加入了大量的心理描写，这种心理描写一方面增加了小说的生动性，另一方面对塑造人物性格、丰满人物形象、解释历史事件起到了很好的辅助作用。其二就是细节的巧妙设置，像上面说的"三部曲"，里面就有很多细节，这些细节史书上没有或者历史上并不曾发生，比如小说中所涉人物之间的那些对话，比如刘盈被

"人彘"和"心羹"刺激后的反应，等等，这些细节对塑造人物形象、增强小说的故事性，具有极为重要的作用，也使小说在"生活的真实"之外，达到了"艺术的真实"。

当然，小说最大的一个细节是"槐米"意象的设置。"槐米"在小说中出现三次：第一次是在刘邦打算易储（废掉刘盈太子之位）之时（"未央宫院子里老槐树顶着北风结了新的槐米"）；第二次是戚夫人之子刘如意被杀（"正好也是秋尽冬来之间，咸阳已经寒风料峭，宫中那棵大槐树，又结出来新的槐米"）；第三次是刘盈死的时候（"这一年，皇宫中的大槐树，在秋尽冬来之际，又结出了槐米"）。这三处老槐树结新槐米的意象，分别出现在小说的开头、中间和结尾，与故事情节并无直接关联，却决定了小说的整体结构、发展脉络及风格韵味。

除此之外，这一意象对我们理解小说的主旨和背后的作者意图大有帮助。我们知道，一棵植物在不该开花结果的时节，开了花结了果，虽不常见，但亦属自然规律。犹如人类，千千万万之中总有那么一两个"与众不同""行为诡异"，人犹如此，况树乎？但人们（尤其是我们的老祖宗）总是将自然界的事物与自身命运联系起来，问卜吉凶，实施应对措施。小说中，老槐树在秋尽冬来之际结出新的槐米，被朝中一干人等视为"异象"，吉凶莫名。读者在阅读过程中，也难免被"代入"，慢慢陷入故事设置的逻辑之中，与小说中的历史人物一起产生了对"槐米"的迷信。但作者在小说最后话锋一转，"这一年，皇宫中的大槐树，在秋尽冬来之际，又结出来槐米。不过，这一次没有人大惊小怪了，没有人担忧，也没有庆贺，大家想，这种槐树，大概属于另外一个品种，不尊重季节，就是它的正常生态而已。"这段话无疑是在提醒读者，朝代更迭、历史兴衰以及裹挟其间的人物命运，冥冥之中自有命数，岂是一些自然现象所能左右？至此，我们对历史的思考和认知，在不知不觉中又提升了一个层次。

可以说，"槐米"这一意象，是整个小说的点睛之笔、生花之笔、神来之笔，是该小说极具文学性和艺术性的关键所在。

通过这篇小说，可以看出尹老师对历史和人物命运有着独到的理解和体会，他不会轻易地褒贬历史人物，臧否功过是非，而是本着"同情之理解，理解之同情"的态度，深入历史的细部对人物进行观照。正如《槐米》，从中你当然能读到吕后的工于心计和心狠手辣，但我觉得这些不是小说主旨所在，小说不是为了批判吕后而写。作者对吕雉的描写并没有沿袭史书，而是通过大量对话、心理和细节描写，让这个人物形象更丰满、更立体，同时也让我们进入一个充满争议的女人的内心世界，进而通过她来了解一段历史。反过来，如果把小说理解成是对吕雉的"翻案文章"，那也错了，道理同上。

跟着尹老师的作品，我重新了解了一次历史，更重要的是重新思考了一次历史。在其他历史小说中，我亦有同样的收获。

三

尹老师的小说，善于谋篇布局、结构故事、制造戏剧冲突，我想这跟他数十年的编剧身份不无关系，此自不待言。

其文字功底也是非常深厚，语言简洁、凝练、有味道，比如《伊尹》的结尾写道："又过了38年，一百多岁的伊尹去世了。伊尹去世这一天，天降大雾，大雾像棉絮一样，充斥天地之间。大雾一直持续了三天。"这段话中关于"大雾"的描写，显然是想象之景，是虚构之笔，但结合前面对贤相伊尹一生的书写来看，此笔穿插得甚是巧妙，不仅对伊尹"腹怀良谋胸藏天下"的一生形成映照，也在瞬间增强了小说的意蕴。

如果你认为尹老师只会写历史小说，那就大错特错了。

《沙门之外》收入八篇小说，《槐米》《删通》《伊尹》《陈先生》四篇属于历史小说，《太守要登山》虽然人物是古代的，但写的事儿明显是现代的，是典型的"借古喻今"，所以我把它归入现实题材，加上《十五有雨》《"郑"地有声》《升官妙计》，也是四篇，历史题材与现实题材各占一半。如果说四篇历史小说内容、风格、意蕴还比较一致的话，四篇现实题材的小说则完全是四个模样。

《十五有雨》写的是乡人王不利为了赶在下雨之前烧掉麦茬与"防烧"干部斗智斗勇的事儿；《"郑"地有声》写的是一个爱"转文"的城里人和一个乡下人因一次公交车偷窃事件而相识并结下情谊的故事；两篇小说都算得上是乡村题材，主人公虽然不乏农民式的小滑头、小心眼、小算盘，却也掩盖不住朴实、厚道的底色。《十五有雨》中虽然因为上头政策的缘故存在官逼民、民骗官的现象，但双方却也守着各自的底线，体谅着对方的难处，不罔顾法理人情；《"郑"地有声》更是将小人物的淳朴厚道展现得淋漓尽致。我作为一个走出来的乡下人，读来不免感动，只是不知这朴实与厚道在当下"乡村的陷落"中，还存留几分。《升官妙计》和《太守要登山》都是官场讽刺小说，前者讲的是一个急于得到提拔的处长在"大师"指点之下一步步实施"妙计"，结果却被"双规"的闹剧，真可谓机关算尽太聪明，反误了卿卿性命；后者讲的是一个衙门的书办，为了接待"有意到琅琊山一游"的新任太守而费尽心思、多方运作，结果依然是白忙活一场。这两篇小说讲的都是主人公的"事与愿违"，当然"愿"是自私之愿，"事"非光明正大之事，畸形的官场生态对人的扭曲，可见一斑。

四

说完小说，再聊聊随笔。我喜欢读尹老师的随笔，他的随笔短小精悍、生动有趣且时常闪耀着思想和智慧的光芒。读来酣畅淋漓，让我不禁想喊上一句："快哉！快哉！"

在《艺术的烛光》一文中，尹老师评价韩浪先生的绘画艺术有两个特色：一个是他有自己的面貌，第二个是他有自己的格调。这两点用来评价尹老师自己的文章也是非常恰切的。

在我理解，所谓"面貌"，其实就是辨识度，有自己的面貌就是辨识度比较高，能让人一眼即认出是谁谁的东西；所谓"格调"，就是文章背后潜藏着的作者的境界和修为。前者相对是外在的，比较容易看出来，而后者就需要读者有一定的悟性和辨别力。同一篇文章，不同的人读来，对作者的感受和认知若有不同，原因往往就在于，是否读出以及在多大程度上读懂了"面貌"后面的"格调"。

尹老师随笔的面貌有几个特点：

一是短小精悍。其随笔多为"千字文"，长不过一两千字，短则六七百字，绝不拖泥带水，生拉硬扯；而且表达精准有力，能抓住重点，切中要害。尹老师形容自己的随笔是"落叶片片"，自然是谦虚之词。有心之人，或可从片片"落叶"之中，读出强劲之"秋风"。

二是擅长讲故事。在《故事》一文中，尹老师说自己曾读到一篇批判封建专制的文章，里面讲了很多深刻道理，可读完都忘了，唯独记住了其中一个小故事。"之所以能记住这段文字，第一是这故事挺好的，能看到人物形象；第二是这故事能让人深刻地理解封建专制的本质，使读者产生更多更深的联想。"这段话对我们理解尹老师自己的文字是很有帮助的。因为在我看来，第一，他会说事儿。这个"事儿"包括民间流传的故事、耳闻目睹他人之事以及自己亲身经历之事。每一个"事儿"，他总能像说书人一样，讲得明白晓畅、生动有趣。第二，他讲的故事总能很好地表达主题，帮助我们更好地理解事物的本质。尹老师在随笔中传达的道理、传递的智慧，本不深奥，但要记住这些道理、领悟这些智慧，靠的是这些故事。这些故事不仅好玩有趣吸引人，还有助于你明辨是非真假，提升辨别力和判断力。

说到擅长说事儿，想起去年我采访作家张欣。她说，日常最难写。这一点我自己也深有体会。我们每天做的事儿、经历的生活，简单吗？简单。好写吗？不见得。比如有一次我送孩子去上兴趣班，在家长等候区，听到旁边几位妈妈在聊家长里短，甚是有趣，然后就想把这场景记录下来，可待到真的要下笔之时，发现并非想象的那么简单，其难度远远超过写一篇讲话稿、读后感之类的文章。这就是写日常之难。尹老师很会写日常，比如《善心修行》中关于"车票"和"水饺"的故事，《拖鞋》中两次买到劣质拖鞋的事儿，《有贼惦记》中"惦记"和"骗取"朋友一块砚台的过程，等等；而《取款》中五次取款而不得的经历，《看病》中排队挂号和看医生的经历，尤见其写日常之功力，让人拍案叫绝。

三是幽默。幽默和随笔并不具有天然的联系，但尹老师的随笔处处可见幽默，而且很多幽默带有"黑色"的味道，比如《拖鞋》《自行车》《不幸之幸》《"平安"退保记》《洗手间的妙用》《梦·想》《乱弹》《取款》等，读来让人或五味杂陈，或忍俊不禁，甚而喷饭，甚而绝倒。其精彩微妙，读者可自行体会。国人普遍缺乏幽默，似乎早已是共识，有些人平时喜欢讲一些恶俗的段子，引来同好者的掌声和笑声，就引以为豪，以为自己懂幽默，实则是背道而驰。幽默，一方面凭的是天赋（基因），一方面靠的是智慧。懂幽默的人，其人生境界往往也不一样。

五

这就要说到"面貌"背后的"格调"。

尹老师这么多年在戏剧界立于不败之地，"德高望重""德艺双馨"这些词用在他身上是实指而非虚言。我们这些曾在他身边工作过的人，都发自内心钦佩他、尊重他。尹老师不仅才艺高，专业水平过硬，而且为人和善包容，敢言善言，不迷信所谓的权威，更不唯威权是从，有自己的原则和底线。这些，我想跟他一直注重自身的素养和修为，是紧密联系在一起的。从他的随笔中可窥一二。

说到戏剧创作和戏剧生态，他认为，"对别人心的研究，揣摩心性，也许有用，只怕有限。最牢靠的办法，还是通过修养，塑造自己的'本性'"（《修养本性》）；人可以多变，但不能"忘掉或者背叛初衷"（《变与不变》）；"你可以在我的脸上，我的身上抹泥，我却始终保持一颗纯洁透明的心，只要有着干净一颗心存在，我就不是'泥人'"（《泥浆坑中》）；"视角固然可以变换，总应该有个东西坚持不变才好"（《变换角度》）；"房间需要打扫，心灵也需要及时清理。打扫心灵卫生的扫帚就是返璞归真，莫忘初心"（《打扫卫生》）……这些话都体现他对本真对自我对独立性的坚守。

当然，坚守自我的前提是对作品艺术性的不懈追求。他要求自己"日日有进步，天天有积累"，"虽然年事已高，虽然仍然有冷风苦雨，我还在坚持着每天的'开放'"（《师徒对话》）；"我的一生，都在登山，也许，我距离山顶，还有很大距离。但是，我在登山，一直在登山"。这种"在路上"的心态和不断攀登高峰的精神说来老套，但能数十年躬身实践，实为难得。更难的是，在不断向前走的路上，尹老师并没有受困受惑于所谓的成功与名利。"走在坚持初衷的路上，享受自己选定的颠簸旅途，本身就是成功"（《成功之辩》）；"刻意拒绝名利，固然好，自己心目中还有名利，则需要警惕"

（《至人无己》）。正是这种对成功对名利有别于常人的理解和心态，对艺术本质和自我独立性的追求，让其作品具备了"自己的格调"，也让其人生臻至"淡泊名利知名利，远离是非明是非"的境界。

尹老师大度豁达，凡事想得通看得透，但他不出世、不佛系（尹老师将该集子命名为"沙门之外"，即"意识到自己入世太深"，难入沙门），对社会现实、世间百态始终怀着关切之心。由马姓富豪被"调理"而想到"政策与正路"（《政策风帆》）；见人心"崩坏"而思"重建或者修复"（《重建和修复》）；对人与人之间互相警惕和憎恨，只有竞争而缺乏互相关爱的社会现实感到担心（《善良启示》）；从售票员（故意）少找零钱、饭店虚开小票的生活经历，反思"人和环境的相互作用"，流露出对社会环境"灾变"的隐忧（《灾变》）；在公交车上（站）遇到小偷（《小偷》），在超市买到劣质拖鞋，这些日常"小事"都会让他"心神不宁"、耿耿于怀，进而生出设法改善之念头和行为；对多年前受于陌生人的两次恩惠，始终念兹在兹，提醒自己"坚持努力修行之，不仅成就自己，也让我的后代，有所继承"（《善心修行》）……这些都体现了尹老师对社会现实和人类发展关怀有加的"文人之心"和"文明之心"。

六

"庾信文章老更成，凌云健笔意纵横。"阅历的丰富，文化的积淀，对艺术性的追求，对独立性的坚守，加上勤勉不懈、步履不停，这所有的要素，成就了尹老师作品的高度和深度、面貌与格调，愈是晚近的作品，愈显得成熟老辣。用一句话来概括，尹老师的作品既具有艺术的魅力，又闪烁着思想的光芒。看他的作品，是需要一定的门槛的，这门槛在我看来，是见识，是视野，是情感，是思想。

看《沙门之外》书稿的时候，遇到不明白、不确定的地方，我会向尹老师请教，跟他确认，有时也会来回讨论几句，好在尹老师并不嫌我聒噪，每次都热情地加以回应。对我来说，这是一个难得的学习过程。

坦白说，读尹老师的书，你想不进步都难。知识上的收获还在其次，重要的是思想境界也会跟着提升。尹老师概述自己的人生体验是：十岁之前关注敌我（阶级）问题，二十岁之前关注美丑问题，三十岁关注贫富问题，四十岁关注名利，五十岁之后关注真假，年近六十多思考生死。（见《艺术的烛光》）阅尽世间沧桑和人间百态，他对很多所谓人生重大问题，早已看得淡然、超然以至欣然、怡然。如今年届古稀，人生境界已非常人所能比。与这样的人交流，读他的文字，即便是榆木疙瘩，也能给你凿开一窍。

吾生也晚，吾学也浅，对尹老师作品之精妙，对其作品中隐藏的人生智慧，恐怕只能领悟十之一二，很多时候是"豁然有所悟，欲语复忘言"。

尹老师在随笔《草根桥段》中说："凡有秉持，必有所偏。"上述所谓"点评"，拉拉杂杂，恐怕有不少是废话，且必有我之"所偏"。要领会尹老师作品的真谛，还需客官您将此书好好读上一番。

　　人只不过是一根苇草，是自然界最脆弱的东西；但他是一根能思想的苇草。哲人帕斯卡尔之论，尹老师显然是认同的，所以他说："早晨醒来，发现生命还很坚挺，就想，我虽然是芦苇，却是一个有思想的芦苇。既然有思想，就应该尽量在没有折断之前，枝叶更茂盛一些，苇缨更硕大一些，在风中舞蹈得更优美一些。"

　　愿这枝有思想的"芦苇"，可以长久地，在风中舞蹈。

文字有滋味，人间送小温*

——读盛慧散文集《外婆家》

最近一段时间，每晚孩子入睡之后，我都会读一本书——作家盛慧的散文集《外婆家》[1]。按照正常的阅读速度，这本两百来页的书两三天就可以读完，但是我却用了一个多星期的时间，因为我觉得这本散文集不仅需要慢慢地读，还要细细地品。

一

盛慧的文字具有很强的吸引力和诱惑性，如果你是一个对文字比较敏感的人，很快就能被他的文字"抓住"。他的文章往往一开始就能将你吸引，很快就浸在其中，但进入容易出来难，所以每读完一篇，我都要闭上眼睛倚靠在床头，细细地品上一会儿，将那种感觉慢慢地散开、冲淡，然后再去读下一篇。《外婆家》不是余秋雨式的大散文，没有从历史、社会、

---

* 原载于《文艺报》2020年5月18日文学评论版，有删节，中国社会科学网转载，并获得第六届"佛山文学奖"评论卷金奖。

[1] 本篇凡出自小说《外婆家》的引文参见：盛慧：《外婆家》，人民文学出版社，2020。

文化的宏观视角去观照故乡，但容量并不小，里面藏着很多东西，显得结实饱满且富于人文情怀，加上细腻、诗意的笔触，颇耐人寻味。每晚读上两三篇，带着那种淡淡的回甘入梦，难得又美好。

盛慧是一位特别擅长写"味道"的作家。这样一本怀念过往、追思亲人、纾解乡愁的用心用情之作，散发着一种独特的滋味。这滋味首先来自食物，在物质贫乏的年代，对于孩子来说，任何一种非常见的吃食都会留下深刻的记忆。在《胃的回忆》《灶屋》《腊月的最后几天》《除夕夜的火焰》等文章里，作者将自己孩童时期对食物的特殊敏感极为细微地展示出来。邻镇的玉带糕、猪婆肉，杂货店里的各种糖果，村口卖的凉粉，与伙伴一起在河边现捉现烤的鱼，把从田里捉来的蛇煨成的汤，夏季里的棒冰和炒西瓜皮，难得喝上一回的健力宝，以及只有逢年过节才会摆满一桌子的各种荤菜素菜和点心……这一切都注定要通过嗅觉味觉伴随着童年的欢乐与忧伤，永远留存于"胃的回忆"。

故乡的气味当然不唯有食物，它存在于一切记忆之物上。

杂货店里的东西很多，但却收拾得井井有条。角落里的大肚罐，像弥勒佛的肚子一样，里面盛放着散装酱油，颜色很像店里的光线，它的气味最浓烈，又咸又鲜。农具堆在角落里，散着暗蓝的微光，走过去，会闻到一股类似于血的铁腥味。此外，还有烧酒的辣味、洋油的膻味、光荣牌肥皂的香味、的确良布的酸味、小人书的油墨香味、回力鞋的橡胶味、火柴的硫磺味……被各种各样美好的气味所包围，这就是我最早体会到的美好。

　　杂货店里的气味并非一成不变，而是有季节性的。夏日的清晨，是杂货店最忙碌的时分，买完菜的人，提着新鲜的鱼走进来，买一包盐，或者打一瓶酱油，鱼腥味就留在店里，经久不散。午后，杂货店相对冷清，一走进店里，就会有一股阴湿的凉意，这是幽暗的老房子特有的气味。而到了傍晚，在阳光下晒了一天的杂货店，充满烤韭菜饼的香味。冬日的清晨，店里生了煤炉子，散发出一股刺鼻的煤烟味，还有女人们身上好闻的雪花粉味，到了中午，是大蒜炒咸肉的味道，下午总有人在店里打纸牌，留下呛人的烟草味。

（《胃的回忆》）

　　我们看到，对细节的精准把握，对各种感官的调动能力，使得作者将这种故乡的味道展现得淋漓尽致。而这样的文字，在《外婆家》里处处可见。

　　在作者笔下，倒塌的房子、生锈的门锁、店铺、老屋、灶台、铁器、农药、稻子、米粒、柴灰、铁皮罐、旧棉絮、樟脑丸、散白酒、布料、糨糊、水盐菜……每一处地方、每一个物件都散发着旧时特有的气味。

　　除此之外，还有一种气味，它无法通过人的感官直接接收和感知，是属于情感性和精神性的，如：一年中不同季节的味道，一天中不同时刻的味道，阳光、空气和风的味道，门口的小路、村旁的小河、安静的村子的味道，街道和远山的味道，贫穷的味道，死亡的味道……作者通过想象与诗意的笔触将乡愁之"味"十分传神地表达出来，虽甘苦喜忧同在，却能带给读者小小的温暖和绵长的回味。

二

作者能够将散文集《外婆家》里的独特气味传达出来，首先得益于对文字的极度敏感，以及信手拈来般的成熟运用。

傍晚时分，船回来了，它走得很慢，像一个疲惫不堪的孕妇。

街道上铺着青石，光滑，如同青鱼的背。

我就在高高的草垛上睡着了，像是装在陶罐里的茶水。

整个村子都在睡眠，风像一张老唱片，发出缓慢、轻柔的音乐。

时间在这里交错了，重叠了，模糊了，仿佛一张房契上印着不同人的指模。

如果是脏的人家，抹布黑乎乎的，摸上去湿答答的，像是一只溺水的死老鼠。

玻璃灯罩被我打碎了，风一吹，火苗像酒鬼一样东倒西歪，好像随时都会倒下。

在灰棉絮般的光线中，我的乳名，就像一片羽毛，在村庄上空飘浮。

早晨如同苹果般清脆，下午如同水蜜桃般慵懒，而黄昏就像柑橘一样温馨了。

门口的小路泥泞、发黑，如同一条腐烂的带鱼，夹杂其间的石头，像灰白的眼珠发出伤感的微光。

风像一块巨大的黑布，将它们紧紧裹住，每走一步，都极其艰难，好像要咬紧牙关，奋力将这块布撕破。

那只举到半空的苍老右手，好像要抓住什么东西往上爬，但什么也没有抓住，突然无力地垂落下来，耷拉在床沿，就像一条用旧的抹布。

这些比喻将两种毫不相干的事物或属性联系起来，独辟蹊径，虽然奇特却也相当形象，让人过目难忘。

"在乡村，一天之中，时间的节奏是不尽相同的，就像一块旧布，洗得久了，颜色已不再均匀。"我想只有长时间在旧时乡村生活过的人，才能对这种如反复洗过的旧布一样的"时间的节奏"心领神会。

屋子被阳光烤了一天，连窗户都烤得愁眉苦脸，每一样东西摸上去都滚烫的，好像刚烧完饭的灶膛。

阳光像渔网一样洒落下来，这时的小镇，就像一瓶甜酒。

在无边无际的旷野里，小花正在绽放，露出好看的小牙齿，像一群叽叽喳喳的小女孩，讨论一块新买的鲜蓝布料。

夜色更重了，银子一样清凉的小月牙，刚一出现，就被云朵紧紧地抱在了怀里……村庄像被一辆马车悄悄载走了，越来越远，越来越远。

空气的味道好闻极了，薄荷一样清凉。几分钟后，太阳出来了，光线温顺，就像一只毛发蓬松的小狗依偎在身边。……又过了几分钟，铅灰色的炊烟开始伸起了懒腰。

腊月里，天一直灰蒙蒙的，像一件洗旧了的老蓝布衫。最后几天，天却突然放晴了，大片大片的阳光栖落在屋檐上，……风在篱笆上睡着午觉。

祖母去河边淘完了米回来，老远，我就听到了她的咳嗽声，空气里似乎有熟悉的血丝味道，这味道，就像一条冰凉的蛇在屋子里游走。

和大平原上所有的村庄一样，我们的村庄，也是一本没有打开的绿封皮的书。木叶上栖息着风、鸟儿和往事。低低的房舍，像一枚枚苦涩的楝树果，布满时间的痕迹。青草围绕的池塘，在村落中间，像一面镜子，发出祥和、恬美的光芒。宽阔的黄泥大道，像一阵风吹进村庄……

作者的叙述常常打通视觉、听觉、嗅觉、味觉、触觉，然后通过多种修辞手法的连用、混用，将虚实结合，造成一种别样的"陌生化"效果。这样的文字是极为少见和独特的，不妨称之为"盛慧式修辞"。

作家邱华栋曾如是评价："盛慧着迷于句子的手艺，他的散文形成了个人独特的风格，绵密、轻盈、朴素、动人，充满意外的惊喜。"我想只有怀着工匠精神，将"码字儿"当安身立命的手艺，才能做到这样的极致。

散文看似简单易写，实则极易流俗——这一点你随便浏览一下报纸副刊与低端文学刊物就一目了然，因为要写出独特的滋味是很难的，而这滋味对散文来说至关重要，可以说占据首要位置。滋味的传递和营造，更多地需要通过文章的整体而非局部的某一句话或某一个物件。

这是七月的一个下午，乌鱼在细细的淤泥里沉睡，竹林里躺在竹床上的人，用大蒲扇盖住了光斑。村口，硕大的老槐树下，一张散发着岁月光亮的八仙桌前，老人们正在打牌。地上，撒灭了一地的烟蒂。卖茶水和凉粉的人，躺在逍遥椅上。收破铜烂铁的溧阳佬，吹着一支笛子，从上一个村庄来。在村口买一杯茶水，一边用凉帽扇着风，一边看老人们打牌。

（《风像一件往事》）

这一段近乎白描的文字从整体上将夏季乡村那种静谧、悠闲、自适的状态非常微妙地呈现出来了，别有韵味。

三

散文有了独特的修辞，必然会带来独特的"滋味"吗？当然不会。修辞毕竟还是文字技巧层面的东西，还有一个更深层也是更重要的东西，那就是独特的感受。

江南（江苏无锡）、西南（贵州）、岭南（广东）是盛慧人生中的三个重要地理空间、文化空间和精神空间。盛慧将江南比作母亲，将西南比作父亲，将岭南比作妻子，"母亲"带给他的感受、对他人生与文学道路的影响无疑是根本性的，也是最深远的。

作者早年的人生经历、生命体验以及由此生发的自然观、人伦观、世界观、生命观、死亡观、时空观，都是故乡给予的，而且这种给予是以一种深植于灵魂的方式完成的。对于一个心理极其敏感的人而言（在《次品》《一瞬之夏》等文章中，作者儿时的敏感、细腻、脆弱体现得尤为突出），这种影响是不言而喻的。作者对故乡独特的感受也就因此形成，并随着时空的愈拉愈远而得到强化且历久弥新，成为文学写作的不竭动力，刺激着作者不断地回望、书写、建构属于自己的精神故乡。

于是我们看到，在作者几乎所有的重要文本中，如长篇小说《白茫》、小说集《水缸里的月亮》、散文集《风像一件往事》、诗集《铺九层棉被的小镇》，都游荡着故乡的"幽灵"。即便是打工题材长篇《闯广东》，也有相当长的篇幅是以故乡江南小镇为背景的。

散文集《外婆家》是作者对故乡那种独特感受的集中呈现。儿时生活的一个个地理空间——村子、堰头镇、屋溪河、南街、北街、前赵圩、后赵圩……这些原生故乡的地理空间，成为作者建构文学故乡的精神原点。与这些点相关联的是作者早年所有的生命印记——贫乏年代的口腹之欲，童年的喜悦、忧伤和寂寞，与亲人相处的温暖，死亡带来的惶惑不安和恐惧，对外界的向往，对家的逃离，四季轮替、日光流转中对时间最初的体悟，村庄的静默与乡人的生老病死……作者无意为故乡作传，却在绵绵的文字中隐现着故乡的生存图景。

这些生存图景里不仅有欢乐、舒适、安闲和自在，亦有忧伤、病痛、孤寂和悲哀。在《被遗忘的北街》中，作者通过对三位老人晚年处境以及他们所处之地的描写，将"北街"那种神秘、阴暗、死寂、荒芜的气息营造出来，令人寒意阵阵。对故乡的书写，作者并不回避悲哀和死亡，《外婆家》里多篇文章（如《南方葬礼》《外婆家》《人间一别》《将尽》《次品》《最后的晚餐》《1985—1990：小学时光》）涉及死亡的话题，舅舅、外公、外婆、祖母等亲人的离世带给作者的心理冲击显而易见，即便是不相干的村民和同学（突然了无声息逝世的刘阿姆、游泳淹死的小孩、因为期末考试成绩太差而喝了农药的同学、掉进厕所淹死了的女生）亦能引起作者无尽的沉思，感到生命的神秘、离奇、虚无和荒谬。

感受的独特与深切，在充分唤醒、调动记忆的同时，让作者不惜用想象填补耳闻目睹之外的"事实"。在《将尽》一文，作者用较长的篇幅和绵密、阴冷的文字描述了外公外婆在苍老、疾病、死亡面前的无助和无力。两位老人在暴风雨夜相互搀扶、摸爬着去医院就医的过程，"读起来压抑得几乎喘不过气来"①。远在千里之外的作者显然是无法亲见笔下的情形的，即便亲人曾讲述或转述一些事实，也不可能如此细致详尽。这些都不重要，面对亲人的巨大痛苦和无助，自己不能施以援手，这种令人痛彻心扉的感受使得作者必须通过文字来重新"目睹""经历"亲人的遭遇。与其放不下不如直面它，作者以"虚构"抵达了真实，这种真实可以理解为生活的真实，但首先是感受的真实。感受之真切深刻，辅之以"无所顾忌"的想象和铺陈，使得这篇文章在情感上呈现出作者少有的浓郁、强烈和外露。

---

① 李寂荡：《南方的回忆》，《文艺报》2005年11月17日，第8版。

四

　　总体来看，盛慧写故乡是比较柔性而内敛的，带有很强的私密性的个人经验。其笔调往往是比较含蓄的、伤感的，甚至是阴郁的，却也不乏温暖。"时光如尘，日夜堆积。如今，外公和外婆已经成了夜晚的一部分，寂静的一部分。他们消失于时间深处，就像风消失于街道的拐角。曾经充满欢乐的房子，如今蓄满回忆与忧伤。一把生锈的铁锁绑架了房子，昏暗的光线，像丛生的杂草。"（《胃的回忆》）这种因岁月和情感沉淀造就的温暖与伤感相互交织的味道，构成了《外婆家》的总体基调。在这种总的基调之下，有些篇章是偏轻松、明快的，如《一瞬之夏》《胃的回忆》《春软》《乡村的夜晚》《灶屋》等；有些是偏沉郁和压抑的，如《南方葬礼》《被遗忘的北街》《将尽》等。

　　作者常常在文章结尾处用看似不经意的一笔，将文章的意蕴瞬间拉长，如一位拈花的使者，手腕轻轻一挥，花的香气就飘向了远处，可谓言简而意远。"夜色更重了，银子一样清凉的小月牙，刚一出现，就被云朵紧紧地抱在了怀里……村庄像被一辆马车悄悄载走了，越来越远，越来越远"（《春软》），乡村在日光流转中的自适无争状态在文字背后隐现；"祖母将美孚灯重新点燃，又从被絮下面，拿出糙纸，开始擦拭玻璃灯罩。天开始下起雪来"（《十二月》），看似突兀的一笔传达出大地的亘古无言和人类的渺小；"一家人在灯光下吃着热腾腾的团圆饭，喝着米黄的陈酒，一转身，年就来了"（《腊月的最后几天》），传递的是时光悄无声息似水如

　　　　　　　在湾区写作——粤港澳文学论丛

烟；"广播里说，前方即将到达贵阳……"（《世界如此遥远》），传递的是前路的未知与心里的惶惑；"我知道，葬礼结束了，而悲伤，才刚刚开始"（《南方葬礼》），传递的是逝者带给生者的无言而又绵长的忧伤；"橘子很甜，但不知道为什么，吃到我嘴里却是酸的"（《一只橘子》），传递的是敏感的自尊受到无意的伤害之后那种复杂的情绪；"父亲心头一酸，退出房间。掩门的一瞬，他想起逝去多年的母亲"（《不速之客》），笔锋一转将父亲隐忍而又深沉的情感暗示出来……

盛慧文字间流淌的丰富滋味，带有忧伤气质的诗意表达，以及些许闪着现代派微光的神秘、阴郁和诡异，此前的作品如散文集《风像一件往事》、诗集《铺九层棉被的小镇》以及小说集《水缸里的月亮》都有不同程度的体现，而《外婆家》里的这种特质体现得尤其充分尤其明显尤其令人回味。可以说，在这本散文集里，作者将自己的文笔特长与情感深度完美地结合起来。

盛慧曾说："从创作伊始，我就致力于现实经验的文学性表达，既有生活的质感又有诗意的轻盈，具体来说就是语言与细节。"[1]对语言与细节的极度敏感，使作者在独特的感受之上又拥有了独特的文字，"写出了生命的痛感、质感与美感"[2]，最终造就了散文集《外婆家》独特的滋味。

真正读懂故乡必须是在离开故乡之后。只有时间和空间的

---

[1] 盛慧：《对时代的温情与敬意——长篇小说〈闯广东〉创作谈》，《中国文化报》2015年12月10日，第9版。

[2] 《收获》杂志主编程永新为《外婆家》写的推荐语。

距离，而且是相当大的距离，才会让人有足够的精神储备和勇气回望来路，反思故土。试问，没有多年的西南、岭南经历和生活，面对故乡江南，作者还能写出如此的文字吗？对作者而言，浸染既深，远离既久，对故土故人的感觉始终"萦绕在心灵深处最柔软的角落"，所以不管走到哪里走多远，"我依然听见故乡的房子在风中歌唱"。而对读者来说，散文有独特的滋味，能为人间送去"小温"，足矣。

它是美丽的、婉约的、女人的，
又是有巨大能量的*
——评粤剧《红头巾》兼及小说《南洋红头巾》

一

我的老家河南流传有一出戏叫《十二寡妇征西》，讲的是杨门十二女将出征西夏保卫疆土的故事。当年幼小的我听到这个故事的时候，内心被那种"全女班"式的打仗给震到了。试想，什么样的命运才能使一个庞大家族上自老太君下至烧火丫头这些女人全都上了战场？

评书《杨家将》"血战金沙滩"一段有讲：金沙滩一战，大郎替了宋王死，二郎替了八王死，三郎被马踏如泥，四郎八郎流落番邦，五郎出家五台山，七郎被奸臣乱箭射死，杨令公碰死李陵碑。杨家一众男儿或惨死或流亡或出家，于是才有了后来的天波府"十二寡妇征西"的故事。杨继业和"七郎八虎"的结局对我幼小的心灵造成极大的冲击，这种冲击又加重了"十二寡妇征西"留给我的印象，让我久久不能平静。那种感受对年幼的我来说是无法言传的，只是在脑海中反复想象着个中情节和画面。

---

* 原载于《东方艺术》2020年第6期。

也许因为同样是"全女班",同样是对悲剧性命运的反抗,粤剧《红头巾》一下子唤起了当年留在我内心深处的那种感受。此剧从一开始就紧紧抓住了我,跟这种感觉的被唤醒是分不开的。"红头巾"当年的出走异乡同样是被动的,除了灾荒,还有家庭主要劳动力的缺位(或死亡或求学在外),她们的"下南洋"不是战争胜似战争,出走的无奈、途中的风险以及命运的不可预知,都加重了其悲剧性和宿命感。

"红头巾"其实就是一个从国内辗转到国外(新加坡)的打工群体,但比之于改革开放之后数千万人的南下打工,她们的人生要艰难很多,也独特很多。尽管在新加坡早已颇具盛名,但在国内,这依然是一个鲜为人知的群体。三水"红头巾"和顺德"自梳女"一样是地域色彩非常鲜明的两个社会现象,这种现象进入文艺作品中,对读(观)者而言就具有超越常境的新奇感和陌生化效果。

两年前,就是带着一种对"异域"文化的强烈好奇心,我读了三水作家彤子的长篇小说《南洋红头巾》①,随着诗意多情的文字我的心被主人公月贞婆的命运攫住了。通过她,我了解了一个群体,也了解了一个地域,以及此地孕育出的此群体身上携带的那种文化基因。

越是民族的越是世界的,越是独特的越是普适的,这个道理在一代又一代优秀的文艺作品中反复得以印证。反观粤剧《红头巾》,我们看到了地方性与普适性的统一。地方性体现在:该剧题材是极为独特的,这样的故事只属于"红头巾",

---

① 彤子:《南洋红头巾》,广东人民出版社,2011。

只属于三水和新加坡；普适性体现在：它传递的真善美以及不屈不挠、艰苦奋斗、挨日子、抗命运的主题，跟普遍而又朴素的人类信仰是共通的。

"命生好丑唔怕挨，几大都要挨过来。晚黑挨过天光晒，一朝挨过云开埋。——挨过今日，听日好起来。"（唱词大意：命生好坏不怕熬，怎样都要熬过来。黑夜熬过是白天，早上熬过云散开。——熬过了今天，明天就会好起来。）这样的叹词，对于尚处在全球性疫情肆虐以及经济形势低迷中的世人来说，无疑是再好不过的精神抚慰剂。看看"红头巾"，还有什么苦我们吃不得？还有什么难我们受不得？还有什么路我们走不得？

二

粤剧《红头巾》主题的传达不是通过空洞地喊口号、扯标语来完成的（当下一些主旋律舞台作品确实有这种倾向），这一点从观众在观剧过程中一波接一波的眼泪中可以得到印证。该剧在演员表演、唱词唱腔编排、场景布置与转换、音乐舞美设计、服饰及道具使用等方面，几乎达到了完美的统一。

先说演员设置。作为一个"全女班"戏，《红头巾》的主角无疑是"红头巾"这个群体，在这个大主角之下导演设置了几个层面的演员：带好是主角中的主角，属于第一层次；惠姐、阿月、阿丽、阿妈、水客是次主角，属于第二层次；其余的二十几个"红头巾"则属于第三层次；几个层次演员的表演融为一体，和谐共振，没有丝毫的割裂感。有些演员如庙祝、"介婆冄"、防疫消毒人员、报童等，虽然戏份很少，亦能锦上添花，起了很好的衬托作用。关键的一点，几位主演尤其是领衔主演曾小敏（饰带好）对角色拿捏准确，表演技巧纯熟，唱念、动作、表情都很到位，其用情用心可见一斑。

其次看结构和故事。该剧开头序幕部分采用倒叙手法，呈现20世纪80年代三位阿婆街头摆摊儿、闲话家常的情景，然后随着叹歌响起，将时空转换到"红头巾"时代；中间以"离乡""思乡""望乡""还乡"四部分按时间顺序串起三水女人"下南洋"的历史；结尾呼应开头，在今昔对比中构成圆形结构。剧中通过出洋姐妹排斥带好、海上遇险、阿月的离群与折返、建筑工地的艰辛、带好对美好婚姻的憧憬与阿哥的牺牲、惠姐炮火中遇难等故事情节，设置矛盾冲突，推动剧情发展，表演克制、内敛，却能始终抓住人心。

再看音乐、唱腔和唱词。该剧很好地运用传统曲牌和唱腔，同时加入现代音乐以及广东本土音乐元素，能够根据剧情需要变换曲调、旋律和节奏，唱词口语化、接地气却不失韵味。音乐跟剧情和意境很好地融合在一起，氛围的烘托和意蕴的传递都非常到位。

最后是舞台布景、场景转换和舞美设计。《红头巾》虽然是群戏，但舞台呈现却是简约的、含蓄的，岭南（三水）屋舍、祖庙香火、新加坡建筑工地、海水和月亮等都是用简约写意的线条来呈现，水线的起伏律动、光影的映衬流转，在整体上营造出婉约、诗意的风格；场景的转换（如从婚礼爆竹声到战争中的炮火）自然而又巧妙；在舞美上，该剧在传统戏剧表演中加入了现代舞蹈元素，增强了现代感和时尚性，如船舱遇险、建筑工地劳作、战争中逃难等几处群体的形态动作，体现出看似随意却精心的舞美设计，与人物情感、心理状态、剧情发展及全剧风格高度匹配。

此外，该剧中演员的衣着服饰，红头巾的样式与戴法，担挑、家具、花轿、椅子、梳子等所有道具的使用，在力求还原历史真实的基础上，赋予其鲜明的时代印记和地域色彩。这些都体现出创作团队对历史负责、对艺术负责的专业素养和敬业精神。同时，该剧虽是一出"苦"戏，却也巧妙地融入了一些幽默、滑稽的台词和人物形象（如"介婆兒"），打破全程悲情的套路，让观众在感动之余也能会心一笑。

综之，传统与现代结合的唱腔和舞美、简约写意的舞台布景、巧妙的场景转换、颇具"粤"色的唱词与念白，以及"全女班"的精彩演绎是该剧的几大亮点。

虽然同样带有悲壮的色彩，《红头巾》的风格与《十二寡妇征西》完全不同，后者是喧闹的、昂扬的、雄壮的，而前者是婉约的、内敛的、诗意的，这种风格的呈现得益于上述几方面（尤其是音乐、舞美、灯光）的成功运用。

该剧导演张曼君给《红头巾》的定位是，"这个戏整体在舞台上的呈现将是美丽的、将是婉约的、将是女人的，但是将是有巨大能量的"[①]，看完这出戏，我觉得她完全做到了。作为一出"全女班"戏，单纯做到"美丽、婉约、女人"并不

[①] 参见广东粤剧院微信公众号报道《走进幕后：粤剧〈红头巾〉诞生记》中张曼君的访谈视频。

难，单纯做到"有力量"也不难，难就难在将二者毫不违和地结合在一起。粤剧《红头巾》的厉害和高明之处就在于，让我们真切地感受到一种来自女性的如水一般的善良、隐忍、包容而又坚毅、果敢、不屈不挠的"巨大能量"。

这样的一部将传统戏味儿和现代审美高度融合、思想性与艺术性兼备的粤剧，在留住传统戏迷的同时，也吸引了当下的年轻人。

三

无论是小说文本《南洋红头巾》还是目前的粤剧文本《红头巾》，都是对"红头巾"历史和文化的深度呈现，由于二者都是属于带有虚构成分的文艺范畴，所以这种文本既是对"红头巾"历史的挖掘和再现，又是对"红头巾"文化的衍生与重构。在我看来，二者都尊重了基本史实，历史还原度高；同时，主创人员的专业素养和艺术追求又赋予了文本很高的艺术性，是史料价值和艺术价值兼备的"红头巾"文本。

有学者指出，"红头巾"文化在引入国内后，相关的介绍及书写"不能全面展现'红头巾'们的生命个体，缺少与当地生活的关联性，更缺乏以区域经验纳入国家、民族文化进程的契机，致使'红头巾'文化……没能在全国范围内形成影响，成为中国叙述的一部分"①。

对上述两个文本略加考察可以发现，这种论断其实是有失客观的，因为无论是小说《南洋红头巾》还是粤剧《红头巾》，都对"红头巾"个体生命进行了深度观照，同时也强化了其与原生故乡（三水）的血肉联系，即"与当地生活的关联性"。小说以"红头巾"月贞婆带着她的聋女回归三水故土开始，叙述了她带领女婿和孙辈，敲石、开荒、种树、养殖，将荒山变成果园，最终改变了村子的命运；中间穿插叙述了她下南洋及在新加坡建筑工地上的坎坷经历。可以说，是原生故乡（的灾荒）逼走了她，又是原生故乡（血脉和亲情的牵扯）召回了她，而她又以在海外濡染浸透的"红头巾"精神改变了原生故乡。同样，粤剧全本以"乡"为中心，在离别、思念、遥望、回归中，建立起"红头巾"与原生故乡（地域）的天然联系。两个文本都对"红头巾"的地域身份认同问题着墨甚多。

不难发现，两个文本存在诸多契合之处。比如在结构上都采用了首尾呼应讲述当下故事、中间通过回忆讲述历史故事；比如都是以一个"红头巾"为核心主角，数个"红头巾"为次主角，少数男性角色辅助，且每个角色无论主次都个性鲜明；更有意味的是，小说的作者彤子和粤剧的领衔主演曾小敏都是三水人，各自的家族中都出过"红头巾"，在情感与心理上对"红头巾"精神和文化有着天然的亲近感和认同感，创作和表演起来自然有着"先天"的优势。这是两个文本能打动人心不

---

① 韩帮文：《区域经验与国家叙述：三水"红头巾"文化精神的书写研究》，《粤海风》2020年第3期。

可忽略的因素之一。

但是不可否认，上述那个论断的确指出了一个事实："红头巾"作为一种标志和象征，在宏观的文化建构层面的缺位和不足，即"没能在全国范围内形成影响，成为中国叙述的一部分"。也就是说，在讲述中国故事、建构中国形象这一高位，"红头巾"的作用没有充分发挥出来，其价值和意义有待更高层次更大范围的挖掘和呈现。究其原因，除了论者所说的"红头巾"作为一种标志不具有独一性、相关题材创作体量小、学术研究缺乏等之外，还有一点必须承认，即到目前为止，尚没有产生以"红头巾"为题材的具有全国性乃至国际影响力的作品，包括文学、戏剧、影视、视觉艺术、建筑实体等，这一点与新加坡形成鲜明对比。无论是小说《南洋红头巾》抑或是粤剧《红头巾》，其影响范围目前尚局限于广东，这就导致所谓的"缺乏以区域经验纳入国家、民族文化进程的契机"。

当然，粤剧《红头巾》还在上演之中，目前来看，观众口碑是不错的。期待其在更高舞台更大范围产生影响，在大众传播中成为一个以"区域经验"讲述中国故事、建构中国形象的范例。

现象论

地域性命名的合法性

——关于"新南方写作"和"粤派批评"的思考

一

据批评家杨庆祥介绍，他在2018年前后已经开始思考"新南方写作"这个概念，而触发他思考的机缘是读了黄锦树等一些海外华文作家的作品。这些作品使他认识到："在现代汉语写作的内部，存在着多元的可能性和多样的版图，而这种可能性和版图，需要进行重新命名。"2018年5月，杨庆祥、林森、陈崇正、朱山坡等人在广东松山湖举行的一个文学活动上进行了一场题为"在南方写作"的对话，"新南方写作"成为对话的一个关键词。是年11月举行的花城笔会，杨庆祥、林森、王威廉、陈崇正、陈培浩等评论家、作家就"新南方写作"进行了非公开讨论。

与此同时，批评家陈培浩发表题为《新南方写作的可能性——陈崇正的小说之旅》的评论文章，认为广东青年作家陈崇正的写作是一种"新南方写作"，有别于以苏童、叶兆言等江南作家为代表的"南方写作"，"代表了一种南方以南的写作"①。自此，"新南方写作"开始作为一个正式的概念进入

---

① 见2018年11月9日《文艺报》。

学术领域。

2020年，《韩山师范学院学报》第4期开辟"新南方写作"研究专栏，刊发了刘小波、松嵩、杨丹丹、朱厚刚、徐兆正、陈培浩等学者对卢一萍、陈崇正、王威廉、朱山坡、罗伟章、林森等作家的评论文章。陈培浩在主持人语中指出，"新南方写作"这一概念的提出是"既希望使广大南方以南的写作被照亮和看见，也希望作家能意识到'文化地理''精神地理'对写作的滋养"。这里的"南方"主要指江南，"南方以南"即江南以南的地区；而"文化地理""精神地理"之谓无疑在强调地域会通过对作家的潜移默化进而对写作产生影响。

《南方文坛》2021—2022年开辟"新南方写作"专栏，其中2021年第3期刊发了杨庆祥、东西、林白、朱山坡、林森、曾攀等评论家、作家的文章，对"新南方写作"这一概念进行了深入的探讨；2021年第6期刊发了杨庆祥、黄灯、刘铁群、刘娇、项静、李壮、陈培浩、林培源等人对王威廉、韩少功、林白、小昌、林森、陈春成、黎紫书等作家作品的评论文章；2022年第2期刊发了孙郁、孟繁华、蒋述卓和黄平、何卓伦等人围绕林白小说《北流》的评论专辑。主编张燕玲在开栏语中对"新南方写作"做了生动而又富有激情的阐释——

我们探讨的"新南方写作"，在文学地理上是向岭南，向南海，向天涯海角，向粤港澳大湾，乃至东南亚华文文学。因为，这里的文学南方"蓬勃陌生"，何止杂花生树？！何止波澜壮阔？！……所谓的"新"，以示区别欧阳山、陆地等前辈的南方写作，是新南方里黄锦树的幻魅，林白的蓬勃热烈，东西的野气横生，林森的海里岸上，朱山坡的南方风暴……文学南方的异质性，心远地偏。

此处，"新南方"的地理范围延展到粤港澳大湾区之外，将整个岭南、南海区域以及东南亚均涵盖进来。这里的"新南方写作"区别的不仅是江南作家的写作，还是过往的广东（欧阳山）、广西（陆地）等岭南作家的写作，它是带有新的"异质性"的年青一代南方作家的写作。这个"向"字用得好，它暗含了某种主体性、主动性、流动性以及未来感。当然，作为广西的学术刊物，对广西作家偏爱有加，这里提到的五位作家有三位（林白、东西、朱山坡）是广西的。

2021年12月29日，《中国社会科学报》"人文岭南"版围绕"新南方写作"刊登了田忠辉、唐诗人的讨论文章以及冯娜和陈崇正的对话。

2022年，《青年作家》第3期以"地域写作中的新南方文学"为专题刊发了贺绍俊、胡性能、李壮、陈崇正等人的讨论文章。

文学刊物《广州文艺》后来居上，自2022年第1期开始，每期专辟"新南方论坛"栏目，由蒋述卓和唐诗人任栏目主持人，先后邀请贺仲明、曾攀、王威廉、张菁、刘小波、李晁、刘诗宇、刘欣玥、林渊液、樊迎春、余文翰、梁宝星、林培源、徐威、陈再见、苏沙丽、张琴、陈润庭、赵天成、邹军、马拉、徐勇、杨丹丹、林森等一众学者、评论家、作家、编辑加入对"新南方写作"的讨论之中。目前，该栏目依旧在持续当中。

至此，在三年多的时间内，关于"新南方写作"的讨论已蔚然成风、日渐深入。

二

目前来看，关于"新南方写作"的界定并没有统一的标准。地理范围上，论者对"新南方"的界定并不一致，有的强调的是江南以南，有的强调的是岭南，有的强调的是粤港澳大湾区，有的甚至将云南、贵州、四川等地以及东南亚亦囊括进来。空间的覆盖性似乎并非诸论者所关注的重点，他们多强调作家自身"文化经验的异质性"。它"有着某种'野'，这种'野'没有被不断叠加的各种规则所驯化、所圈养，有着让人新奇的活力"（林森）。

"新南方写作"讨论所及的作家包括广东的陈崇正、王威廉、陈再见、林培源、陈楸帆、郭爽、林棹、陈继明、路魆，香港的葛亮、周洁茹，广西的东西、林白、朱山坡、小昌，海南的韩少功、林森、孔见，福建的陈春成，贵州的肖江虹，四川的罗伟章、卢一萍，马来西亚华人作家黄锦树、黎紫书，等等。从年龄结构来说，大部分是青年作家，"80后"是主力。

有意思的是，除了写作上的实践者，"新南方写作"的主力推手和言说者，像陈培浩、杨庆祥、曾攀、唐诗人、王威廉、陈崇正、林森、林培源等，也都是"80后"，不知道这是不是一种巧合。

作家葛亮说："北方是一种土的文化，而南方是一种水的文化，岭南因为受到海洋性文化取向的影响，表现出来的是一种更为包容和多元的结构方式。""土"和"水"之说，虽有简化之嫌，却也形象且扼要地指出了南北文化的核心差异。"新南方写作"多是一种"海洋性文化取向"的写作，作品的内容、主题往往跟海洋、岛屿相关，多涉及南方意象，比如林森的《岛》《海里岸上》、陈崇正的《香蕉林密室》、王威廉的《城市海蜇》、林培源的《南方旅店》《第三条河岸》、小昌的《白的海》、林棹的《潮汐图》、陈春成的《夜晚的潜水艇》等。评论家曾攀说，"新南方写作最重要的特质之一，便是面向岛屿和海洋的书写"，这些作品"不仅更新了南方写作的疆域，更启发了中国文学的新走向"。

从目前各家观点来看，"新南方写作"是一个颇具开放性的概念。正如曾攀所言，"南方"一词涉及坐标的多重性，其内容非常复杂，含义也尤为丰富。"当下所提及的'新南方'及其写作实践，是正在发生在我们身边的时代风潮中的产物，其包孕着种种制度与精神的开放，并且不断地冲击着我们既有的认知，勾勒出地方路径中驳杂丰富的新异状貌。"所谓"坐标的多重性"，我理解，"新南方"不仅是地理坐标，它还是文化坐标和精神坐标。

但概念的开放性是一把双刃剑，青年批评家唐诗人指出："概念的开放性，意味着我们也可以质疑它的合理性和有效性。比如，'新南方写作'要与江南、岭南文学形成区别，其中的合理性何在？如果说陈崇正、陈楸帆、林培源、陈再见、林渊液等人的潮汕小说有着浓郁的地方性巫文化色彩，那么江南文化本就有'巫觋'传统。……包括'粤港澳大湾区'意义上的城市文学，强调科技色彩，但这不能说是粤港澳大湾区城市文学的独特品质，比较北京、上海等地城市文学亦有或可以有科技现实写作，典型如《北京折叠》。由此可见，我们并不能简单地以'此地有、别处没有'来为'新南方写作'确立存在感。相反，我们需要换一种思维方式，不是简单地因差异而求他人的关注，而是因独特且有普遍性而能够自证价值。"

我觉得这样的"质疑"和"提醒"是相当有必要的，也是值得"新南方写作"的实践者和提倡者注意的。我们不能仅仅以地域文化风俗的差异性来确立"新南方写作"的合法性，况且地域的差异性是否真的如我们想象的那么大、独特性是否真的像我们所说的那么鲜明，是值得怀疑的。

归根结底，"新南方写作"是一种文学，最终它还得靠它的文学性，靠它反映社会、时代的广度和深度来打动人，以它反映人性的深刻性和普遍性来确立自身的合法性。

除了南北地域的差异，"新南方写作"还涉及另一种关系，即地方性与世界性的关系。论者基本上都认为"新南方写作"要有世界性，要面向世界，有世界性的格局和视野，但我觉得作家在写作时心里不能老想着"世界性"，把地域性的东西写到极致，把笔下的人物写到极致，把人性写到极致，你的作品就有了普世的价值，自然就有了世界性。像马尔克斯的《百年孤独》、哈珀·李的《杀死一只知更鸟》、阿斯图里亚斯的《玉米人》、萧红的《呼兰河传》、沈从文的《边城》、陈忠实的《白鹿原》等，这些作品能成为经典，绝不仅仅是因为其中所呈现的地方元素和异域色彩。所以就此而言，"新南方写作"也好，其他的写作也罢，所有的地域性元素，应该是为了更好地讲故事、更好地写人，而不是为了给别人看"此地有、别处没有"的东西，不是为了迎合别人的猎奇心理。

三

综观改革开放之后的中国当代文学，有两个事实需要注意。第一，从地域上来说，所谓的"新南方"地界，尚没有产生足以跟以江南作家为代表的南方文学、以陕西河南等地作家为代表的北方文学叫板的代表性人物和经典性作品，除了《明朝那些事儿》《杜拉拉升职记》等曾经流行一时但并无地域性特征的网络爆款之外，在当代文学的版图上始终缺少一席之地。第二，从作家代际来看，韩寒、张悦然、郭敬明、安意如、蒋方舟等人的横空出世，使"80后"作家过早出位，在文坛一时风头无两，但也在某种程度上压抑和延宕了"80后"的整体崛起和被重视，随着热度减退、审美疲乏，学界和大众似乎失去了关注和研究"80后"的热情。最近数十年的文坛一直是"50后""60后""70后"的天下，最近的一次茅盾文学奖获得者甚至有"40后"，这种现状和生态会让"80后"做何感想呢？

基于这两个事实，"新南方写作"主要由身处"新南方"的"80后"学者和作家提出和推动，背后其实是两种焦虑的叠加：一种是确立当代文学新南方版图的焦虑，一种是确立"80后"文坛地位、认识"80后"文学价值的焦虑。所以有学者指出，"新南方写作"的提出不排除"急于出场"的心理动因，是"出位之思"下的产物。当然，除了焦虑感，可能还有一个大的时代背景，即粤港澳大湾区国家战略的提出。"是对粤港澳大湾区建设的一个积极回应，其作品和批评也呈现出了自觉的'大湾区意识'，从而成为大湾区建设中一个必不可少的内容，这是值得肯定的。"（田忠辉）

我觉得这两种焦虑是可以理解的，但也不必自我强化。主张"出名要趁早"的张爱玲这样的作家毕竟是极少数，如果没有天赋异禀，默默耕耘、静待时日也不见得不好。

一个学术概念或文学流派的提出尽管能引来外界关注的目光，但作为作家个体来说，要警惕"蹭热点""抱团取暖""群体效应"带来的"画地为牢""自我设限"和"个体遮蔽"。

此外，我们要警惕"新南方写作"的泛化和滥用，什么都往里面装的后果一定是对这个概念的学术意义的消解。作家王威廉说："文学是处境的艺术，一个作家不可能逃开环境对写作的影响。即便那些在南方寓居多年还在写着北方故乡的作家，假如我们细读他们的文本，都可以辨析出环境是如何重塑了他们的想象。"按此逻辑，长期身处"新南方"的作家，其写作（不管题材为何）是否可以"自动"归入"新南方写作"呢？

同时，我们还要警惕"新南方写作"的小圈子化，沦为几个作家和批评家自娱自乐、相互吹捧的工具。就目前来看，"新南方写作"讨论的覆盖面还比较狭窄，就我熟悉的而言，像广东本土作家彤子的《岭南人物志》、洪永争的《摇啊摇，疍家船》、南来广州的东北籍作家鲍十的《岛叙事》，这些在最近几年面世的、颇具南方色彩且口碑不错的小说，并没有进入"新南方写作"的讨论范畴；另外，在当代文坛留下浓墨重彩的打工文学、以张欣等作家为代表的南方都市书写，是否可以划入"新南方写作"？

当然，精准界定"新南方写作"的边界是困难的，原因正如作家胡性能所说："今天的粤港澳大湾区以及海南、福建的作家，其构成已经非常复杂，除了本土成长起来的作家外，更多也更有影响的是外来作家，他们携带着各自的文化记忆，与本土作家共同生活在'新南方'热土上。一方面，他们受到海洋文化的熏陶、洗礼与加持；另一方面，他们的创作又不可避免地带着母地如影随形的文化元素。这两种力量的交融，使得成分复杂的'新南方'作家的写作，呈现出复杂而难以归纳的特点。"

所以，"新南方写作"之"新"，地域性差异带来的"异域情调"（巫幻、诡秘、野性等）只是其中一个层面，更重要的层面是传统与现代、母地与新乡、大陆文明与海洋文明交汇、冲撞、融通、互生而带来的那种驳杂性、异质性、先锋性和丰富性。我以为这些才是"新南方写作"这一个概念具有学术合理性的根基所在。"新南方写作"的实践者除了要彰显以方言和风物为基本载体的文化、风俗、生活方式，表现"新南方"的"异域色彩"，更要体现出这种驳杂性、异质性、先锋性和丰富性，进而实现对一种文体、风格、精神气质的引领。

文学的根本是写人。对"新南方写作"而言，展示"地方性知识"也许是必要的甚至是必需的，但不应成为其核心使命，不能将地域性书写变成对读者陌生化审美期待的迎合。"如何塑造出真正具有地方文化气质的个性化人物形象，是文学地域性表现是否深入的重要标志。……地域性应该在生活中自然呈现，而绝对不要做人为化的故意渲染。脱离生活和人物的'地域风情'就像商业风景区为游客提供的商业表演，不只是没有生命力，反而会使一些人产生反感，对地域个性本身构成伤害。"（贺仲明）

就文学本质而言，好的作品一定要写出普遍的、复杂的、丰富的、共通的人性，对人类的命运与归宿进行探索和思考，从而获得某种超越性。正如蒋述卓先生所说："更为重要的，应该是新南方写作的超越性，它不能仅仅局限于地理、植物、食物、风俗与语言，而应该是在一种多元文化形态环境中所形成的观察世界的视角与表达方式，代表着面向世界、面向未来的无穷探索。"

四

"粤派批评"的提出要比"新南方写作"早两年。此概念从出现到流行，《羊城晚报》起到了很大的推动作用。

早在2016年2月28日，《羊城晚报》"人文周刊"就特邀台港澳及海外华文文学研究专家古远清教授发表了题为《让"粤派批评"浮出水面》的文章，对广东文艺批评的脉络进行了梳理，成功让此概念"浮出水面"。

2016年5月底，由暨南大学中国文艺评论基地、暨南大学文学院、广东省文艺评论家协会、《羊城晚报》联合举办的"文学评论与二十世纪中国文学史的生成"研讨会在暨南大学举行，五十余位来自全国各地的学者出席会议，部分与会专家就"粤派批评"一说的合理性予以探讨，赞同者有之，持异议者亦有之。《羊城晚报》于6月5日以《"粤派批评"一说成立吗？》为题出了专版，发表陈剑晖教授主旨文章《"粤派批评"已是一个客观的存在》的同时，刊发了洪子诚、杨匡汉、蒋述卓、贺仲明、申霞艳、苏桂宁、龙扬志等学者的讨论，引起文化主管部门的重视，从而为打响"粤派批评"定下方向和基调。随后，《羊城晚报》又邀请刘斯奋、黄树森、蒋述卓、林岗、谢有顺、李凤亮等作家、学者从实践层面就"粤派批评"发表各自的看法。

6月27日，《文艺报》以一个整版发表古远清教授的长文《"粤派批评"批评实践已嵌入历史》，对"粤派批评"实践的发生发展以及代表性学者和成果做了系统的梳理和评述，并指出："作为一直在默默无闻地耕耘着的'粤派批评'，谁也无法改变它已成为一种文化现象或一道亮丽的文学风景的事实。"

2017年底至2018年初，围绕"粤派批评"又有几起标志性事件，包括"粤派批评·陈桥生工作室"的成立、"粤派评论"丛书的出版、"粤派批评与当代中国文艺"学术研讨会的在京召开以及《羊城晚报》"粤派批评，在路上"的专题报道等。尤其是"粤派批评与当代中国文艺"学术研讨会的召开，使得"粤派批评"的学术探讨及其影响不仅波及广东省以外，还延伸到文学之外的戏剧、音乐、美术等其他艺术门类。

至此，随着一众学者的讨论和媒体的助推，"粤派批评"在学理层面的诸多问题逐渐清晰，其作为一个学术概念的合法性基本确立。

总的来看，除了少数不同声音之外，论者基本达成了以下共识：

首先，"粤派批评"不是空穴来风，是一个"实践在先、命名在后的批评范畴"（蒋述卓），数十年间有一众学者和批评家在实践层面做出了努力和贡献，当然也有广东媒体的助推。

其次，"粤派批评"不是严格意义上的学术流派，只是一个松散的概念，没有一套鲜明、统一的理论主张、框架和立场。

最后，"粤派批评"创新、务实，具有很大的开放性、包容性。

在诸多发言和文章中，有几位学者的观点值得关注，对我们整体上、客观地认知"粤派批评"是有帮助的。

陈剑晖、谢有顺、梁江等提到，"粤派批评"的提出并引起广泛的关注和讨论，更多的是一种文化策略，其背后其实是一种焦虑感的推动。他们所说的焦虑感，我认为与两种对照有关：一种是来自广东内部，经济上的强势优势与文化上的相对弱势的对照；一种是来自外部，京派、海派、浙派、闽派、中原等文化的中心和强势地位与广东文化的相对弱势地位的对照（话语权的不对等）。来自内外部的"文化沙漠"之说，尽管存在争议且有不少学者进行论证反驳，但依然是广东人文学术界沉重的心理负担，成为广东人共同的文化焦虑。

诸多学者认为，"粤派批评"有着独特的文化品格和精神气质。它"既重视传统文化的积淀、积累和积蓄，又注重针对现实、面向未来的实践性、开放性和创造性"（庞井君），有着"严谨的态度、得体的尺度、开放的角度、优雅的风度"（蒋述卓），力求"创新、实证、内敛、精致"，"注重文学批评的日常化、本土经验和实践性"（陈剑晖）。

蒋述卓认为粤派批评的思想贡献"就是在它开放的视野，包容的心态，敢于领先时代潮流，务实当下，有现场感"，这句话说得非常到位。

除了具有公认的"开放""包容""务实"等广东文化的整体特点，"粤派批评"的独特性还在于它的在场感、日常化和当下性。

五

"粤派批评"这个概念尽管得到了学界——至少是广东学界的承认，也得到了官方的肯定和支持，但在学术研究和讨论中使用时，仍应保持谨慎和严谨的态度。

此前，一个学界的朋友曾在微信朋友圈对"粤派批评"提出质疑，认为这种以地域划界的概念，其合理性是值得怀疑的。因为按照其逻辑，每一个省份甚至每一个地市都能提出一个"×派"。这位朋友还以知名批评家、中山大学教授谢有顺为例，认为如果因为他在广东就被视为"粤派批评"，那他如果去了福建可不可以归入"闽派"，去了上海可不可以归入"海派"，如果可以，那如此根据学者身处之地来回转移流动的概念又有何意义呢？不得不说，这位朋友的质疑是一种普遍且不无道理的声音。

张均教授说："用本质化的概念概括一个比较松散的群体历来都有困难，这是一个客观事实，不单现在，未来也可能无法形成真正的团队意义上的粤派。"谢有顺教授也说："以地理边界来描述一个地方的批评面貌，固然有其合理性，但大家也没必要对这样的概念过于执着，它只是一说而已，目前无法做出严密的论证，你过分当真，就会发现这样的概括有时漏洞百出，很难自圆其说。"他们的话对我们恰当认知"粤派批评"是有帮助的。

"粤派批评"不是严格意义上的学术概念，其内涵与外延有很大的包容性和开放性。正因如此，我们不能将此概念过度泛化，不能只强调它的开放性和流动性，而忽视了对其内涵和外延的大致圈定。

严格说来，除了对学者属地（长期生活工作于粤地）的限定，"粤派批评"还应该满足两个条件：第一个是就批评对象而言，指的是所批评的内容必须是"属粤"的，也就是说学者研究的对象须是粤地和粤味的文艺家或文艺作品；第二个是就批评的风格和气质而言，要能体现出它的务实性、当下性、日常化和在场感。

判断一个研究者、一个批评家是否可以归入"粤派批评"，除了可见的内容和风格、文章和成果，还要看到背后的两个因素：其一是这个人在研究方向和志向上的主观能动性，即"个人是否自觉意识到岭南人的历史使命并勇敢地承担"（古远清）；其二是地域文化对学者个体的潜在影响，正如申霞艳教授所说："'粤派批评'的命名可能有其权宜的一面，因为地域是个惯用的篮筐，比较好装东西。……我觉得命名经不起纠缠，而是说与一片特定的土地的联结会对个人产生具体的影响，比如新疆对于王蒙，云南对于王小波。"我觉得与粤地的联结及由此生发的对个体的影响，是不应被忽视的，它虽然是无形的，却可能是更重要的。

还有一个问题需要注意，目前，"粤派批评"的认定也好，相关的讨论也好，主要是限于文学范畴，覆盖面还远远不够。诸如戏剧、影视、美术、音乐、建筑、民间工艺等艺术门类，都应该纳入进来。

不管是否得到了普遍的认同，"粤派批评"的提出在客观上对广东文化文艺事业是有益的。林岗教授认为有三大好处：第一是总结历史；第二是凝聚力量；第三是服务地方。就目前来看，这几方面的好处已经有所体现。服务地方自不必说，总结历史方面，广东学界已经借此契机对文艺批评领域的广东力量和贡献进行了梳理，并出了一批成果（如"粤派评论"丛书），这种梳理和总结既能让中国批评界看到广东的贡献，也为后进学者继承、发扬、创新前辈的学术传统提供了宝贵的资源；就凝聚力量而言，"粤派批评"的提出、讨论和相关工作的推进，的确团结了一批粤地学者，使更多的学术资源和力量集中起来。

除此之外，"粤派批评"的提出还有几方面的刺激作用：首先是对文艺创作的刺激，其次是对文艺批评自身的刺激，还有就是对文艺批评环境的刺激——它对开辟新的批评空间、营造新的批评氛围、彰显新的批评精神、建构新的理论格局和学术谱系无疑会有促进作用。如此一来，也会潜在地提升广东文化的影响力，增强广东文化自信。

而在提倡和推进"粤派批评"的过程中，应该充分利用和发挥《羊城晚报》《南方日报》《南方都市报》《广东文坛》报、《粤海风》《华文文学》《粤港澳大湾区文学评论》等诸多传统纸媒的作用。当然，也应重视利用新媒体、自媒体平台打响这块招牌。

六

将"新南方写作"和"粤派批评"放在一起比较，可以看到二者有一些相似之处：首先，二者都是"实践在先、命名在后"，而不是先提出一个理论再根据理论去实践；其次，二者的提出，背后都隐藏着一种焦虑感，前者是文学上的焦虑，后者是文化上的焦虑；其三，二者的"江湖地位"尚没有真正确立或者说并不稳固，尤其是前者，原因是"尚没有贡献出鲜明形象"（林森），其"核心精神还有待提炼"，作品体量还不够，影响力尚未卓然高标（胡性能）；其四，作为一个带有地域性的概念，二者在强调自身包容性和开放性的同时，都面临着学术合法性的质疑。

无论是"新南方写作"还是"粤派批评"，都要正视这种质疑，并通过不断探索、调整、矫正来佐证、确立自身的合法性。

还有一点相当重要。正如申霞艳教授所指出的那样，"粤派批评"一个很大的特点是"不抱团"，"彼此保持着适当的距离和空间"。谢有顺也说，强调流派的同时，不要忽视对个体的重视，大胆肯定个体的意义。

我觉得这种不抱团、彼此保持距离、肯定个体意义的生态是非常重要的，文艺创作如此，文艺研究亦如此。

只有这样，作为"复数"而存在的"新南方写作"和"粤派批评"，才能取得立场和理念上的最大"公约数"，以及成果和贡献上的最大"公倍数"。

走出金庸的"武侠江湖"

——金庸文学成就论争述评

一

2018年10月30日，金庸先生去世，随即网上出现大量的讨论文章和声音，悼念之外，也不乏争议。在如何评价金庸的文学成就和地位这一问题上，微信朋友圈出现了两种不同的声音：一种可算作"拥金派"，对金庸极为推崇，认为金庸是当之无愧的文学大师，可位列中国作家乃至世界作家一流；另一种姑且称之为"倒金派"，认为金庸的武侠小说不入流，档次不高，难入高雅文学之殿堂。

知名自媒体作者六神磊磊（本名王晓磊）在其微信公众号"六神磊磊读金庸"连发四篇文章，表达对老爷子的悼念和仰慕之情，同时回击那些批评金庸的言论。

六神磊磊还特意引用了一段别人评价金庸的文字："金庸的小说，和真正的大师，如博尔赫斯、布尔加科夫、略萨、马尔克斯相比，只能说是二三流水准。他迎合了一群草根的英雄情结，缓解了他们强烈的个人欲望与当下的无力感之间的剧烈冲突，在一次次有强烈代入感的头部按摩之后，让破裂的人生找到一颗颗可以缝缀的补丁或者几瓶可以粘贴的胶水，或者片刻虚妄的充实。在他们白日梦醒时分，外面的世界依旧喧嚣骚动不安，他们依旧在痛苦的挣扎中不断叹气或哀鸣，虚幻的小说情节与无情现实之间的鸿沟继续疯狂扩展，心理的落差在文字的短暂抚慰后如同做了把爱的快感也瞬间消逝，只有无尽的疲倦如同挥之不去的苍蝇一样继续袭来。不过，感谢金庸给我们在无限饥饿时提供的粮食——那些被王朔戏谑地称为馒头的东西，感谢他如此有毅力、如此耐心地、一气呵成地蒸出的十五屉馒头。"

这段话大大刺激了金庸"铁杆粉"六神磊磊敏感的神经，他认为这段话有三个毛病："一、学大人说话。二、不懂什么是文学。三、假装自己经常做爱。这都是孩子的常见行为。"他认为类似的"醋坛子"有很多，都是对金庸的"抹黑"，是"蚍蜉撼大树"。

对于喜爱金庸的人而言，这段话的确不怎么悦耳，但在我看来，并无不敬之词，谈不上是"抹黑"，也不见得"不懂什么是文学"，里面提到的迎合草根的英雄情结、缓解强烈的个人欲望与当下无力感之间的冲突、得到片刻虚妄的充实等断语，其实是点到了金庸武侠小说的部分"要害"的。

二

关于金庸武侠小说的争议由来已久。就负面评价而言，比较为我们所熟知的是李敖和王朔。

早在1981年，台湾知名人物李敖就写了一篇文章，叫《"三毛式伪善"与"金庸式伪善"》，里面谈到他与金庸的对话，有一段这样的文字："接着谈到他写的武侠，我说胡适之说武侠小说'下流'，我有同感。我是不看武侠的，以我所受的理智训练、认知训练、文学训练、中学训练，我是无法接受这种荒谬的内容的，虽然我知道你在这方面有着空前的大成绩，并且发了财。金庸的风度极好，他对我的话，不以为忤。他很谦虚地解释他的观点。"李敖在与金庸的面谈中直言不讳，认为武侠小说是"下流"、内容"荒谬"，此话非李敖而不能言也。

1999年11月，作家王朔在《中国青年报》发表《我看金庸》一文，直言"港台作家的东西都是不入流的，他们的作品只有两大宗：言情和武侠，一个滥情幼稚，一个胡编乱造"，看武侠"觉得跌份"。王朔说他第一次读金庸"读了一天实在读不下去，不到一半撂下了。那些故事和人物今天我也想不起来了，只留下一个印象，情节重复，行文啰唆……"。第二次读金庸是七卷本的《天龙八部》，"捏着鼻子看完了第一本，第二本怎么努力也看不动了""写小说能犯的臭全犯到了""从语言到立意基本没脱旧白话小说的俗套"，里面的人物不真实，没有"人味儿"。王朔认为金庸的书之所以能畅销，"全在于大伙活得太累，很多人活得还有些窝囊，所以愿意暂时停停脑子，做一把文字头部按摩"。王朔还把金庸小说与四大天王歌曲、成龙电影、琼瑶电视剧并列"四大俗"。

李敖和王朔一向自视甚高、狂放不羁，常常语出惊人，对金庸武侠说出如此"刻薄"的话，倒挺符合二人的性格。金庸就绝不会像他们这样说话，无论是李敖的当面忤语，还是王朔的专文抨击，他都表现出"极好的风度"，给予"谦虚的解释"。

针对王朔的文章，金庸做了两次回应。第一次是致函上海《文汇报》，金庸说《我看金庸》是对他的小说的"第一篇猛烈攻击"，"有不虞之誉，有求全之毁"是人生中的常事，不足为奇，他不会为此不开心。同时指出，香港版、台湾版和内地三联书店版的《天龙八部》都只有五册本，不知王朔买的七册本是什么地方出版的，暗示王朔买的是盗版。他说："王朔先生的批评，或许要求得太多了些，是我能力做不到的，限于才力，那是无可奈何的了。"在第二次回应中，金庸指出，王朔之所以有那篇文章，原因之一是他瞧不起南方的作家，尤其是港台作家。

金庸的回应文章中有一处是值得注意的，他说："王朔先生一文以及由此引起的其他批评意见，予我教益甚多。我诚恳接受下列指教：情节巧合太多；有些内容过于离奇，不很合情理；有些描写或发展落入套子；人物的对话不够生活化，有些太过文言腔调；人物性格前后太过统一，缺乏变化或发展；对固有文化和旧的传统有过多美化及留恋；现代化的人文精神颇嫌不足；有些情节与人物出于迎合读者的动机，艺术性不够。这些缺点，在我以后的作品中（如果有勇气再写的话）希望能够避免，但如避得太多，小说就不好看了，如何做到雅俗共赏，是我终生向往之的目标，然而这需要极大的才能，恐非我菲材所及。……至于王先生说我的文字太老式，不够新潮前卫，不够洋化欧化，这一项我绝对不改，那是我所坚持的，是经过大量刻苦锻炼而长期用功操练出来的风格。"

这段文字有两处重要信息：一是金庸自己也承认其作品在故事情节、人物性格、语言、艺术性等方面存在不足；二是对于文字的不够新潮前卫、不够洋化欧化，金庸是有意为之并坚持的，这一点不会因别人的不喜而改变。其实，文字是否老式、是否欧化、是否新潮，并不是评判作品高下优劣的标准，从这方面去批评金庸是站不住脚的。但上述金庸自己总结的不足，有几个核心的东西：一是故事的类型化和套路化；二是人物不够真实（不够生活化、性格统一）；三是缺乏现代人文精神。

三

2017年，有一篇发在自媒体的文章，叫《读过卡夫卡的人，怎能忍受〈鹿鼎记〉的粗鄙》，作者柴春芽说："经典之作开始提升你的智识和道德判断力。当我经过卡夫卡和博尔赫斯的洗礼，有一年，大学刚毕业那年，我拿起一本金庸的小说《鹿鼎记》，这本我初中时代错过阅读的武侠小说，我竟连第一页都没读完。粗糙的语言、毫无根据的想象、粗鄙的道德观……我感到自己受到某种程度的侮辱。"言外之意，只有读过真正好的文学，才能看出金庸小说的不好来。

巧合的是，王朔的文章跟李敖的文章隔了十八年，而这篇文章跟王朔的文章也隔了十八年。

李、王、柴三人之外，在作家和学者当中，批评金庸比较激烈者尚有何满子、鄢烈山、王彬彬等人。何满子在《文汇报》《光明日报》《中华读书报》等发表一系列立场鲜明、观点尖锐的文章，对金庸小说和"捧金"现象进行批判，在他看来，金庸小说之所以有市场、受欢迎，无非是迎合了中国民众某种普遍的文化心理（比如盼望圣明天子御世、父母官清正以便过安稳日子，希望侠客除暴安良以补明君、清官之不足等）；王彬彬在《文坛三户》一书中将金庸、王朔、余秋雨"合并同类项"，认为三人在本质上有相通之处，"他们的作品都属'帮'字号文学——'帮忙'或'帮闲'。麻痹人们对现实的感觉，消解人们改造现实的冲动，是他们的作品共有的功能"。

与上述"少数"尖锐犀利的批评声音相对应的是，无论是学界还是民间，均不乏金庸的拥趸，数量可谓"庞大"。

旅美学者刘再复认为，金庸"以自己杰出的文学才华成为与新文学传统相对的本土文学传统的集大成者"，"对现代白话文和武侠小说都做出了出色的贡献"。北京大学中文系教授严家炎称金庸的武侠小说大大提高了这类作品的思想、文化、艺术品位，"使近代武侠小说第一次进入文学的宫殿"，是"一场静悄悄的文学革命"。20世纪90年代，北京师范大学教授王一川主编《二十世纪中国文学大师文库》，把金庸排在鲁迅、沈从文、巴金之后，名列第四，这样的"重排大师座次"引起世纪末文坛的一片哗然。此外，冯其庸、章培恒、金克木、钱理群、陈平原、许倬云、李欧梵、刘再复等人都曾对金庸小说不吝赞誉。学者胡文辉更是直言不讳："在我个人来说，他就是二十世纪中国最好的小说家，不论雅俗，不论纯文学俗文学。"

这些学院派学者和批评家的推崇，对金庸武侠小说进入主流文学史和"经典化"过程有重要意义。批评家谢有顺认为，对金庸小说的接受与传播"称得上是中国文学研究的一大进步"。

时至当下，依然不断有人在抬高金庸的文学成就和地位，其中的代表当数六神磊磊无疑。在《你可能没读懂的金庸文学伟业》一文中，六神磊磊对自己的立场和观点进行了论证，并总结说："金庸在文学上的最高成就，我认为是他不但塑造了一大批一流的文学人物，而且居然用武侠小说这种超级不严肃的东西，进行了最庄严的文学探讨，开展了触及人类灵魂的叩问。而在这种叩问之中，竟然还穿插着神奇瑰丽的想象世界，风光旖旎的爱情，热血激昂的侠义精神。""金庸的作品，至少有三到四部，是文学史上一流的杰作。金庸是文学殿堂里的上上人物。"六神磊磊对金庸的偏爱在这段文字里尽显无遗。

有意味的是，在所谓的纯文学作家当中，极少有公开肯定、赞赏金庸小说的文学成就者，莫言、贾平凹、王蒙等人算是内地作家中为数不多的"拥金"代表。贾平凹称很喜欢金庸小说营造的氛围，认为金庸作品字里行间充满了中国传统文化的精髓；莫言认为严肃文学里所表现的思想在金庸的小说里同样有表现，不要盲目地去贬低其他类型的文学；王蒙认为"金庸是迄今为止的武侠小说第一人"。他们的话尽管多有赞赏，但似乎也只是将金庸小说置于通俗部的范畴之内。

四

将金庸的武侠单单放在俗文学范畴进行讨论似乎也是有争

议的。中国文学历来有"雅""俗"之分①，"雅文学"的作者往往是瞧不起"俗文学"作者的，所以莫言才会说："不要总是站在一个所谓的纯文学、严肃文学的立场上去俯视、鸟瞰别的类型的文学，应该用一个平等的态度，站在平等的立场来看待，没有必要因为自己写的是严肃文学而沾沾自喜，盲目地去贬低其他类型的文学。……金庸的小说之所以有那么大的影响，必然有它的道理。所以我觉得没有必要把严肃文学捧到一个至高无上的位置上去，应该平等看待，让文学有一个百花齐放的环境。"

需要注意的是，文学史家对"雅"和"俗"并没有十分严格的界定，更为关键的是对文学作品"雅""俗"的认定是随着不同时代而变化的，很多文学作品的内容和形式刚开始出现时是被当作"俗"看待的，但在后世却成了"雅"。

谢有顺在《小说的雅俗调适》一文中认为："金庸的小说既是通俗的，但也有通雅的一面。他用了很多传统的叙事形式，可也吸纳了不少新文学的写作手法。""金庸的小说之所以争议大、影响大，和他的写作兼具这种雅俗品格不无关系。""但凡是俗文学，几乎都有类型化的特征，金庸小说也不例外。"谢有顺在文中列举了金庸小说几个类型化的故事模式，比如主人公父亲的缺席与精神父亲（师傅）的设置、女性对男性的引领和改造、正与邪的冲突和遇合、复仇主题、武功秘籍的得与失、主人公成长过程中的危机与机会，等等。"所

---

① 后来文学界还有"纯文学""严肃文学""精英文学"和"通俗文学""民间文学""大众文学"等诸多概念出现，姑且将前者视为一类，将后者视为相对应的另一类。

以，在金庸小说中读到一些情节的重复、人物命运的相似，并不奇怪。但金庸的高明在于，他并不满足于俗文学的路子，而是在写作过程中，不断地把俗文学进行雅化，使俗文学也能兼具雅文学的风格，并使之承载起一个有人生况味的精神空间。""所谓的'雅化'，不仅仅是指作品中对诗词、琴棋书画这些传统文化因素的运用，更是指金庸小说中浸透着中国文化的精神，有很多人生的感怀，甚至还有罪与罚、受难与救赎式的存在主义思想，这些都不是一般的通俗小说所有的。"谢有顺在指出金庸小说作为俗文学所具有的不足的同时，也看到了其雅化之后所达到的境界。他认为，金庸小说的雅俗调适，"为小说如何走通一条'雅俗同欢，智愚同赏'的叙事道路，提供了一个重要的参证"。

已有不少学者指出，武侠小说作为一种类型化的通俗文学形态，具有"先天"的局限性。连六神磊磊也不讳言这种局限："武侠小说的天然缺陷，的确伤害了金庸作品的文学性。或者反过来说，金庸写武侠也一样不能免俗，一样有很多不高级的东西。"

作为通俗文学的武侠小说，其核心目标无疑是吸引读者、取悦读者，至于寄托作者的情怀和理想，那只是一种"附带"效果，很多时候是在作者无意识中达到的。金庸本人从不讳言自己的作品是通俗小说，也不讳言自己写小说是为了娱乐大众。当年金庸在报纸上连载武侠，情形类似今天的网络文学，读者的阅读期待必然会"逼着"作者提高更新的速度，强化小说的故事性和戏剧性，以增加文本对读者的吸附性，必然会催生语言、动作、画面的密集式呈现。如此一来，除了模式化、套路化和思想性、艺术性的不足，语言文字上的"粗鄙"也就在所难免。

五

对围绕金庸武侠小说所产生的争议有了基本的了解和认知之后，再来看这个核心问题：到底该如何评价金庸的文学成就？

要回答这个问题，须先厘清三个关系——

一、金庸的文学成就≠金庸作品的销量和受众数

二、金庸的文学成就≠金庸的影响力

三、金庸的文学成就≠金庸的文化成就

前两个很好理解，举例来说，民国时期以《玉梨魂》《啼笑因缘》《金粉世家》等为代表的"鸳鸯蝴蝶派"作品，"十七年文学"时期的"三红一创青山保林"，"文革"时期的《艳阳天》《金光大道》，以及曾经风头无两的"80后"青春写作，都在斯时创造了阅读量的奇迹，产生了巨大的影响，可时过境迁，如今这些作品还有多少人在阅读和讨论呢？还能在多大程度上影响世道人心呢？20世纪80年代问世的《平凡的世界》，至2019年路遥诞辰七十周年之际，累计销量已突破1800万册，比《白鹿原》整整高了十倍，然而就是这样一部中国当代文学史上发行量最大、影响力最大、受众最多的著作，鲜有学者把它放到中国一流文学的位置。

相比上述作品，金庸小说带来的"金庸热"，持续时间之

长（从"射雕三部曲"引起轰动算起至今已持续六十年，内地的"金庸热"出现也已有四十年的历史），覆盖地域之广（所谓"有华人处必有金庸小说"）、受众数量和层次之多（"金迷"跨越男女老少士农工商种族地域），世界范围内的华人作家恐怕无人能及，但依然不能就此认定金庸的文学成就高于其他作家。一句话，不能以读者和销量的多少、辐射面的宽窄、影响力的大小来认定一个作家（作品）的价值和地位，金庸也不能例外。而很多称颂金庸的人，以销量和受众数为由无限抬高金庸，以"集体和团队"之名打压异己，近乎某种文化专制，实在是要不得的。这个底线，一般读者要守，学术研究者更不能越过。正如王彬彬所言："一个研究金庸的学者，需要不断地强调金庸的读者量来证明自己研究的'合法性'，需要不断地通过对金庸读者量的调查和估算来确立自己的学术自信，这难道不是学术的一种'悲哀'吗？"

此处需要特别提醒的是，金庸的影响力绝不仅仅源于他的武侠小说。这就涉及第三个问题，即金庸被大众所忽略的文学之外的成就。

金庸二十二岁进入杭州《东南日报》做记者，之后在上海《大公报》任国际电讯翻译，1948年被派到香港分社，由此移居香港；1950年调任《大公报》所属《新晚报》副刊编辑，1955年开始在《新晚报》连载《书剑恩仇录》，开启武侠小说生涯；1959年创办《明报》，发刊词中有八字信条——"公正、善良、活泼、美丽"；《明报》初期经营惨淡，靠着金庸武侠连载招揽读者，逐步建立口碑；之后，相继创办《明报月刊》《明报周刊》《新明日报》等刊物。《明报月刊》发刊词旗帜鲜明地指出，"这是一本以文化、学术、思想为主的刊物"，严格遵守"独立、自由、宽容"的信条，"对于任何学派、任何信仰的意见，我们绝不偏袒或歧视。本刊可以探讨政治理论、研究政治制度、评论各种政策，但我们绝不做任何国家、团体或个人的传声筒。我们坚信一个原则：只有独立的意见，才有它的尊严和价值"。时至今日，《明报》和《明报月刊》在香港依然有着不俗的影响力。

金庸一手写武侠，一手写社论，我们只崇拜他虚构的武侠江湖，却忽略了他实打实的报业江湖。而正是在这个报业江湖中，他倡导的"独立、自由、宽容"的媒体精神，他写的数千篇社论、随笔，他与一众知识分子、文化精英的过从，深深影响了香港以及海峡两岸的人文环境。在我看来，金庸作为报人、媒体人所达到的成就和贡献应在文学之上，金庸在文化上的价值要远远大于文学价值。"只读武侠小说，看到的是一个不完整的金庸。"

六

现在回过头来看，王朔和李敖作为两个"狂人"，对金庸的评价难免有过激之处，但也并非全是妄言，有些评语对我们全面认识金庸是有帮助的。

有人说"金庸小说的文字有一种速度感"，王朔对此的解释是："什么速度感，就是无一句不是现成的套话，三言两语就开打，用密集的动作性场面使你忽略文字，或者说文字通通作废，只起一个临摹画面的作用。"我觉得他的理解太简单化了，《老人与海》也挺"密集"的，但带来的阅读感受完全不同。一位媒体朋友的理解更为中肯："过于光滑的故事，缺乏高级小说的质感。被情节绳索牵着鼻子的读者，急于知道下一步发生了什么，这种速度因为感官上的'过瘾'，伤害了艺术。高级的小说，即使一个残片都让你想要停留下来，心有戚戚迟疑向前。"

尽管金庸在武侠小说领域已经做到极致，但也并不因此而彻底摆脱通俗文学的局限，"速度感"只是其一。

德国汉学家顾彬认为，金庸"是当代汉语文学的危机之一"，他提供的是一种"快速消费性"的中低端文学，不具备成为经典的质素，金庸小说代表了"中国极度向往的传统精神"，他不是一个真正具有"现代性"的作家。

说到六神磊磊，其实我一直比较喜欢他的文章，也钦佩他的人格，但金庸逝世后他"连更"的四文，我觉得有点情绪化，尤其是《我再也没有后台了》《在老爷子的灵前我不打脸》，连标题起得都不着调，在立场和观点上似乎对异己不能容忍。《不再心中一荡，谁来怜我世人？》《你可能没读懂的金庸文学伟业》两篇稍具逻辑，但总的定位不敢苟同——如同做一道题，你的结论是有问题的，中间的论证不管多精彩都是枉然。我当然能理解六神君那种爱金庸之深、恨异己之切的心情，但是要说服人，须克制自己的主观情绪，从学术的角度就事论事。相比之下，六神磊磊晚近写的《金庸的关键一跃》倒是客观理性许多。

金庸能否完成六神磊磊所谓的"关键一跃"，只能留给后世去验证了。作家作品的经典化，最终要经得起时间之河的淘洗。顾彬认为，金庸的作品是容易被读者接受的，但也因此而经不起时间的考验，因为经典文学著作会在很长的时间里给读者以启迪，"虽然这些非经典的作品在今天仍有一席之地，但是当它们的第一批读者去世之后，或许这样的阅读接受就烟消云散了"。据说，现在的"90后""00后"已经不怎么读金庸了。

让我评价金庸的文学地位，我只能说，他是武侠巨匠、通俗文学大家、类型小说中的翘楚，在通俗部中他的作品无疑是一流的，再往高里抬，我就不敢了。你说他的作品有中国传统文化的精髓也好，融合了儒释道也好，充满神奇的想象力也好，这些对一部伟大作品而言都是末节。

一个作家（作品）的价值、影响和受众对他（它）的喜爱是三个层面的问题，而这三者很多时候是不统一的。当然，对于普通人来说，很难将这三者分开，也没必要分开。即便是一个学者一个名流，他也有权根据他的喜好和私人情感去无限抬高某个对象，但如果是在学理讨论的语境下，就不能"意气用事"进行随意拔高或贬低。尽管一千个读者眼中有一千个哈姆雷特，但前提是你得是哈姆雷特。

把金庸小说放到世界一流哪怕是中国一流文学的位置是不恰当的，在这一点上达成共识，其他层面的讨论才有意义。当然，这种共识的达成并非易事，人毕竟是"感情动物"，达不成也没关系，但要有容忍异己的度量和勇气。

金庸逝世之后无数以推崇、赞许、敬佩、不舍等口吻谈及金庸的人，无非是因为，金庸小说曾经是自己的精神成长资源，是自己青春记忆的一部分，即六神磊磊所说的承载了"一代人所共有的秘密"。作为一个普通读者，如果能做到"我爱之与他人无关，他人恶之于我又有何损"，就已经了不起了。

文学世界的精彩之处恰恰就在于，里面有金庸，也有王朔和李敖。

七

"金庸热"的出现有多种文学之外的因素，譬如内地民众在长期思想禁锢之后的精神饥渴与情绪释放（"无限饥饿时提供的粮食"）、传统文化中断之后的重建需求、国人对侠义精神的朴素信仰、潜在的暴力崇拜心理等，这些都是"金庸现象"形成的潜在背景。

金庸逝世后"得到了主流众口一词的高度评价和高规格悼念"，恐怕不是因为他的文学成就，而是源于他的知名度和影响力。六神磊磊自己也说了，金庸之所以为主流所接纳主要原因有两点：一是他的立场跟主流没有大的背反，没写"不合时宜"的东西；二是他提倡"为国为民，侠之大者"，一腔赤诚，这一点跟主流是合拍的。

在后金庸时代，如何对待金庸留下的遗产，应是今日的我们要思考的命题。在我看来，读懂报人金庸、媒体金庸和知识分子金庸，重新打量他留给我们的多重面向，比读懂武侠金庸更为重要。

即便是只读他的武侠，也应看到其中的负面因子。

王朔说金庸"虚构了一群中国人的形象，这群人通过他的电影电视剧的广泛播映，于某种程度上代替了中国人的真实形象，给了世界一个很大的误会，以为这就是中国人本来的面目"，中国的资产阶级"精神世界永远浸泡、沉醉在过去的繁华旧梦之中"；方爱武、王彬彬等人运用法兰克福学派"文化工业"理论，指出金庸小说的"文化快餐"属性和消极功能，认为其"营造那种远离现实的白日梦，给读者一个逃避现实的绝妙去处"，像"社会水泥"一样"板结着人们对现实的感受，消解着人们对现有处境的不满，从而成为现有社会秩序的维护力量，成为现有社会结构的凝固剂"；梁文道说，金庸的小说"虚构了一个中国，但也诡异地结构了现代中国人的眼界"。还有人说："没有什么比武侠小说更虚妄迷幻的了。"

　　接着他们的话，我想说的是，认识不到武侠小说的虚幻性、麻醉性，走不出金庸的"武侠江湖"，就不可能完成走向现代文明的"关键一跃"。

知识分子与"返乡书写"

——基于"返乡体"现象的观察

一、走红的"返乡体"

"返乡体"这个概念流行开来，在社会上产生影响，主要是在2015和2016这两年。

2015年2月，春节前后，澎湃市政厅微信公众号推出的一篇名为《一位博士生的返乡笔记：近年情更怯，春节回家看什么》（简称《笔记》），在自媒体和各大网站流传，许多网友用"感同身受"来评价，也有人指出文章有"美化"（绿皮火车）嫌疑，随后乡村现状、"知识的无力感"等话题引上热搜，也出现了争议之声。

2016年春节前夕，一篇题为《一个农村儿媳眼中的乡村图景》（简称《图景》）在网上和自媒体"走红"，比《笔记》引发更多公众热议和更大的社会反响，我看了之后随手在微信朋友圈转发，还加了几句感想："农村的问题存在已久，也早已为我们所共见，可国家发展的战略重心一直在城市，一直在为解决各种城市问题而竭尽全力，并大力推销所谓的'城市梦'。可是，农村就没有梦想吗？为什么农村人非得跑到城里才能实现梦想？农村为城市牺牲有着天然的合理合法性吗？"比起文章谈及的问题，这几句话当然是肤浅的，但也说明那篇文章的确引发了我的共鸣。它不仅引发了我的共鸣，还引发了无数读者的共鸣，但共鸣中也夹杂着一些不悦耳的声音，有些人用"装模作样""以偏概全""揭农村伤疤"等对文章和作者进行批评。

其实，在2015年之前，已经有人在进行所谓的"返乡书写"，比较有代表性的就是中国人民大学教授梁鸿。她早在2010年就出版了《中国在梁庄》，又在接下来的十年当中写了《出梁庄记》（2013）和《梁庄十年》（2021），合称"梁庄三部曲"。

经过深入的了解之后，我发现了一个有意味的现象。《笔记》的作者王磊光、《图景》的作者黄灯和梁鸿都是文科博士，都在高校教书，而且刚好分处上海、广州、北京三个最一线的城市，老家都是在内地的农村（王磊光是湖北黄冈、黄灯是湖南汨罗、梁鸿是河南邓州），三人的年龄差最大不超过十岁，换句话说，他们都是通过努力读书从乡村进入大城市的同时代人。而且，这种文学性的"返乡书写"原本不是他们的"正业"，梁鸿和黄灯都是高校教授，是学者，王磊光写《笔记》时正在上海大学文化研究系读博士研究生，毕业后他也去了高校教书做研究。

三人在写作这些文章时肯定没有过提前沟通，甚至互不相识，那么，三人高度重合的身份背景仅仅是一种巧合吗？

二、争议的背后

关于"返乡体"写作的争议（负面评价），归纳起来有几点：一是认为文字以偏概全，揭农村伤疤，"丑化"乡村；二是认为作者高高在上看农村生活，带着知识分子的优越感装模作样。

我的母校厦门大学就有一位教授，不无挑衅意味地以《文科博士，回家能不能别装》为题撰文批评了"返乡体"，认为这些文章是"给喜庆的春节添堵"，作者"将自己打扮成家乡的教父"，带着"假装出来的那点田园牧歌情结"，"沉醉于那个并不存在的桃花源"，"居高临下地比对"，言语之中不无嘲讽。

2020年前后，我通读了王磊光、黄灯、梁鸿关于乡村的大部分文字，并详细了解了这些"返乡书写"的脉络和前因后果以及他们的专业背景和志趣所在。当然，"返乡书写"肯定不止他们三个，网上还有很多，并且真真假假、鱼龙混杂，这些姑且不论，但就三人的写作来看，我为类似我母校那位教授的批评言论感到遗憾，因为他们——不管是有意还是无意——显然是大大误读了"返乡体"写作。凡是有内地乡村生活经验的人，我想都不难给出自己的判断。我也是从内地走出来的人，在那些文字中，我看不到哪里丑化了乡村，也丝毫看不到作者的"优越感"和"高高在上"，看不到他们是在说教。

要说"以偏概全"，什么样的文字才算得上"全"呢？"十三邀"策划者许知远说："每个人都是带着成见来看待世界的。如果你不带着成见，那你对世界根本就没有看待方式。"有时候，带着"偏见""成见"去看世界、看他人，不是一种主观意图，而是一种客观事实，正如黄灯所说："任何一个人的写作都是受制于他的经验，任何一种写作都是有限度的。"从这个角度讲，所有的写作都是"以偏概全"。一个作家不可能站在所有人的立场、视角、生活经验去写这个世界，他只能以自己所见、所听、所感、所思为基座去建构自己的文学殿堂，否则就只是一个"搬运工"，而不是"生产者"。

如果你认真读过那些文字，了解过它们的写作背景，相信你会对知识分子的"返乡书写"有一个相对客观、公允的认知。

首先，不管是黄灯、王磊光还是梁鸿，他们的"返乡书写"都不是头脑发热、心血来潮的一时冲动，而是长期关注、体察、浸染之后的思想所得，用黄灯的话说"不过是我多年观察的一次偶然出场"。梁鸿自不必说，"梁庄三部曲"上百万字、跨度超过十年，即是明证；黄灯在2016年出名之前，关注乡村已有十年之久，她在2006年就在《天涯》杂志发表过一篇文章，叫《故乡，现代化进程中的村落命运》，此后她一直在积累相关的素材，《图景》一文最开始是她为参加一个学术会议而写，原题是"回馈乡村何以可能"，后来在《十月》杂志发表；至于王磊光，作为文化研究系的研究生，乡村问题本身就是他的研究方向，那篇《笔记》是他应邀为一个论坛所写的一篇演讲稿，稿子也得到其导师王晓明的称赞，文章公开之后他继续在家乡做社会调查，并于次年出版了《呼喊在风中：一个博士生的返乡笔记》（复旦大学出版社，2016）。由此可见，无论是《笔记》还是《图景》，都是很严肃的学术文章，更谈不上哗众取宠，博取眼球。无论是在出名前还是出名后，他们都一直在关注乡村问题，对他们来说，"返乡书写"不是置身事外的旁观所得，也不是所谓的作家"深入生活"后的所得，因为他们就处在那样的"生活"之中，是"生活"的一部分，即便从农村来到了城市，农村与他们依然有着千丝万缕的联系。从某种意义上，他们不是在写别人，而是在写自己。用黄灯一篇文章的题目说，是"把自己作为对象"。

其次，文章"走红"网络，成为"爆款"，是他们始料未及的，他们无意于"出名"，成为关注的焦点。他们的写作也许带有某种"功利性"，但这种功利性不是为了获得名和利，而是希望通过写作对现实产生一点点影响，哪怕只是让更多的人关注到农村，这种写作就是有意义的。

最后，以梁鸿、黄灯、王磊光等为代表的"返乡书写"带有强烈的反思色彩。其中不仅有对乡村境况的反思，还有对作为知识分子的作者自身的反思。从中不仅看不出他们的"优越感""装模作样""高高在上"，反而能感受到他们的谦卑和敬畏。

反观那些批评声音，我有理由怀疑他们要么是在蜜糖罐里成长起来、心智还未成熟，要么就是对农村完全不了解的城里人，要么就是在"象牙塔"里待久了，忘了自己的来处。也许还有一种情况，就是已经对现实麻木，变成了精神上的"盲人"。事实证明，不是"返乡书写"的作者们戴着有色眼镜看乡村，而是那些批评者在戴着有色眼镜看他们。

三、知识分子何为？

回到刚才那个问题：三个人高度重合的身份背景是不是一

种巧合？我采访黄灯时她是这样说的："算是巧合，但我觉得也有必然性。因为我们三个的写作，有一个共同的东西，都是对整个中国从农村到城市化现代化转型的一种扫描和思考，是有一个共同的背景的。再加上我们的成长经历都差不多，我们三个都是有底层经验的，都到大城市接受了很好的教育，也算是抓住了时代的红利。有生活经验，再加上有理论背景，会更好地促使我们去思考一些东西，所以我觉得这也是一种必然。其实，同时间段有很多人类学家、社会学家，也在关注这些问题，只是传播没那么广，这也说明了文学的魅力，更形象化的东西适合在大众传播。"

黄灯所说的"必然性"跟我的理解基本是一致的，所以我才会第一时间关注到他们三个的身份重合问题。就返乡书写而言，这个"必然性"包含三个要素：第一，先乡村后城市的生活经历；第二，受过高等教育；第三，有文学素养。

王国维在《人间词话》里说："诗人对宇宙人生，须入乎其内，又须出乎其外。入乎其内，故能写之。出乎其外，故能观之。入乎其内，故有生气。出乎其外，故有高致。"上述三点，第一点带来的是"入乎其内"的底层经验以及城乡对照后的视野，第二点带来的是"出乎其外"的理论高度和思考的逻辑性，第三点带来的是文字上的流畅和吸引力，这三点保证了返乡书写的"生气"和"高致"，对于"返乡体"的走红，缺一不可。梁、黄、王三人刚好都是三点皆备，所以说这里面有一种必然性。

但是还有一个问题，三点皆备的人有很多，为什么只有他们成了"返乡体"的"制造者"呢？这里面有个"自觉"的问题。自觉，即自我觉察，这个觉察包括看见、感受、反省、思考。

梁鸿在《中国在梁庄》前言里说："在很长一段时间内，我对自己的工作充满了怀疑，我怀疑这种虚构的生活，与现实，与大地，与心灵没有任何关系。我甚至充满了羞耻之心，每天教书，高谈阔论，夜以继日地写着言不及义的文章，一切都似乎没有意义。在思维的最深处，总有个声音在持续地提醒自己：这不是真正的生活，不是那种能够体现人的本质意义的生活。这一生活与自己的心灵，与故乡，与那片土地，与最广阔的现实越来越远。"

黄灯在《大地上的亲人》里说："过上期待的学院生活以后，内心的困惑并没有减少半分，不接地气的虚空感特别强烈，好像每天就在文字中觅食，学术的要义仅仅是为了换得生存条件的改善，感觉自己在经历一种飘在空中的生活。我总是忍不住问自己，到底什么样的生活，才让人内心觉得安稳？""尽管学院经验改变了我的生存和命运，但这种改变的路径却同时将我的精神推入了虚空，让我内心几乎找不到安宁，并产生一种真实的生命被剥离的痛感。"[①]

通过这两段文字，我们看到，梁、黄二人在精神世界又一次"不谋而合"。作为从农村进入城市的知识分子，她们并没有安于现状，并没有沾沾自喜于"逃离"乡村后的学院派生活，而是被一种"虚空感"所笼罩。这种虚空感使她们不得不一次次回望故乡、重返大地。用梁鸿的话说，"我无法不注视

---

① 黄灯：《破碎的图景：时代巨轮下的卑微叙事》，《天涯》2014年第1期。

它，无法不关心它，尤其是，当它，以及千千万万个它，越来越被看作中国的病灶，越来越成为中国的悲伤时"。

所以，严格说来，梁鸿、黄灯、王磊光们的"返乡书写"是一种完全内化的"有我"的写作，这种写作是知识分子自我省思的必然结果，不写就无法面对自己的知识分子身份，就无法减少、祛除那种时时纠缠自己的"虚空感"。

在她们的文字中，不难看到始终有对"我"的审视和考问，它来自作者对自己的知识分子身份的高度警惕，警惕自己的精英姿态、启蒙者心态和高高在上的优越感。所以，我们看到，"返乡体"更多的是一种讲述（自述）和展示，而非作判断和下结论。作者对这种非虚构式的"写作伦理"有着充分的尊重，对自身写作的限度有着清醒的自知。

从他们的反思与写作之中，可以看到某种"中间物"思想的存在，这种思想涵盖对自我的解剖、对个体价值与社会发展的关系的省察、对城乡关系的追问以及对过去–现在–未来三者如何连接的某种思考，等等。在这种思想之中，我们看到了知识分子的矛盾和挣扎。梁鸿就自己的写作如此发问："如果你并没有在精神上处于矛盾或痛苦状态，你能否书写出真正意义的矛盾和痛苦？如果你的内心没有经受烈火的煎熬，而只是把那种煎熬作为一种姿态，如果你只是把梁庄——我在这里指的是广义的梁庄，甚或是人间生活——作为他人的生活，那么，你能否写出真正的梁庄？""如果不对'我'进行追问，将无法寻找到社会的根本症结。同样，就文学而言，如果不包含对'我'的探查，也将少了文学最基本的元素和结构，即对人性和人类文明的思考。"梁鸿对自己的发问，又何尝不是对每一个写作者对每一个知识分子的发问？

更难能可贵的是，多年来，梁、黄、王等人也在以实际行动参与乡村建设，他们不仅是问题的发现者、提出者，还是积极推动解决问题的实践者。黄灯说："如果说在返乡书写上面，王磊光挑起了话题，我强化了话题，那么今天摆在面前的挑战，是如何将话题引向建设性层面，如何写出更成熟宏大的作品来推动这个返乡书写与乡村建设两者之间的关联，然后可以将话题引向更深入的思考，并促使改善乡村面貌的行动落地。"尽管，"返乡书写"的实践者对"知识的无力感"深有感触，但他们依然希望通过写作让更多的人看见"时代褶皱里的人群"，看到乡村社会的问题与困境，同时对乡村恢复本身的活力和生机抱持乐观之态度，并尽己所能激活主观能动性去参与一些具体的行动，而不是仅仅停留在文字上面。

在知识分子精神普遍失落，甚至"知识分子"被污名化的当下，他们的写作是极为可贵的。它让我们既看到了乡村的问题，又看到了知识分子的深层困境，同时也向我们展示了重构写作与现实关系、复苏知识分子精神的某种可能性。

而让更多的人"看见"，本身就是对现实的一种影响和改变。

让"文学深圳"绽放光芒

——也谈"深圳为什么没出大作品"兼及深圳文学生态

一

《文学自由谈》2021年第1期刊发了一篇文章,名字叫《深圳为什么没出"大作品"?》,作者是深圳作家丁力。在这篇文章中,丁力从自己的写作经历出发,结合深圳的一些做法和现状,得出一个结论,即深圳到目前为止还没有出"大作品"。丁文分析指出,深圳出不了"大作品"的根本原因,在于深圳的"效率文化",这种极度重视效率的文化基因,是深圳一直保持经济发展领先的根本法宝,但"效率文化"与"大作品"是相克的,因为"大作品"是磨出来的,它的基础是深厚的文化积淀和长期的文学积累,而不可能靠"政府扶持""精品工程""主题创作"等方式产生。

针对丁力的观点,《文学自由谈》又刊发了两篇回应文章:一篇是周思明的《谁说深圳没出过"大作品"?》(2021年第3期),一篇是李更的《拖泥带水》(2021年第6期)。周文首先认为丁文界定"大作品"的标准是狭隘的,然后列举了作者眼中的"大作品"和"好作品",包括邓一光的

---

* 发表于《中国社会科学报》2022年7月27日A15版"人文岭南"专栏。

《我是我的神》《人，或所有的士兵》、杨黎光的《园青坊老宅》和几部报告文学、庞贝的《无尽藏》、彭名燕的《倾斜至深处》、黄国晟的《深圳梦》、曹征路的《那儿》《问苍茫》、网络作家赫连勃勃大王的历史小说以及丁力的《高位出局》《深圳故事》等商战题材小说，最后抛出观点：一个城市重视和推崇大作品可以理解，但对作家个人来说，不必迷信大作品，不应罹患"大作品焦虑症"，说到底，文学创作是以质取胜，而非唯大是尊；深圳不缺"大作品"和"好作品"，缺的是文化自信，这才是问题的焦点所在。

李文并非专论深圳文学的，但里面有一段文字算是对丁文的回应："深圳为什么出不了大作家、大作品，这的确令人深思。一个世界上发展得最快的大都市，四十年就从一个小渔村成为千万人居住、工作的超级大城，文学至少是滞后的。明明也有不少著名作家进入，却几十年如一日地宣传打工文学——我一点也没有歧视农民工的意思。从流水线上找吃苦耐劳挥汗如雨的高玉宝也很重要，但刻意把一个科技、经济高度发达的世界级城市，从文化上渲染成一个农民城市，是不是一种自我矮化？你的精英文化哪里去了？"

丁、周、李三文各有视角，亦各有己见。相较而言，李文显得有些偏激。深圳，要说它的文学是滞后的或许可以接受，但要说它"几十年如一日宣传打工文学""刻意把一个科技、经济高度发达的世界级城市，从文化上渲染成一个农民城市"，显然是失实的。深圳曾经有段时间是比较重视宣传打工文学的，但那也是多年前的事了；我们听过深圳宣称自己是"设计之都""创新之城"，却没听过它要把自己打造成

"打工文学之城"。无论是主观意愿还是实际行动，似乎都看不到深圳要把自己"渲染成一个农民城市"，更谈不上"自我矮化"。至于"精英文化哪里去了"的问题，首先要说清楚什么才是"精英文化"，其次要弄清楚深圳有没有过"精英文化"，不然就是个伪问题。

二

现在，我们来重新审视"深圳为什么没有出大作品"这个问题。丁文将"大作品"界定为获得茅盾文学奖这种级别的长篇小说，这个界定确实不一定能服众，因为茅盾文学奖从提名到确定获奖名单，有很多因素要考量，文学性、艺术性、思想性不是唯一甚至不是决定性的因素，很多未获奖未参评的作品不见得比茅盾文学奖作品差。就深圳而言，这么多年有没有堪比"茅奖"的作品呢？这个恐怕就见仁见智了。"标准"的难统一，恐怕难以达成共识。同样的道理，如果将上述周文提到的那些作品都归入"大作品"之列，恐怕也是需要商榷的。

有没有"大作品"产生，背后涉及对一个地方文学贡献的评价。考察一个地方的文学贡献，首先要看这个地方的文学发展历程，其次要看这个地方的文学生态样貌，而不应只看它有没有产生所谓的"大作品"。

正如论者所指出的，深圳"从一个小渔村成为千万人居住、工作的超级大城"只经历了四十年的时间，换句话说，深圳作为一个城市才有四十来年的历史。不仅如此，在这座城市生活、工作、居住的人也很年轻。如此年轻的城市自然缺乏"大作品"产生的基础——"深厚的文化积淀和长期的文学积累",这是其一。

其二,深圳除了历史短,它还是一个移民城市,绝大多数是外来人口。试想,外地人到深圳的第一目的或者说首要目的是什么呢?要么是创业,要么是做生意,要么是打工挣钱,而不会是写作,因为一个人如果只是要当作家,他就没必要来深圳,他在原生地就可以。也就是说,绝大多数人在深圳,至少在前一阶段是在为生存而忙碌、为事业而奋斗,写作大概率只是少部分人解决了生存之虞后的一个业余爱好,而非一定要实现的志向。换句话说,绝大多数写作者缺少一个"非要如此不可"的动力支撑。

其三,正如丁文所说,深圳的文化是效率文化,无论是官方还是民间都极为在乎效率,"效率就是金钱,效率就是生命"在深圳绝不仅仅是一个口号,而是全民遵循的法则。试想,在一个高速运转、生活节奏极快的城市里,人的心态心境会是怎样的呢?这样的心态心境跟写作有没有冲突呢?

其四,一部真正的好作品、伟大的作品,是要经时间来检验的,这个时间起码要以三十年甚至五十年、一百年计。从这个角度讲,现在讨论深圳有没有出、应不应该出"大作品"为时尚早,这样的问题对深圳是不公平的。

以上几点是"文学深圳"的基本背景和现实环境,这样的背景和环境对生存其间的每一个个体是有深刻影响的。

三

上述四点算是从纵向、从史的角度来分析的，如果不局限于作品本身，而是将视野放大到整个文学生态来考察，会发现一些别有意思的现象。

2021年11月，由羊城晚报报业集团和深圳市委宣传部、深圳福田区委区政府联合主办的"2021花地文学榜"年度盛典在深圳福田举行，此前的"2020花地文学榜"年度盛典也是在深圳福田举行。从2014年至今，由《羊城晚报》主导的"花地文学榜"年度盛典已举办八届，前六届除了2017年是在东莞举行之外，其余五届全部是在广州举行。我们知道，"花地文学榜"在华语文学界影响很大，用蒋述卓先生的话说它是广东"朝着文化强省迈进的一个标志性活动"。深圳连续两届将该盛典揽到"自己的地盘"举办，体现了深圳对文学和文化这种软实力的重视。

隔空主持盛典的白岩松说了这样一段话："'花地文学榜'是朋友间的一次聚会，是关注文学的盛会。我认为背后是一种标准和价值观，而这种标准和价值观在喧嚣庞杂的世界中像一个接头暗号，使很多有缘的人相遇了，当然这种标准一定会不断提升，也会得到更多人的信任。比如说，前不久当'花地文学榜'公布了很多榜单之后，我就在散文榜中买了两本书，这就是任性之后对品性的认可。所以，我在这里要特别地说一声'谢谢'，谢谢《羊城晚报》和深圳福田共同做这件事，用酸一点文绉绉的话说，就是在冬天里做与秋天有关的事情，盘点收获；同时更多是像春天的播种，让所有的参与者和喜欢文学的人能够感受到夏天的温暖。"

白岩松以"文学"的表达方式道出了"花地文学榜"的意义，简单来说就是"播种、收获、感受温暖，让有缘人相遇"。它的确在悄悄推动着一种标准和价值观，让我们看到无形的东西、重视无形的东西，这个东西是有长远价值的。我想，通过这样的文学事件，无论是福田还是深圳，都在无形中提升着自己的文化影响力。

除了这种"嫁接"的文学活动，深圳也有自己培植的文学"种子"。

比如2000年创设的"深圳读书月"已举办二十二届，产生了"深圳读书论坛""亲子阅读论坛""经典诗文朗诵会""中小学生现场作文大赛""书香家庭评选""深圳读书月辩论赛""青工大课堂""图书漂流""年度深圳阅读指数报告""深圳年度作家评选"等品牌活动，莫言、金庸、二月河等一众名家都曾受邀参与其中。2008年，在《南方都市报》"先锋城市和先锋文化事件"评选中，"深圳读书月"在专家组和大众组投票中均名列第一；2013年联合国教科文组织授予深圳"全球全民阅读典范城市"称号，与该活动不无关系。2003年，莫言在"深圳读书月"启动仪式上这样说："深圳这个城市是作为经济城市崛起的，它没有太多历史与文化的积淀。现在深圳财力雄厚，完全可以通过读书月的活动，在深圳这个城市唤起文化的热潮。"

比如2013年开始设立至今已举办九届的"睦邻文学奖"，是深圳全民写作计划暨社区文学大赛的专属奖项，以"睦邻"为价值导向，奖掖本土题材的文学作品，累计动员数以万计的文学爱好者参与其中，每年都涌现许多书写深圳的佳作，成为深圳优秀作者和优秀作品层出不穷的全新平台。"睦邻文学奖"是持续了近二十年的文学活动，对于推动深圳全民阅读、培育深圳本土文学爱好者、写作者居功至伟，同时促进了文学与其他艺术门类的互融互通，以及文学事业和文化产业互促互利。在2021年睦邻文学奖的颁奖典礼上，深圳市文联专职副主席王国猛说"这是高贵的坚持"，福田区委宣传部部长章海蓉说它"激励了许多异乡人，把深圳当故乡"，文化学者胡野秋说它"给予了许多在文学殿堂外徘徊的爱好者以勇气"，他们的话是对这样一个文学活动最好的注解。

"花地"和"睦邻"之外，深圳还分别于2017年、2018年、2020年举办第一至第三届"粤港澳大湾区文学发展峰会"，为湾区内各城市间的文学交流和文化联结搭建平台，助力人文湾区建设。

以上这些活动都在一定程度上彰显了深圳的文化格局和气度。

再往前追溯，深圳发生的民间文学活动（事件）亦有深远影响。1986年，《深圳青年报》与安徽《诗歌报》联合举办了由徐敬亚发起的"中国诗坛1986'现代诗群体大展'"，影响了朦胧诗后中国新诗的发展走向；1994年，深圳《特区文学》打出"新都市文学"的旗帜，引领了一波城市写作热潮；1998年，民间诗刊《外遇》创办，最有影响的一期是推出了"中国70后诗歌版图"专号，在此专号推出之前，深圳的一份企业内刊《电信寻呼》上已提出"七十年代出生栖居深圳诗人诗展"，这些事件将"'70后'诗人"这一身份推向诗坛前台，随后在全国蔓延；2002年，中国最早的专业诗歌网站诗生活网开设"广东诗人俱乐部"论坛，随后提出"白诗歌"概念并创办纸刊《白诗歌》；2007年，发起成立大象诗社并创办《大象诗志》；2012年，诗歌丛刊《飞地》创刊；此外，还有均已举办超过十届的"诗歌人间""深圳青年文学奖""第一朗读者"以及"西丽湖诗会""飞地诗歌奖"等文学活动。这些都在一定程度上彰显了深圳的开放、包容、多元和先锋气质。

四

就创作实绩而言，"出产"于深圳的一批作家作品是值得关注的。早年，深圳引领了打工文学风潮，涌现出林坚、张伟明、安子、王十月、戴斌、曾楚桥、谢湘南、许立志、陈再见、安石榴、郭建勋、程鹏、郭金牛等一批打工文学代表性人物。被称为打工文学"五个火枪手"的安子、周崇贤、张伟明、林坚、黎志扬，有四个出自深圳。除此之外，更有徐敬亚、邓一光、杨争光、南翔、曹征路、李兰妮、乔雪竹、东荡子、丁力、薛忆沩、盛可以、吴君、蔡东、林培源等一众有实力和潜力、有影响和知名度、不同年龄段的作家、诗人，或曾经活跃在深圳，或依然活跃在深圳。

深圳近年来陆续推出了"我们深圳"文丛（2018）、"南方叙事丛书"（2019）、"深圳新文学大系"丛书（2020）、"深圳文学研究文献系列"丛书（2021）等，比较全面地呈现了四十年来深圳文学的面貌和成就。林坚的《别人的城市》、张伟明的《下一站》、戴斌的《深南大道》、安子的《青春驿站——深圳打工妹写真》、刘西鸿的《你不可改变我》、乔雪竹的《城与夜》、李兰妮的《他们要干什么》、黎珍宇的《界河儿女》、梅毅的《白领青年》、文夕的《野兰花》、缪永的《我的生活与你无关》、陈国凯的《大风起兮》、朱崇山的《鹏回首》、杨黎光的《没有家园的灵魂》、曹征路的《那儿》、王十月的《无碑》、盛可以的《北妹》、谢宏的《深圳往事》、吴君的《亲爱的深圳》、薛忆沩的《深圳人》、南翔的《南方的爱》、陈秉安的《大逃港》、萧相风的《词典：南方工业生活》、吴晓雅的《西潘庄札记》、谢湘南的《深圳诗章》、郭金牛的《纸上还乡》、丁力的职场系列、邓一光的深圳题材系列，等等，为我们提供了一个个精彩的"深圳故事"，让我们看到深圳文学的多样姿态。

正如"深圳新文学大系"丛书编后记所言："深圳故事是中国当代社会和文化变革的寓言，是'中国故事'中最具华彩的乐章。从某种意义上说，深圳四十年来的'新文学'也同样可以被看作是中国步入一个新的时间门槛的记录。"我们看到，四十年来，深圳作家在打工文学、移民文学、城市文学、网络文学等诸多文学形态领域均进行了具有开创和引领意义的实践，在当代文坛留下了独特而又鲜明的足迹，同时也为"中国故事"的讲述提供了不可取代的文学样本。

五

深圳诗人谢湘南在我的采访中说，深圳的文学生态是一种进行时的、正在生成和建构中的生态。对此，我深表认同。有了这样的认知基础，就不会再有"深圳为什么没出'大作品'"的焦虑。

批评家谢有顺说："复杂、多面的深圳才是真实的深圳。除了经验意义上的深圳，我们还应认识一个精神的、想象意义上的深圳……。深圳不仅是一个物质的、社会的或技术的空间，它还是一个文学的空间——如果能写出这个空间里人的复杂感受和精神疑难，深圳作为一个文学叙事的样本，必将在中国文学的版图中留下更重要的印痕。"

透过一个个文学文本，我们认识了"一个精神的、想象意义的深圳"，对深圳的复杂和多面有了深刻的理解。而透过"文学深圳"，我们看到现实深圳的光荣与梦想，看到"中国故事"的精彩与美妙。

一个年轻而有活力的城市，一个多元而正在生成中的文学生态，未来的深圳文学当然是值得期待的。

一个制造业强市的文学面向*
——佛山文学生态观察笔记

一

早在2010年，就有学院派学者指出，改革开放三十年来，佛山虽然涌现出了众多的作家作品，但文学创作却常常被人冷落，文学现状不能令人满意，"其创作实绩与佛山的经济地位和社会影响力不相适应，文学创作成了佛山建设'文化名城'的一块'短板'"①。无独有偶，七年之后，又有资深媒体人指出，与佛山的经济实力、城市综合竞争力以及数十年波澜壮阔的改革发展史相比，佛山文学的影响力显得太小了，缺乏让人荡气回肠的文学作品。佛山"作品众多力作甚少、队伍庞大影响甚微、态度认真功力不够。在建构佛山城市软实力方面，佛山作家的表现是不够充分的"，"佛山作家必须挺在文化佛山的最前列"，应该有创造"清明上河图"般伟大的经典的勇气。②

---

* 发表于《佛山文艺》2023年第1期。

① 韦器闳：《崛起，抑或寂寞前行——关于佛山文学创作的若干思考》，《佛山科学技术学院学报（社会科学版）》2010年第6期。

② 龙建刚：《佛山作家必须挺在文化佛山的最前列》，《南方日报》2017年12月27日。

俗话说，当局者迷旁观者清。两位文学圈外人士的"旁观"，佛山的作家未必认同，但的确指出了两个客观事实：一个是文化佛山与经济佛山的不匹配，前者的地位远远不如后者；一个是佛山文学的影响太小，没有产生在全省全国叫得响的、既有本土特色又具有大格局的精品佳作。

文化与经济的关系需要辩证来看。文化地位与经济地位不匹配其实是正常现象，因为文化的兴衰与经济的发展并非正相关的，经济发达的地方不见得文化会强盛，反之亦然。拿我老家河南来说，作为农业大省，河南的经济并不发达，这几年略有起色，但一度是落后的，然而河南却产生了魏巍、姚雪垠、二月河、柳建伟、刘庆邦、刘震云、乔叶、周大新、李佩甫、李洱等一大批名家，迄今为止有九位作家获得过茅盾文学奖，居全国之首；获得过鲁迅文学奖的作家已达十位。但是好像没有人会说，经济河南与文学河南的地位不匹配，没有人会问，为什么文学这么发达的省份经济不发达？所以，文化与经济不匹配本是正常现象，但被人说多了，似乎就成了一个问题，于是地域性的文化焦虑就来了，不仅佛山有这种焦虑，整个广东也有这种焦虑。落到作家个人，古有"诗穷而后工"之说，这个"穷"你可以理解成"贫穷"，也可以理解成仕途不顺、官场失意而导致的"穷困"。广东（珠三角）是经济发达地区，意味着这里的人物质生活过得不错，而且商业氛围好，都比较务实，所以就很少处在"穷"的境地，所以这里的作家写不出伟大的作品似乎在情理之中。但是，广东也有不少经济还不如内地的城市（粤西北）也没见出几个大作家，这又解释不通了。所以，纠结于文学、文化与经济不匹配这个问题，其实是不必要的。如何看待文学？首先不宜拔高，不必附加过多的功利性功能。文学可以滋润人心，可以让一座城市显得更有温度，但要"强市""强省"还得靠经济，发展才是硬道理。一个地方出一个或几个大作家，不见得能增加这个地方的GDP，但会提升这个地方的知名度，会让人们觉得这个地方有人情味，这才是文学的作用。

此外，判断一个地方的文学成绩，不仅要看大家名作，还要看文学生态，好的文学生态有了，不用急，慢慢来，开花结果是自然而然的事儿。

二

人们对佛山文学怀有期待，甚至有所苛求，也许还有历史的原因。

佛山是历史文化名城，有着深厚的人文底蕴。据光绪《广州府志·选举表》统计，佛山历代乡贡和进士人数占广州府乡贡进士总数的近50%。历史上，广东共出过状元十四人（文状元九人、武状元五人），佛山占了一半（文状元五人、武状元两人），在全粤首屈一指，是岭南名副其实的"状元之乡"。"五里四会元""一门八进士"等诸多佳话佐证了佛山文教之盛。在自汉至清的岭南文献中，佛山作者人数以及佛山历代见于著录的经史子集四部著述种数，占比均高于广州，是毫无争议的。

近现代以来，佛山更是人杰辈出。思想家、政治家、革命家、教育家、实业家、科学家、艺术家、学者、武术宗师、报业人士等，比肩接踵而出，风头一时无两。这些敢为人先、有胆有识、有才有为的先进人物，在历史上做出了不同程度的贡献，对中国历史的进程具有推动作用。读过中文系的应该都知道，有两个佛山人，在现当代文学史上占有一席之地：其一是写了《二十年目睹之怪现状》的"我佛山人"吴趼人（1866—1910，南海人），其二是写出《原动力》《火车头》《乘风破浪》的"工业文学"代表作家草明（1913—2002，顺德人）。还有一个大名鼎鼎的康有为，只是他更多时候是作为政治家、思想家、社会活动家被提及。改革开放以来，虽然没有出现在全国叫得响的作家，但《佛山文艺》创造了文学刊物销量奇迹，引领了"打工文学"风潮，曾与凤凰卫视、湖南卫视一并入选"2007年中国文化品牌"，并连续五年荣获广东省优秀期刊奖。

也许正是这样辉煌的人文历史，在无形中抬高了人们对当下佛山文学的心理预期，希望佛山的作家能为"经济佛山"添上浓墨重彩的一笔。

而事实上，佛山的作家也正在用自己的努力和成绩回应着人们的期待。

洪永争的《摇啊摇，疍家船》获第二届"青铜葵花儿童小说奖"最高奖"青铜奖"（2017）及首届"小十月文学奖"小说组金奖（2018）；彤子的长篇小说《陈家祠》获得广东省第十届"五个一工程"奖（2017），《生活在高处》获得第四届"琦君散文奖"（2019）；林友侨的《一场等不及的生死之约》获得"2019年度中国散文年会"十佳散文奖；郭杰广的《淬火集》获得第五届"中国长诗奖"最佳新锐奖（2020）；苟文彬的《菠萝志愿者》获得"青春志愿行·共筑中国梦"志愿文学征文活动大赛报告文学类一等奖（2017）；梁树华的报告文学《中国产业脊梁——疫情下顺德制造业困境与突围》获第二届"容桂总商会杯"草明工业文学奖特等奖（2020）；岑孝贤的《星岛女孩》获第三届曹文轩儿童文学奖首奖（2021）。

除了这些获奖作品，还有一些作家作品值得一提。诗人张况这些年致力于用鸿篇巨制构建自己的"文学帝国"，已出版《大秦帝国史诗》《大汉帝国史诗》《三国史诗》《大晋帝国史诗》《大隋帝国史诗》《大唐帝国史诗》等历史文化长诗六部，2021年底又出版了两百万字长篇历史小说《赵佗归汉》，均引起业界反响；盛慧的散文集《外婆家》甫一问世就赢得了良好的口碑和市场青睐，已多次再版；诗人冷先桥多年来致力于用诗歌架起中外文化沟通的桥梁，曾获得丝绸之路"国际诗歌艺术金奖"并在多届"世界诗人大会"上有不俗表现；周崇贤的《朝着小康奔跑——佛山·凉山东西部扶贫协作纪实》、吕啸天的《筑梦佛山奋斗写传奇》与前述《菠萝志愿者》《中国产业脊梁》一起，分别从对外扶贫、创业、志愿服务、制造业等领域，展现佛山在各项事业中创造的奇迹，在用心讲述"佛山故事"、体现佛山精神方面做出了贡献；李东文、茨平的小说，赵芳芳、林友侨的散文，曾欣兰、高世现的诗歌，何百源、吕啸天、朱文彬、许峰的小小说，曹晖、亚明、杨璞的儿童文学，李逸轩的网络文学也均有不错的口碑。

三

作家作品之外，佛山的一些文学事件、活动、现象也值得关注。

南海和顺德作为佛山经济实力最强的两个区，在打造"文学之城"方面也在暗暗较量。在南海，广东省"九江龙"散文奖（2011）、"大沥杯"小说奖（2013）、"桂城杯"诗歌奖（2014）、"有为杯"报告文学奖（2015）先后落户，四个省级文学奖设在同一个地级市的同一个区是罕见的；2022年，广东省作协将此四个奖项与"平湖杯"儿童文学奖进行整合设立广东省"有为文学奖"并永久落户南海；创立于2012年的"全国青年产业工人文学奖"，南海也是主办方之一，这个奖好像只举办了三届就停了；广东网络文学基地2016年落户南海。顺德方面，积极筑巢引凤，2013年将在全国有很大影响力的华语文学传媒大奖（南方文学盛典）永久落户，至今已举办八届；2014年启动的"顺德杯"中国工业题材短篇小说创作大赛、2018年设立的"容桂总商会杯"草明工业文学奖，都是全国性赛事，参与度和知名度在逐年走高。位居五区中间的禅城以及佛山新城亦不甘寂寞，2015年设立"中国长诗奖"，至今已举办六届，评选出一批在全国具有代表性和影响力的诗人，受到诗坛广泛关注。而中国长诗品鉴会、岭南诗会、腊八诗会也基本是每年例行活动。

前面已述，文学的作用是滋润人心、温暖城市，而这样的作用刚好与一座工商城市的冷硬气质和世俗色彩形成良好的中和效果。这些文学活动不见得能一下子让佛山出几个大作家，但却悄然改变着世人对一座城市的看法，提升着它的软实力，为其立下口碑。

而这些遍地开花的文学事件能否在佛山形成集聚效应，进而带动本土作家成长，长久地促进佛山文学繁荣，是值得思考的问题。

观察文学生态，既要看到外循环，还要看到内循环。如果上述文学事件和活动构成了佛山文学生态的外循环，那么它的内循环是什么呢？

其一是作家的构成情况。在佛山五区活跃着相当多的文学爱好者和写作者，仅市作协就已发展会员七百多人，这些作家大部分是非专业的，分布在各行各业，写作是他们的业余追求；大部分是非本土作家，来自全国各地，他们构成了一个多元杂处的写作者群体，在相互碰撞、交流中各自绽放。

其二是文学刊物。谈文学当然离不开文学刊物，除了公开发行的《佛山文艺》，佛山市作协及佛山五区各有自己的文学刊物，甚至一些镇街（如大沥、狮山、南庄）也有自己的刊物。这些刊物虽然都不是大刊名刊，但为本地作者提供了作品发表的平台和暗中较劲的阵地，在培育文学爱好者和写作者方面起到了积极的作用。

其三是文学活动。除了上述引进来或自设的全国性赛事和奖项，佛山也有一些主要针对本土文学爱好者和写作者的文学活动，像佛山市艺术创作院举办的"创艺时光文艺沙龙"、佛山期刊总社举办的"悦读会"、广东宝慧律师事务所联合作协举办的"文学佛山·宝慧时光"，这些本土性的活动虽然规模小，但在民间的口碑不错。

这些内外循环由文学而文化，无声浸润，对培育一座制造业城市的人文氛围发挥着潜在的作用。

四

这里必须单独提一下《佛山文艺》。如果从1972年正式定名为"佛山文艺"算起，《佛山文艺》作为一本刊物，刚好有五十年的历史。截至目前，《佛山文艺》已出版发行近七百五十期，在多数地市级文学刊物走向衰亡的今日，这本身就是一个奇迹。

从20世纪80年代末开始，以其清晰的读者定位、明确的办刊理念、接地气的办刊宗旨，迅速打出了自己鲜明的特色，刊物影响力与日俱增，月发行量曾突破一百万册，成为全国最大的文学原创期刊之一，创造了国内文学期刊界的神话。它曾被评为第二届全国百种重点社科期刊，曾四次获得"广东省优秀期刊奖"，曾作为国内唯一的文学期刊品牌与凤凰卫视、湖南卫视一道入选中国著名文化品牌，可谓经济效益与社会效益双丰收。

在2007年《佛山文艺》发行五百期之际，批评家谢有顺以"一本刊物的谦卑与骄傲"为题，高屋建瓴肯定了这份刊物的价值和意义，他认为，"它这十几年的办刊实践，为这个时代的文学如何讲述复杂的现实经验、如何重新定位杂志和读者之间的关系，提供了生动的范例"。它长盛不衰的秘密在于"它率先察觉、感知到了一个巨大的社会转型期的精神气息"，

"在办刊策略和审美趣味上，有着别的杂志所缺少的开放性和现实精神"①。

时移世易，进入新世纪的第二个十年之后，随着新媒体的迅猛崛起和文学的式微，文学期刊受到冲击，受众减少、销量下滑、市场空间压缩，文学越发小众化、圈子化，《佛山文艺》的困境随之而来。当年瞅准时机转企改制大胆走入市场的《佛山文艺》，没能及时转身，生存日艰。

2020年，为响应政府号召，《佛山文艺》开始"向内转"，确立了"回归佛山，用文学为城市发声，用文学传播佛山"的编辑方针，开始大量发表佛山本地作家的作品，宣传佛山人文，做得风生水起，但也进一步加剧了文学的圈子化和内部化，在格局和开放程度上显然是大不如前。这样的"回归"对一份刊物的长远发展是否有利，恐怕见仁见智。总之，目前的《佛山文艺》在生存与发展、对内与对外的两难处境中艰难探索，能否重振雄风，拭目以待。

《佛山文艺》在以"谦卑"姿态创造着"骄傲"成绩的同时，也培养了大批作家，对广东的文学和文化生态乃至当代文学产生了重要的影响。

这就要提到"打工文学"。"打工文学"在学术界似乎总是被低看一眼，但从中走出了一大批作家确是不争的事实，像周崇贤、王十月、郑小琼、谢湘南、塞壬、郭金牛等这些依然活跃在文坛的广东作家中坚力量，都是打工文学走出来的。佛山曾是打工作家重镇，《佛山文艺》曾是发表打工文学的几个

---

① 谢有顺：《一本刊物的谦卑和骄傲》，《佛山文艺》2007年第11期下。

核心阵地之一，许多打工文学作家正是在这里开始自己的创作道路并走出自己的一片文学天地的。最近这些年，打工文学虽然逐渐衰落，但佛山一直保持着高质量的文本输出，比如2015年就有三部打工题材长篇小说（盛慧《闯广东》、董春水《下广东》、彤子《南方建筑词条》）同时问世，三部作品风格迥异且各有出彩之处，显示了作为打工文学重镇的佛山在"后工业时代"风头不减。随着工业题材短篇小说创作大赛和草明工业文学奖持续举办，佛山（顺德）再一次点燃工业（打工）题材创作热情，重新引领打工文学潮流并以之重述南闯精神。

五

中国的工业化与城镇化进程仍将持续很长一段时间，佛山作为制造业与工商业城市的定位与身份也将长期保持，同时作为两个全国性工业文学赛事的创设地，可想而知，在打工作家集聚和工业题材文学产出方面，仍是一个可资期待的地方。

工业题材不好写，且不易受读者喜欢。我觉得工业题材创作需要处理好以下三种关系：

一、工业与中国人际结构重组之间的关系。传统中国是一个农业占绝对主导地位的国度，华夏文明其实是一种农耕文明，建基于其上的人际关系是宗法制的集体主义，在这种情况下，所有文学作品体现的都是这种人际结构。但是进入现代以来，尤其是改革开放以来，随着现代经济制度、政治制度和社会制度的建立以及工业化、城市化的发展，这种状况发生了很大改变。在传统的家族宗族之外，机关、企事业单位和公司、商场、工厂、车间以及网络和自媒体等成为中国人际结构发生重大变化并重组的新场域和新因素。反映在文学创作上，官场题材、商界题材、工业题材、网络题材等各种文学新类型应运而生。工业文明的发展及其带来的人际结构和关系的变化，对中国的社会伦理、家庭伦理、个人伦理都产生了极大的影响和挑战。作为工业题材的创作来说，作家必须注意到以工厂、工地、工棚、车间等为基础的工业与中国人际结构重组之间的关系，因为文学在本质上是写人以及人与人之间的关系的。在这一点上，郑小琼的《女工记》和彤子的《生活在高处》做出了很好的范例。

二、城市与农村之间的关系。工业题材往往既不属于城市题材又不属于农村题材，或者说既有可能是城市题材也有可能是农村题材，但不管是以什么为背景，必须注意到所塑造的人物与城市和农村二者之间的关系，注意到人处在二者之间那种游离、边缘、零余和焦虑状态。工业化、城镇化的发展，影响了数亿国人的生活，改变了他们的命运。无数农村人进入城市成为"农民工""外来工""新市民"等新兴群体；城市人也并非安然无恙，他们在"被干扰""被冒犯""被侵占"的感受中接受着时代洪流的冲击，甚至不少人开始向往臆想中的田园牧歌式的乡村乌托邦生活。无论是农村人还是城里人都有着身份认同的迷茫和焦虑。我们的作家必须关注到人们的这种精神状态以及在这种状态影响下的个体行为。

三、作家主体性与人物形象（作家主体与对象主体）之间的关系。工业题材的创作往往涉及的是社会底层人，作家塑造人物的立场和心态对作品的格调和品质来说非常关键。一切预设的立场、情感都要极为慎重，高高在上的俯视、浅薄而道听途说的刻板印象、无限度的丑化或美化、为他人代言等心态都是要不得的。在这里，写作视角就显得尤为重要，我认为人性视角应高于阶级、地域、性别等视角。作家可以在作品中反映阶层歧视、地域歧视、性别歧视，但作家本人不应该带着歧视的眼光去描写一个群体或者一个人。

总之不管是什么题材的文学创作，都应以单纯之心写出复杂的东西。所谓"单纯"，即作家在创作时尽量摒除外在因素的干扰和功利化的心态，让写作更纯粹；所谓"复杂"，即作家应通过文字写出人性的复杂性，写出人与人关系的复杂性，写出人之社会处境的复杂性，最终写出有深度的能击中人心的作品。

六

人们对佛山作家、佛山文学的期待其实是对讲述"佛山故事"的期待。佛山是一个有历史底蕴的城市，有着丰富而又深厚的岭南文化资源；同时，佛山又是在改革开放中做出了突出成绩、在中国现代化进程中发挥着重要作用的城市，近现代以来，涌现了无数仁人志士，创造了无数个奇迹。

用一句话总结，佛山是个很有故事的地方，借用我们老院长尹洪波先生的话说，走在佛山的大街上，随便踢一脚，就能踢出一个故事。无论对于文史研究者，还是文艺创作者，佛山都是一个不折不扣的题材宝库。佛山不缺故事，缺的是讲好这些故事的人。

讲好佛山故事，首先要"吃透"这些故事。这要求作家必须对地域性的佛山、对独特性的佛山有长久的观察、理解与体会，而且这种理解、观察与体会是极为深入的，否则就不能感之于心；还要求作家对语言文字把握与运用要到位、要成熟、要智慧，否则就无法行之于文。其次，要深刻理解地域性（民族性）与世界性、独特性与普适性的关系，这就需要作家有大的格局、视野和胸怀，"没有开阔的思想和视野，地域很容易变成束缚"①。抓住地域性与独特性可以避免文学的同质化，"佛山作家缺乏把握、处理地域性和开放性关系的能力，难以在更高的维度上审视和发现"，所以不能把"丰富的文学资源"转化为"引人注目的文学地标"②。佛山作家正以越来越有分量的文学作品打破媒体人当年的这个论断，参与到"文学佛山""文化佛山"的建构之中。

站在佛山看文学，看见一座文学之城的氛围与潜力；立于文学看佛山，看见一座制造业之城的温情面向。"我们有理由期待，文学的力量，如永不枯竭的源泉，将滋养城市的精神。"③相信佛山作家一定会创作出无愧于这片热土、无愧于这个时代的伟大作品。

---

① 龙建刚：《佛山作家必须挺在文化佛山的最前列》，《南方日报》2017年12月27日。

② 龙建刚：《佛山作家必须挺在文化佛山的最前列》，《南方日报》2017年12月27日。

③ 唐燕：《文学南海在时间深处回响的岭南叙事》，《佛山日报》2022年6月27日，A05版。

做一些与吃饭无关的事

——一个民间诗歌奖引发的思考

一

2015年4月，在佛山，一场小型的新闻发布会宣告了"叶光荣诗歌奖"的启动。该奖项源于一个人，叶光荣，一个在佛山打工的诗歌爱好者，一个校车司机。

"叶光荣诗歌奖"，总奖金十万元，每年选出年度诗人或诗歌一名（部），奖励五千元，连续做二十年；评选范围面向全国三亿打工群体；评选标准要求是"书写底层生活""有真挚的底层情怀，悲悯、深沉、直抵人类灵魂"的作品。据叶光荣称，该奖项的设立，是为了呼吁社会关注底层工人的精神生活，鼓励更多农民工诗人追求自己的梦想，引领在物欲世界中"已经走得太远"的现代人回家。

在得知这一事件之后，我受到了触动，一个爱好诗歌的农民工，愿意用二十年时间，每年拿出五千元去做一件看不到实际收益的事。扪心自问，换作是我，能做到吗？不能！因为我要想着买房子，想着小孩的教育，想着一家人的衣食住行。可并不比我们富有的叶光荣做到了，他愿意以"分期付款"的形式为自己"买"得一份情怀和尊严，只是这个款不是付给房地产开发商，而是付给了诗歌写作，付给了打工诗人，所以我敬佩他。

如果是诺贝尔文学奖，或者是鲁迅文学奖、茅盾文学奖，抑或假如有莫言小说奖、海子诗歌奖，人们不会问诺贝尔是谁、鲁迅是谁、茅盾是谁，也不会问莫言是谁、海子是谁，因为他们是大家都知道的名人。但是，听到"叶光荣诗歌奖"，你一定会问："叶光荣是谁？"

这一问，却不经意把"叶光荣诗歌奖"的意义给"问"出来了。

二

叶光荣是个小学校车司机，是像你我一样的平凡人；平时会写写诗，是个像很多人一样的文学爱好者。一个无名之辈敢以自己的名字设立一个奖项，叶光荣说自己是在"冒天下之大不韪"。而我觉得，他很"任性"，不是因为他有权有钱，他"任"的是自己的"真性"，是自己内心深处的诗歌情怀。文学面前人人平等，诗歌面前不分贵贱，普通百姓也有热爱诗歌并为之行动的权利。业余的、底层的写作者，照样可以写出震撼人心的作品，农民诗人余秀华即是一个例证。

但是在被媒体曝光之前，没人知道谁是余秀华，出名之后，她成了媒体的宠儿、全中国的焦点。现实就是如此，人们都喜欢锦上添花，借名人炒作，借名人谋利益。叶光荣不愿意锦上添花，却愿意雪中送炭，愿以一己微薄之力为普通诗歌创作者，为还坚持诗歌梦的底层人，点一盏灯。这盏灯并不耀眼，却很温暖。更为重要的是，这样一个事件，将为当下极其功利化的社会状态，为无数在物欲世界挣扎的灵魂，注入一袭清新之风。

"叶光荣诗歌奖"的意义还在于，这是一个完全以个人名义和资源设立的文学奖项，没有官方背景，这在各种政府类文学奖饱受非议的当下，显得尤为珍贵。而且，如果该奖项良性运作，势必能为政府类文学奖提供反思之参照。

有两种人是可敬的：一种是当大家都去做某一件事的时候他没有做，比如"文革"时期，当人们都极尽捏造、揭发、批斗之能事时，那些敢于说真话或者保持沉默的人就是可敬的；另外一种是当大家都不愿意去做某一件事的时候他去做了。叶光荣属于后者，当人们都热衷于投资住房、股市或某种新兴产业时，他却"投资"了诗歌，愿意用二十年时间去"供"一座不会有物质回报的精神之屋。

别人一定会说："傻子才会这样做！"是的，从某种意义上说，叶光荣是个傻子，因为傻子不会计较利弊得失，但正因如此，傻子才活得快乐。

而且，二十年之后，五十年之后，谁敢说叶光荣拥有的会比我们少呢？

三

2016年，许立志、潘妍宇两位诗人分别获得了首届"叶光荣诗歌奖"年度诗人奖和提名奖，前者是已故的深圳打工者，后者是身患肌肉萎缩症的残疾人。这样的结果也许会带来争议，但"叶光荣诗歌奖"以这样一种方式表达了对坚守诗歌情怀之人的尊敬；也以这样一种方式向世人证明，诗歌可以使人更长久地"活着"——不管其肉体是否存在，诗歌可以使人的生命更美丽——不管其生存多么艰难。

2017年，深圳打工诗人程鹏和邬霞，分别以《回到故乡去》和《吊带裙》获得第二届"叶光荣诗歌奖"年度诗人奖和提名奖。我有幸受邀参加了颁奖典礼，看了组诗《回到故乡去》，我很有感触。诗中说，我们不可能有第二故乡了。是的，对于扎根于外地的一些打工者来说，他们有第二故乡，这个故乡也许是北京、上海，也许是深圳、广州，也许是佛山、东莞；但对更多的打工者来说，他们没有第二故乡，因为他们永远是融不进去的"外来者"。更不幸的是，他们连第一故乡也没有了，因为故乡已经不是原来的故乡。

颇具反讽意味的是，使故乡变得不再是故乡的正是方兴未艾的中国工业化和城镇化进程，而他们恰恰是这一进程的主力军。

所以，故乡是"回"不去的。于是流浪与孤独就成了一种宿命。于是，诗歌成了他们唯一的精神故乡。

叶光荣就是这个精神故乡的一分子。他是一个外来打工者，同时是一个诗人。工人和诗歌在当下都处于边缘位置，尽管后者表面上看起来要喧嚣许多。一般人很难或者说不会将诗歌这个存在了上千年的文学形式，与工人这个新兴的底层群体联系在一起。因为，在某些人的观念里，诗歌是高雅的、贵族化的，是属于知识精英的。可以跟工人联系在一起的，应该是建筑工地、工厂车间，是瓦斯爆炸和尘肺，是讨薪，是春运。

所幸的是，近年来，由财经作家吴晓波、诗评家秦晓宇、导演吴飞跃等知识分子策划与推动的一系列事件，开始将我们的目光引向工人诗人这一群体。这些事件包括一篇文章（秦晓宇《共此诗歌时刻》）的发表；一部诗典（秦晓宇主编《我的诗篇：当代工人诗典》）的出版；一场"工人诗歌朗诵会"的举行（于2015年2月在北京工人文化艺术博物馆新工人剧场举行）；一部纪录片（《我的诗篇》）的公映……于是，"底层写作"再一次进入公众视野，只是这一次主角是工人。借由这些事件，我们看到了一批底层工人的生命状态与诗歌情怀。我们第一次意识到，诗歌，原来在他们的人生中扮演着如此重要的角色。

这些事件的影响还在持续，我愿意将它们看作一个开始，一个我们更加全面更加真实地了解改革开放之后中国社会状态与中国人命运的开始。

中国的工业化和城镇化催生了"农民工"这个数亿规模的群体，没有这个群体，中国的现代化就无从谈起；不了解他们，就谈不上了解改革开放后的中国社会。从这个意义上说，许立志、郭金牛、陈年喜、老井、邬霞以及余秀华、范雨素等人的写作是非常值得关注的。透过他们的文字，我们看到了一个庞大群体被长久忽视的精神世界，不了解这个精神世界，就无法了解这个群体，以及一个真实的中国。

四

回到"叶光荣诗歌奖"，现在我们可以更清楚地对其进行认知和判断：

在工人群体长期被漠视而当代文学又没有很好地呈现其生活与命运的今天，在主流文学奖饱受争议的今天，在文化资本和知识精英掌握话语权的今天，"叶光荣诗歌奖"的意义是显而易见的！

当然，作为一个新生的、民间的、资金有限的文学奖，"叶光荣诗歌奖"的知名度和影响力还很有限，其成长和成熟需要一个过程；叶光荣本人是一个平凡的小人物，这件事他无法独自完成，也难免外界的干扰和左右。所以，我们对此应保持谨慎。

有鉴于此，我希望"叶光荣诗歌奖"能保持自身的民间性、纯粹性和独立性，不急不躁，不慕虚名，慢慢生长。我相信，假以时日，其将自成天地。我也希望我们的工人作家保持自己的独立性，不要想着为谁立言，不要想着代表某个群体。因为，不管身份如何转变，你只能代表你自己。请记住，使你配得上一个文学奖的只能是你的文字，而不是你的身份。

最近在微信朋友圈刷屏的范雨素说，人活着总要做点与吃饭无关的事。我想，叶光荣就是在做这样的事。

我相信只有在这样的事中，我们的生活才会变得不那么干瘪与可怜，我们才会发现真实的自我，才能获得精神的自由和人格的高贵。

同时，一个人是否富有，最终要以做了多少这样的事来衡量。*

---

* 本文初稿于2015年，2017年有所修改和丰富。近日从叶光荣口中得知，"叶光荣诗歌奖"一直在坚持。从2015年启动、2016年首次举办，至今共五届，2019年、2022年因疫情取消。——笔者于2022年年底补记。

后　记

　　2012年，我在厦门大学中文系读完博士之后应聘来到佛山，至今刚好十年。

　　这十年之中，前五年我关注的领域比较多而杂，文学之外，电影、美术、岭南文化以及佛山人文历史、民风民俗等均有涉及。个中原因除了履行单位和部门研究职能，更多的是出于一个人文社科工作者开阔视野所需，以及作为新佛山人增强城市认同感之必要。

　　但我关注和研究的核心始终在文学上。文学研究毕竟经过多年的学术训练，既是我的专业又是我的兴趣所在，不想轻易放弃。我将研究范围主要定位于广东，旁及港澳，这样既能发挥我的专业所长，又可以照顾到单位的本土研究需求。

　　具体而言，我的研究包括四块内容：一是作家访谈；二是作家作品评论；三是文学事件、文学现象的观察；四是文学刊物研究。我的第一篇作家访谈是2017年做的，当时只是出于对一个作家的兴趣，后来就有了做成系列的想法，于是就有了"十二邀：广东（湾区）作家访谈录"这个项目，该项目拟对粤港澳大湾区三十六位代表性作家进行深度采访，探讨写作与时代、地域、作家成长背景之间的关系以及作家在新时代的梦与惑，呈现作家心路历程及珠三角文学生态之细微幽深一面；该项目拟分三辑出版，每辑包含十二篇访谈，目前已完成两辑。刊物研究目前主要集中在《佛山文艺》，来佛数年我渐渐了解到这份"小刊物"不仅创造过销量和社会影响的奇迹，还与当代文坛和诸多作家有着微妙的联结，于是决定对其进行全面深入的考察，以梳理出其与广东文学文化生态的关系，相关课题先后获得市级、省级社科规划项目立项。

本书算是第二、三块研究成果的结集，除去那篇香港作家董启章的评论是我读博时所写，其余的文章多写于最近五年。做研究我不会取巧，只会花笨功夫，加上性格上有那么一点完美主义倾向，这就导致每写一篇文章都要花很多的时间和精力。比如，写一篇作家论，我首先会把能搜集到的该作家所有的作品进行阅读，重点作品还要反复读；其次我会把与该作家有关的研究资料进行搜集、阅读、了解，在吸收既有研究成果的同时尽量避免重复别人的观点；最后我还会通过创作谈、访谈、自述等了解该作家自己的观点。把所有这些资料看完了，心里才踏实些，这样下来光是资料的搜集和阅读就已经占去了大量的时间，再加上构思、写作，时间成本很高。写作的过程也并非总是顺利的，有时灵感来了，一个月写一两篇文章或者一两万字不在话下；找不到感觉的时候，一个月可能一个字都写不出。还有的时候，写着写着中间被其他的事情打断，回过头来想接着写时，感觉已经没了，只好搁置。所以，有些文章写得比较流畅，有些写得磕磕绊绊，风格与品质难免有参差。

我对自己有一个基本的要求：不喜欢的作品不评，没读过的作品不评，在这两个前提之下，即便做不到"不隐恶"（这里的"恶"当然是指作品的缺点和不足），至少尽量做到"不虚美"，凭自己的真实感受说话，并力争提出一些与别人不同的观点和看法。

限于时间和精力，这本集子在体量上离我最初的设想还有些许差距。至于质量和文字上的不足，能力所囿恐怕也不能避免，请方家批评指正。

来佛十年，虽默默无闻，却得到许多人的关爱和抬举，感动莫名，无以言谢。

本书有幸入选"广东青年批评家丛书"出版项目，感谢广东省作协给予的扶持及评审专家的肯定。今后我会继续聚焦于湾区作家作品和文学生态的研究，敬希作家和学界同人赐教为盼。

本书部分内容曾在《文艺报》《中国社学科学报》《华文文学》《粤港澳大湾区文学评论》《学术评论》《石家庄学院学报》《东方艺术》《澳门笔会》《佛山文艺》《佛山日报》《珠江时报》《广东文坛》报等报刊发表，在此向这些纸媒及其编辑表示感谢。

感谢暨南大学文学院唐博士诗人兄慨允赐序。我虽虚长几岁，但诗人兄的学术水平和潜力是我所不及的。他的观点虽不能在序中尽言，但视野的开阔和眼光的敏锐已显露无遗。他对拙作价值的肯定，对我来说是莫大的鼓励。

诗人兄在序言中提到的疑惑也曾是我的疑惑。与"北方"相比，广东乃至大湾区似乎缺少极具分量的文学大家和名家，这难免让人对以广东（湾区）文学为对象的研究产生价值上的怀疑与轻忽。近年来，随着对此地文学生态观察与了解的不断深入和全面，我渐渐发现了这片土地的神奇和文学生态的独特性，这种独特性简单来说就是：变动不居、多元杂处、异质共生。这种独特性必然带来文学生态上的葳蕤生光和摇曳多姿。正如诗人兄所言："在这里生活的作家，他们有蓬勃的创造力，这种'蓬勃'或许不够规整，缺厚重感，但它们意味着生命力，有无限的生长性。"所以，我们应该怀有足够的信心。

做文学研究是一个遇见的过程，遇见有意思的作家，遇见有味道的文字，并透过作家和文字看见一个个"活着的灵魂"。

感谢文学，感谢所有的遇见。

2022年11月于佛山